Carole Enz, Michèle Combaz Thyssen

Rabenherz
und die weissen Hirsche von Rapperswil

AF288785

Carole Enz

Michèle Combaz Thyssen

Rabenherz
und die weissen Hirsche von Rapperswil

Sistabooks

Enz, Carole; Combaz Thyssen, Michèle
Rabenherz und die weissen Hirsche von Rapperswil
Originalausgabe – 1. Auflage – Horgen 2022
Sistabooks GmbH, Churfirstenstr. 5, CH-8810 Horgen
Homepage: www.sistabooks.ch
(Sistabooks – Fantasy-Roman)
ISBN: 978-3-907860-28-1

© Sistabooks GmbH

1. Auflage 2022
Alle Rechte vorbehalten
Covergestaltung: Carole Enz
Herstellung: Books on Demand GmbH, Norderstedt

Inhaltsverzeichnis

Für all jene, die wie wir und
wie die Rapperswiler in diesem Buch
von einer friedlichen und glücklichen Welt träumen.

Prolog

«Rapperswil? Wieso ausgerechnet Rappi?», wundert sich Seraina. «Wir sind doch alle aus Zürich!» – «Rapperswil ist ein hübsches Städtchen», bestätigt Margarethe. «Nicht nur, weil es einen tollen Zoo hat!» – «Ja, gell, Mäggy, du findest vor allem die Burg super!», bemerkt Rudy. – «Natürlich, da könnte ich echt neidisch werden: Die Zürcher Bürger hatten ja ihre Burg auf dem Lindenhof geschleift, als sie 1218 die Reichsfreiheit erhielten! Ewig schade drum... ich wünschte, meine Heimatstadt hätte eine solche imposante Festung!» – «Burgen sind cool!», bestätigt Margarethes Freundin, und ihr gemeinsamer Freund Rudy nickt: «Ich hatte ehrlich gesagt immer eine Schwäche für solche Gemäuer. Trutzburgen, Festungen, Zollstationen, egal, ob in römischer Zeit oder im Mittelalter...»

«Und es kam darauf an, wer den grössten hatte!», wirft Leon ein, der etwas abseits von den anderen seinen Rucksack abgestellt hat, um seine Trinkflasche und den Proviant herauszunehmen. – «Was meinst du jetzt wieder mit deinen zweideutigen Bemerkungen?», tadelt ihn Seraina. – «Na, wer den grössten Turm hatte, natürlich!», lacht Leon. «Darum ging es doch immer! Auch Kirchtürme sind dazu da, Eindruck zu schinden!» – «Aber auch, um das Volk zu ermahnen, gläubig und gottesfürchtig zu sein!», wendet Seraina ein mit erhobenem Zeigfinger. – «Beides diente dazu, Präsenz zu markieren», bestätigt Margarethe, die nur scheinbar geistesabwesend in einem dicken Buch blättert, das sie aus ihrem Rucksack geholt hat. «Mäggy, hast du wieder einen dicken Schinken dabei?», wundert sich Rudy, sein Smartiefon fest umklammert. «Wie altmodisch!» – «Darum hat Mäggy solche Muskeln, weil sie immer dicke Bücher rumschleppt!», grinst Seraina spöttisch. – «Mäg hat ihren Schinken; ich bevorzuge andere fleischliche Nahrung!», frotzelt Leon und packt etwas

Längliches aus einer Folie. – «Jetzt wird er wieder pervers!», warnt Seraina mit theatralisch weit aufgerissenen Augen, aber Leon wickelt lediglich eine längliche, eckige Wurst aus und fixiert sie mit gierigem Blick. Rudy verzieht sein Gesicht: «Landjäger!» – «Wenn das das schlimmste Schimpfwort ist, das du kennst, dann habe ich ja nichts zu befürchten!», reagiert Leon lakonisch und beisst von seiner Wurst ab. – «Landjäger mag ich nicht!», brummt Rudy, und seine grau-blauen Augen scheinen Serainas Rucksack zu durchleuchten: «Raina, hast du was Feines eingepackt zum Picknick?» – «Natürlich, Rudolfino mio», entgegnet diese und küsst ihren Freund zerstreut auf den Mund.

Nachdenklich greift sie das Gesprächsthema wieder auf: «Aber eben, warum holt uns das Schicksal ausgerechnet nach Rapperswil? Wir vier sind alle aus Zürich... na ja, minus Vorfahren.» – «A propos, könnte es wohl damit zusammenhängen?», mutmasst Margarethe. «Erinnere dich an Rom und Amsterdam, Raina. Den seltsamen Auftrag, vor etwa einem Jahr...» Rudy schnaubt verächtlich: «Diese undurchsichtige Geschichte mit dem ausgewanderten Urahnen meint ihr, der uns so viele Scherereien beschert hat?» – «Unter anderem einen Einsatz als Gladiatoren im Kolosseum und den Stunt beim Wagenrennen im Circus Maximus», wirft Leon erklärend ein. – «Genau, wir haben ja erst dort festgestellt, dass Mäggy und ich verwandt sind», bestätigt Seraina.

Unbeirrt von dem Gespräch, das sich auf einem Mauerabsatz hoch über dem Zürichsee mit atemberaubender Aussicht auf fast das ganze Becken des Zürichsees und Teile des Obersees abspielt, beisst Margarethes muskulöser Freund wieder genüsslich von seiner Wurst ab und schmatzt, als er sie verzehrt. – «Iss anständig, du Wiederkäuer mit deiner Gammelwurst!», tadelt ihn Rudy indigniert. «Löwen haben einfach keine Manieren!» Mit vollem Mund entgegnet Leon provozierend: «Wieso, mjam. Ef ifft Mittagfpaufe, ich bin hungrig...» – er schluckt einen Bissen herunter – «...und es ist mein gutes Recht, meine Wurst zu essen, wann und wo ich will!» Mit einer hochgezogenenen Augenbraue fügt er hinzu: «Nifft moin Problem, wenn Cyborgino etwas gegen Landjäger hat!» Der Angesprochene verzieht angewidert das Gesicht und fährt dann, an die Mädchen gewandt, fort: «Eben, darum dreht es sich doch, und hier verweben sich all die roten Fäden!» – «Was für ein Gespinst meinst du jetzt?», erkundigt sich Seraina. «Ich meine, auf welche Fäden sprichst du an?» Ein Prusten macht sie und die anderen beiden auf Margarethe aufmerksam: «Raina hat masochistische Gelüste! Die steht auf Fesseln!», witzelt sie, und Leon doppelt nach: «Das ist ja nichts Neues!» Seraina starrt ihn empört an: «Was faselst du da, du Fresssack?» Und an Margarethe gewandt, fügt sie hinzu: «Mäggy, pass auf, dass dein Lover nicht Fett ansetzt, so, wie der frisst!» Ihre Freundin kichert: «Keine Sorge, im Moment überwiegen noch die Muskeln!» Sie errötet, und ihr Freund strahlt süffisant und spannt seinen rechten Oberarm an. – «Angeber!», bemerkt Rudy missbilligend, und Seraina schmiegt sich an ihren Freund: «Rudolfino mio, du musst dich neben dem Löwen nicht verstecken!» – «He, ich bin ein erwachsener Mann, im Gegensatz zu euch, ich brauche Kalorien!», protestiert Leon. Die anderen drei starren ihn überrascht an: «Stimmt, du bist ja schon zwanzig, du alter Sack!», flachst Seraina frech, und Leon richtet sich zu seiner vollen Grösse auf und nähert sich dem Mädchen, welches zwar nicht klein ist, aber doch deutlich kleiner und vor allem filigraner als der grosse junge Mann. «Du musst ja nicht meinen, dass dir deine Brille das Recht gibt, frech zu sein!» Mit gespieltem Entsetzen entgegnet Seraina: «Uiuiui, da kriege ich ja Angst!» – «Das solltest du auch!» – «Und warum?» – Leon grinst: «Weil ich dich mit deinen roten Fäden gleich an das Denkmal da vorne fessle!» – «Nur über meine Leiche!», ruft Rudy entrüstet und drängt sich beschützend vor seine Freundin, so dass er Leon fast auf die Füsse tritt. Margarethe seufzt: «So, Schluss jetzt mit dem Blödsinn!» – «Wieso, das macht doch unseren Charme aus, Lady Ravenheart!», entgegnet Leon charmant, und Rudy fügt hinzu: «Das Gefolge von Rabenherz zeichnet sich durch seine Schlagfertigkeit aus!» – «Ja, und zwar im doppelten Sinne!», bestätigt Seraina. «Wir können durchaus mal zuschlagen, sowohl mit Worten, als auch mit Schwert und Säbel – egal, ob du es krumm oder gerade bevorzugst!» Margarethe seufzt, und wie ein Echo erklingt ein «Kraa!» aus der Baumkrone der Kastanie, in deren Schatten die vier Freunde sitzen. «Plonk hat Recht!», quittiert Margarethe den Einwurf ihres Raben. «Seid nicht albern, ich habe doch diesen Auftrag vom Kantonsarchäologen und von der Stadt Rapperswil bekommen. Und ihr wollt mir dabei helfen, stattdessen schweift ihr aber dauernd ab und labert, und uns rennt langsam die Zeit davon! Das Schicksal von Rapperswil steht auf dem Spiel – und auch das von Zürich! Denkt doch an die Fakten: Alle, welche die alte Rapperswiler Münze, die ein Jäger aus dem weissen Hirsch geholt hat, gesehen haben, sind verschwunden. Wir sind die Einzigen, die es schaffen könnten, diese Leute zu retten!»

* * *

1

Eingespannt und angespannt

«Bist du noch zu retten! ICH, langweilig?» Uncharakteristisch für Leon, schreitet er schnell im Kreis herum und verwirft seine Arme. Dann rauft er sich seine dunkelblonde Mähne, und seine grünen Augen scheinen Funken zu sprühen. Margarethe befürchtet schon, dass der wertvolle Teppich, auf dem ihr Freund herumstampft wie ein Indianer auf Kriegspfad, Schaden nimmt. Das edle Stück hatte ihre Mutter mit ihr zusammen in einem teuren Geschäft ausgesucht, weil die Mama Wert auf Stil legt. Bei diesen Gedanken stutzt sie und wird sich dessen bewusst, dass das Bild als rassistisch eingestuft werden könnte. «Indianer? So weit sind wir also schon; man darf nicht mal mehr etwas denken und muss sich fragen, ob man noch politisch korrekt ist!», denkt sie kopfschüttelnd. Seit ihrer Reise ins Herzland der *Native Americans* im Sommer 2022 ist sie stärker sensibilisiert auf *political correctness*. Aus ihren Gedanken reisst sie ein Fauchen, das klingt als käme es von einem wilden Tier. Aug in Aug findet sie sich mit ihrem Liebsten, der sie jedoch zornig anfunkelt: «Was schüttelst DU jetzt den Kopf? Wo du doch mit derlei absurden Ideen kommst: Ich und langweilig!» Nun schüttelt Margarethe in voller Absicht ihren Kopf mit den dunkelblonden, langen Haaren und funkelt Leon aus braunen Augen an: «Ich verstehe nicht, was du dich so aufregst! Echt jetzt!» Leon besinnt sich, und seine Gesichtszüge werden wieder milder. «Meine Fresse, du machst mir richtig Angst, wenn du so wütend guckst!», bemerkt seine Freundin, welche keineswegs eingeschüchtert ist. Sie kennt ihren Löwen und weiss, dass er aufbrausend sein kann – wobei er normalerweise sehr geduldig ist, aber wenn er sich dann einmal aufregt, dann heftig und nachhaltig. «Leon, ich versteh ja, dass du Stress hast…», fängt sie versöhnlich an, er jedoch fällt ihr ins Wort: «Du hast ja KEINE Ahnung! In den nächsten ZWEI Wochen habe ich ganze VIER Prüfungen, und gaaaaanz nebenbei sollte ich noch meine Semesterarbeit fertigschreiben und für meinen Professor ein Referat über das Sexualverhalten von Weinbergschnecken unter besonderer Berücksichtigung der Länge des Liebespfeils vorbereiten. Ich bin echt gestresst! Und du wirfst mir vor, ich sei langweilig?» Margarethe starrt ihren Liebsten an und ist ernsthaft besorgt: So kennt sie ihren Leon gar nicht, welcher immer so entspannt war und sich durch nichts aus der Ruhe bringen liess. Aber seit er studiert und daneben noch als Assistent für seinen Zoologie-Professor arbeitet, ist er oft angespannt und erschöpft. – «UND HÖR AUF, DEN KOPF ZU SCHÜTTELN!!!» Entnervt steht Margarethe auf von ihrem Bett, auf welchem sie gesessen hatte, und greift zu ihrer Jacke. Jetzt hält Leon inne: «Was ist? Willst du etwa gehen?» Sie schweigt zuerst, dann blickt sie ihn finster an: «Ja! Mir reicht's mit deiner miesen Laune!» Einen Augenblick starrt er sie fassungslos an, dann verändert sich sein Gesicht wie in Zeitlupe von zornig über verblüfft bis besorgt, und Margarethe liest in Leons Mimik wie in einem Buch. Unwillkürlich fängt sie an zu lachen. «Liebster, du kommst mir vor wie ein Comic-Strip; deine Mimik ist einfach zum Kugeln»! Leon, dessen Gesichtszüge sich endlich wieder entspannt haben, eilt auf seine Freundin zu und schliesst sie in seine Arme: «Sorry, ich bin einfach gestresst!»» – «Schon gut», erwidert sie besänftigend und küsst ihren Leon auf den Mund. Er schnurrt wie ein Kätzchen: «Und was hast du vorhin von Strip gesagt? Das klingt interessant….»

* * *

Am nächsten Wochenende treffen sich die zwei Freundinnen Margarethe und Seraina und gehen im Wald spazieren, weil ihre

Freunde am Arbeiten sind – Rudy steckt mitten in der Testphase seiner neuentwickelten Smartiefon-App für sichere Finanztransaktionen, und Leon stopft Wissen in sich hinein, um die Prüfungen zu bestehen. «Ist Leo immer noch so gestresst?», erkundigt sich Seraina. Margarethe seufzt: «Seit wir zurück von der Route 66 sind, steckt er quasi im Dauerstress, mit Studium, Prüfungen und Job. Früher war er viel entspannter.» Seraina legt ihrer Freundin tröstend einen Arm um die Schulter: «Ich verstehe, was du meinst. Da hatten wir alle immer geflucht, wie anstrengend doch das Gymnasium ist, aber ich sehe auch bei Rudy, wie intensiv so ein Studium ist. Und dann sein Startup erst – ein Zeitfresser! Zudem lässt er sich mit dem fetten Lohn aus seiner Firma irgend so ein Solar-Boot bauen, eine Art Wohn-Floss. Er will darauf leben und arbeiten – wo ihn möglichst wenig Nachbarn mit dem Rasenmäher akustisch foltern können, wie er selber sagt. Er hat einfach viel zu viele Projekte am Laufen! Er hat fast keine Zeit mehr für mich.» – «Hält ihn sein Studium so auf Trab oder seine Arbeit?» Jetzt ist es an Seraina, zu seufzen: «Beides, aber er ist total begeistert von seinem Job; ist auch eine tolle Chance für ihn, zugegeben, als Chef-Programmierer bei einem börsenkotierten Tech-Startup einzusteigen – und das erst noch, bevor er 18 geworden ist! Er als Genie und Cyborg in Personalunion ist natürlich prädestiniert für den Posten. Dauernd erhält er weitere Stellenangebote. Er könnte sich klonen! Aber für mich bleibt nicht mehr viel übrig.» Nun umarmt Margarethe tröstend ihre beste Freundin: «Unsere Männer sind nicht mehr zu gebrauchen. Also echt jetzt!»

Seraina wischt mit einer Hand eine Strähne ihrer langen, schwarzen Haare aus dem Gesicht und schickt ihrer Freundin einen Blick aus ihren dunklen Augen: «Dann läuft bei euch also auch nicht allzu viel… ich meine…?» – «Tote Hose!», antwortet Margarethe knapp. «Liegt sicher auch daran, dass das Verhütungsthema ungelöst ist. Ihn gurkt das an mit den Gummis; er findet sie zu eng.» Seraina antwortet mit einem Seufzer: «Na ja, ich habe da jetzt eine Lösung.» – «Lass hören!» – «Wird dir nicht passen, ist sozusagen das Gegenstück zu Rudys Implantaten! Nur, dass es Hormone aussendet, statt Daten zu empfangen.» – «Alles klar!», reagiert Margarethe etwas überrascht. «Sehr natürlich ist das allerdings nicht.» Seraina zuckt mit ihren Schultern: «Man muss realistisch sein… und das ist minimalinvasiv.» Der Gesichtsausdruck ihrer Freundin ist nicht überzeugt, und Margarethe lenkt ab: «Was machen wir nur mit unseren Männern?» Seraina kichert unerwartet: «Diese Bäume bringen mich auf Ideen!» – «Was? Willst du sie aufknüpfen?», fragt Margarethe und zieht ihre Augenbrauen hoch. – «Na, ganz so drastisch muss es ja nicht sein», entgegnet ihre Freundin grinsend. «Aber wir könnten sie festbinden, an einen Baum fesseln, dann haben wir sie für uns allein!» Margarethe lacht: «Raina, du hast wieder Ideen! Ich hätte noch eine andere!» Neugierig tritt ihre Freundin näher zu ihr: «Bin ja mal gespannt, welche Gemeinheiten du dir ausgedacht hast!» – «Noch viiiiiel fieser als du: Ich würde unsere Jungs gern auf eine neue Zeitreise schleppen, dann haben wir sie wieder für uns allein!» – «Das ist aber riskant; hast du vergessen, wie viel Ärger wir immer hatten?», erinnert sie Seraina stirnrunzelnd. «Meist sind die Männer dann wieder absorbiert und wissen alles besser und streiten am Ende noch. Nein danke, einfach zum Spass zeitreisen geh ich nicht. Und seit wann bis du so masochistisch?»

Ein dreckiges Lachen dringt an die Ohren der Mädchen. Seraina schlägt sich mit der flachen Hand an die Stirne: «Ich fass es nicht – Gerry! Ist der eigentlich immer überall?» – «Das Böse ist immer und überall… das Zitat aus dem Lied passt», entgegnet Margarethe ziemlich laut, damit es Gerry hört. Dieser ist bereits zu ihnen herangetreten, und seine ständigen Begleiter, auch «Gerrys Gorillas» genannt, schliessen zu ihm auf und flankieren ihn von beiden Seiten. «Schon vom Weitem hört man eure unanständigen Gedanken!», bemerkt er süffisant. «Wie läuft denn euer Sado-Maso-Salon, dürfen wir auch mal reinschauen?»

Schlagfertig reagiert Seraina: «Members only, sorry, Gerry!» Margarethe fügt hinzu: «Der Schweinestall ist von hier aus ein halber Kilometer Luftlinie, man riecht es schon. Versuch dein Glück doch dort.» Unbeirrt grinst Gerry: «Ihr seid immer so wahnsinnig gastfreundlich!» – «Und du bist wahnsinnig aufdringlich!», erwidert Seraina. «Wenn wir das unseren Männern erzählen, musst du dich in Acht nehmen vor ihrer Rache, wenn sie unsere Ehre verteidigen!» – «Wenn schon, würde ich mich lieber von euch verhauen lassen!», lacht Gerry, und sein Bodyguard zu seiner Linken grunzt: «Die werfen sicher mit Wattebäuschen!» – Seraina grinst: «Potztausend, dein Gorilla ist ja richtig schlagfertig!» – «In jeder Hinsicht!», bestätigt Gerry selbstzufrieden, und der Genannte lacht grunzend. Margarethe kann es nicht lassen, Seraina zuzuflüstern: «Wir könnten fürs Erste mal Gerry an einen Baum fesseln, was meinst du?» Seraina nickt: «Und dann… na, du weisst schon!» Gerry ist hellhörig geworden: «Das klingt ja vielversprechend! Ich bin ja mal gespannt!» – «Aber das geht natürlich nur, wenn du allein bist!», fährt Margarethe mit scheinheiliger Miene fort. Gerry lacht wieder dreckig: «Oder wir könnten es andersrum machen: Meine Gorillas fesseln EUCH beide an einen Baum, und ich züchtige euch dann!» – «Das könnte dir so passen!», reagiert Seraina unbeeindruckt, aber Margarethe schluckt leer und zieht ihre Freundin am Ärmel: «Hören wir besser auf, zu provozieren!» Sie kennt Gerry schon lange und war auch schon zusammen mit ihm in Bedrängnis, aber ihn im Angesicht seiner kräftigen Begleiter herauszufordern, erscheint ihr doch etwas leichtsinnig. «Wir können das ja ein andermal machen, mit der Baum-Therapie», erklärt sie betont locker. – «Was für 'ne Therapie?», prustet Gerry heraus, und Seraina fügt nahtlos hinzu: «Fesseln ist eine Therapieform, die der Entspannung dient, und damit nichts Anstössiges! Ein Schwein, wer anderes dabei denkt!» Die Mimik der drei kräftigen Burschen drückt Respekt und Enttäuschung aus, und sie schicken sich an, zu gehen. Gerry brummt: «Auf Psychokram habe ich null Bock; ihr Weiber seid doch alle schräg drauf mit eurem Therapiefimmel!»

Als die drei verschwunden sind, brechen die Mädchen in Gelächter aus und können sich fast nicht mehr erholen. «Hast du… hahaha…Gerrys verdutztes Gesicht gesehen? Buahaha!», lacht Seraina laut – «Und die depperten Glotzaugen seiner Gorillas!», prustet Margarethe. Die beiden schauen sich an mit Tränen in den Augen vor Lachen. «Von wegen Therapie!», grinst Seraina. «Und… willst du das mal probieren?» – «Nein danke, ich fand es bisher nie entspannend, gefesselt zu sein!», winkt Margarethe ab. «In brenzligen Situationen zu stecken, ist alles andere als chillig.» – «Therapiefesseln wäre eine Methode, Traumata zu lösen», sinniert die angehende Medizinstudentin Seraina. «Wäre zumindest einen Versuch wert.»

* * *

Plonk und seine Frau Corvina geniessen die Zeit zu zweit – keine quengelnden Küken, kein Futterbeschaffungsstress, keine Revierverteidigung und im Moment auch keine Zeitreisen. Der Herbst ist einfach chillig, würde Plonk sagen, wenn er sich Leons Wortschatz bedienen würde. Weil beide sehr geschickte Jäger sind, benötigen sie nicht sehr viel Zeit, um satt zu werden. Daher haben sie viel Freizeit. Corvina ist mehr die Architektin. Sie liebt es, am Horst herumzuwerkeln. Plonk steigert sich dann in eine regelrechte Sammelwut hinein, um seiner Frau möglichst viele unterschiedliche Baumaterialien herbeizuschaffen. Äste verschiedenster Länge und Dicke sind dabei nur das Grundmaterial. Das Rabenmännchen hat sich, anders als andere Kolkraben, auch auf «Verbindungselemente» wie etwa Lehm oder Spinnweben spezialisiert. Letztere sind allerdings eher schwierig heimzubringen, da ein Spinnennetz schnell zusammenfällt und verklebt.

Plonks Trick ist, es so hinzubekommen, dass er eine möglichst lange, klebrige Schnur heimschafft. Die darin verstrickte Spinne verzehrt Corvina dann genüsslich wie eine Praline, bevor sie mit dem Gespinst ein paar Äste miteinander verklebt, und sich dann bei Plonk mit zärtlichem Kraulen bedankt. Dann hocken beide gerne einige Minuten innig beisammen und liebkosen sich.

Die «Inneneinrichtung» wird erst an die Hand – also eigentlich an den Schnabel – genommen, bevor es zur Eiablage geht. Dennoch braucht es auch hier eine Grundausstattung, denn das Paar selbst liebt es ebenfalls kuschelig. Etwas Gras muss im Herbst reichen. Für den Nachwuchs schafft Plonk dann jeweils auch Moos und Federn herbei. Doch das kann warten – jetzt bloss kein Stress. Plonk und Corvina sind im Moment einfach zufrieden mit sich und der Welt.

* * *

Als sich die Mädchen das nächste Mal treffen, ist Seraina ungewohnt nachdenklich. Margarethe spürt, dass ihre Freundin bedrückt ist. «Rai, was ist?» Die Angesprochene schweigt, dann schlägt sie ihre Augen nieder: «Ach, nichts… nichts Dramatisches.» Doch Margarethe lässt nicht locker: «Meine Liebe, du hast doch etwas auf dem Herzen!» Seraina druckst herum: «Ist wirklich nix Schlimmes.» – «Dann raus damit! Oder muss ich dich an einen Baum binden und das aus dir rauskitzeln?» – «Versuch's doch!», provoziert sie Seraina frech. – «Na warte, dann hast du dir das aber selber zuzuschreiben!», grinst Margarethe. «Welcher Baum soll's denn sein?»

Seraina seufzt: «Ich kann mir das einfach nicht vorstellen… wie das sein soll…» – «Was? Die Kitzelfolter? Oder der Umstand… dass Rudy bald seine erste Million gescheffelt hat?» – «Nein…», grinst Seraina, «weder noch. Wenn ich… eine Brille trage!» Mit grossen Augen schaut ihre Freundin sie an: «DU? Eine BRILLE?» Unwirsch reagiert Seraina: «Ja! Eben! Genau das meine ich! Ist doch total abwegig! Und…» – sie blickt betreten auf den Boden – «…ich seh sicher doof aus mit Brille!» Margarethe schmunzelt, weiss sie doch, dass ihre hübsche Freundin sehr eitel sein kann. «Also, mir würde eher zu schaffen machen, wenn ich eine Scheibe hätte – vor dem Gesicht!» Ihr Gegenüber nickt: «Ja, das auch! Ist doch total unpraktisch!» – «Verstehe ich! Könnte ich mir auch nicht vorstellen… Sonnenbrille, das ist okay, aber zum Lesen und überhaupt immer was im Gesicht haben…» – «Na ja, nicht immer… vorläufig zumindest. So schlimm ist meine Hornhautverkrümmung nicht; ich sehe ja nicht schlecht ohne Brille, aber wenn ich so viel lesen muss für die Prüfungen und später fürs Studium, brauche ich eine Sehhilfe», erklärt die angehende Medizinstudentin. – «Das verstehe ich. Zum Glück hatte ich bisher nie Probleme mit meinen Augen.» Margarethe grinst: «Färbt wohl Rudys Einfluss auf dich ab?» Auf diesen Einwurf erntet sie einen grimmigen Blick von ihrer Freundin aus deren grossen, ausdrucksvollen Augen: «Genau das werden die Leute denken – dass ich jetzt auch eine Brille brauche, weil mein Herr Oberschlaumeier eine trägt!» – «Aber es gibt doch so schöne Brillen… könnte mir vorstellen, dass dir so ein Nasenvelo steht. Und mit einer Brille siehst du intellektueller aus!», ermutigt sie ihre Freundin. «Und sonst gibt's ja noch Kontaktlinsen.» Diese seufzt: «Ich weiss nicht… dauernd was im Auge zu tragen, fände ich noch schlimmer. Und immer rein und raus… ist ungewohnt… ich schiebe das schon lange vor mir her, aber ich musste zum Augenarzt, weil ich oft Kopfschmerzen hatte in letzter Zeit.» Margarethe schmollt: «Und mir, deiner besten Freundin, hast du nichts von deinen Sorgen erzählt! Wofür bin ich denn da?» – «Ja, sorry, wir hatten immer Stress mit Lernen, und Leon war ja auch schwierig… was soll ich dann mit so einer Banalität kommen?» Margarethe umarmt ihre Freundin herzlich: «Wenn dich etwas beschäftigt, darfst du IMMER zu mir kommen! Es muss ja nicht immer um die Rettung der Welt gehen!» – «Danke!» – «Ausserdem…», fängt Margarethe mit verschmitztem Blick an, «…Leon hat doch immer gesagt, du hättest einen Killerblick… stell dir das mal vor, mit Brille! Dann wirst du erst richtig gefährlich!»

* * *

Wieder ist eine Woche vergangen. Doch an diesem Weekend konnte Margarethe ihren Liebsten von der Arbeit weglocken. Die beiden unternehmen eine kleine Wanderung. Da das Wetter nicht mitspielt, haben sie ihre ursprünglichen Pläne ändern müssen und die Route abgekürzt, da eine Bergwanderung bei Regen gefährlich werden kann. Margarethe ist ein bisschen enttäuscht, da sie sich schon lange auf den Tag gefreut hatte. «Schade, können wir nicht den ganzen Tag wandern, das hätte dir sicher gut getan mit deinem Stress», bemerkt sie seufzend, während sie neben ihrem Freund her geht. Der Weg führt noch nicht besonders steil durch einen Wald, und mit jedem Schritt fühlt sich das naturverbundene Mädchen befreiter. Ihr scheint jedoch, ihr Liebster weile in Gedanken meilenweit fort. «Hm, was?», murmelt er geistesabwesend. «Ja, wandern tut gut.» Sie stöhnt: «Du bist ja total abwesend, kriegst du überhaupt was mit? Wenn ich gewusst hätte, dass das Studium dich so mitnimmt…» – «Was dann?», blafft er sie an. «Das gehört nun mal dazu! Und es ist trotzdem genau das richtige Studium für mich! Ich lerne so viel Neues, und es sind alles Themen, die mich schon lange beschäftigen.» Er redet sich richtig in Fahrt, und instinktiv zuckt Margarethe zurück angesichts des Wortschwalls ihres Löwen. Wenn Leon etwas tut, dann tut er es mit Leib und Seele. Das hat sie oft genug erlebt in verschiedenerlei Hinsicht. «Liebster, ich schätze deine Leidenschaft! Aber wenn du deine ganze Energie in dein Studium steckst, dann bleibt für uns zwei nicht viel übrig», erwidert sie versöhnlich. Er stutzt, besinnt sich und bleibt stehen. Dann atmet er tief ein und lässt seinen Blick durch die Landschaft schweifen, über die Berggipfel, die noch ein Stück über ihnen liegen. Als er seine Freundin betrachtet, wird sein Blick weicher, verträumter, und er sieht sie an, als sähe er sie zum ersten Mal – als wäre er aus einem Traum erwacht. «Mäg, Liebste, es tut mir leid. Ich war so absorbiert… so fern von dir», spricht er dann und fasst seine Mäg um die Taille. «Aber auch du bist oft nicht richtig da, bist auch sehr beschäftigt mit der Schule und der Lernerei.» – «Stimmt, aber ich stehe kurz vor der Matura, was soll ich denn anderes tun?», verteidigt sie sich. Leon schüttelt sanft seinen Kopf: «Wir sollten beide versuchen, abzuschalten und nicht dauernd an das zu denken, was uns Druck macht. Ruheoasen finden… uns Zeit dafür nehmen. Füreinander. Sonst driften wir auseinander.» – «Das würde ich nicht überleben!», schluchzt Margarethe auf, und Tränen treten in ihre Augen. Leon drückt sie fest an sich: «Das wird nicht passieren! Solange wir immer wieder innehalten. Du hast Recht, dass es gut war, trotzdem wandern zu gehen.»

Eine Weile verharrt das Liebespaar in seiner innigen Umarmung. Dann dringt plötzlich ein seltsamer Schrei an ihre Ohren, und sie lösen sich erschrocken voneinander. Im Gebüsch raschelt es, und ein grosses Tier steht wenige Meter entfernt von ihnen und blickt sie herausfordernd an. «Ein Hirsch!», flüstert Margarethe, und Leon nickt: «Eine Hirschkuh!» – «Aber sie ist weiss!» Die beiden Menschen staunen über das ungewöhnlich gefärbte, prachtvolle Tier. Auch wenn die Hirschkuh kein Geweih trägt, ist sie eine eindrückliche Erscheinung. Im nächsten Moment ist das Tier im Wald verschwunden, als hätte es sich einfach aufgelöst – elegant und beinahe lautlos hat sich die Hirschkuh den Blicken der zwei Menschen entzogen. «Erstaunlich! Hier ein Hirsch, im Wald zwischen Rapperswil-Jona und Dürnten! Und dann noch ein schneeweisses Tier! Rehe ja, aber ein Hirsch?», wundert sich Margarethe, und Leon erklärt umgehend: «Rehwild sehen wir einfach öfters, weil sich diese Art gut an den Menschen angepasst hat und häufig vorkommt. Rothirsche hingegen sind – obwohl deutlich grösser und kräftiger als Rehe – viel scheuer und deshalb seltener im Mittelland anzutreffen.» – «Aber warum war die Hirschkuh weiss?», grübelt Margarethe weiter, da meint Leon achselzuckend: «Eine Spielart der Natur. Ein Albino scheint sie nicht zu sein, ihre Augen waren dunkel, nicht rot, vermutlich fehlen ihr einfach nur die Pigmente im Fell…» – «Ich habe mal was gelesen, ich weiss nicht mehr genau, wo, …von der Gründungslegende, ich glaube, der Stadt Rapperswil. Da ging es auch um eine weisse Hirschkuh…» – Leon grinst: «Die kommt aber einige Jahrhunderte zu spät, Rapperswil existiert schon, zu gründen gibt's da nicht mehr viel!» Margarethe verzieht das Gesicht und meint mit leicht zugekniffenen Augen: «Sag das nicht! Eine weisse Hirschkuh ist ein Zeichen! Eine weisse Hirschkuh erscheint aus einem ganz bestimmten Grund!» – «Quatsch! Reiner Zufall! Eine genetische Mutation, weiter nichts!», spielt Leon die Erscheinung herunter. Da stapft Margarethe leicht eingeschnappt weiter und grummelt, um das Thema zu wechseln: «Komm, sonst erreichen wir das Restaurant nicht rechtzeitig, damit du etwas Anständiges zu essen kriegst!» – «Etwas Unanständiges ginge auch, im Maisfeld da unten!», grinst Leon über beide Ohren, wird aber kein bisschen rot dabei. Margarethe seufzt. Leon beeilt sich, seine Mäg einzuholen und ihr den linken Arm um die Schultern zu legen. Beide bleiben stehen und schauen sich an. Das Mädchen flüstert: «Wann sind deine doofen Prüfungen endlich vorbei? Ich will wieder den gechillten Leon zurück, den ich kenne! Sonst gibt's Baum-Therapie!» – «Morgen Montag habe ich die letzte Prüfung, das habe ich dir doch schon hundert Mal gesagt, bist du taub? Darum sollten wir direkt nach dem Essen wieder zurückfahren. Ich will mir nochmals alles durch den Kopf gehen lassen.» – «Aber hoffentlich nicht das Essen!», flachst

Margarethe, die das «taub» geflissentlich überhört hat. Leon grinst und schüttelt den Kopf, dann blickt er seine Freundin verwundert an: «Ähm, hab ich mich verhört, oder sagtest du was von Baum-Therapie? Was ist das nun schon wieder?» – «Nix, nix», winkt die Angesprochene mit einem schelmischen Grinsen ab, «nur was für Hypernervöse. Aber ab morgen Abend sollte sich ja dieses Problem von allein gelöst haben. Ausser, dein Professor spannt dich dann noch mehr ein bei seinem Wisent-Projekt, weil du ab Dienstag nicht mehr büffeln musst. Zur Schnecke hat er dich ja schon gemacht mit seinem Referat über Weinbergschnecken…» – Leon verzieht das Gesicht, setzt einen traurigen Blick auf und seufzt: «Ich brauch' das Geld; meine Eltern können mein Studium nicht finanzieren, sie hatten ja nie eine feste Stelle, nur immer diese zeitlich begrenzten Projekte bei magerem Lohn – Biologie ist nun mal keine Wissenschaft, die einen reich macht. Da hat Rai mit ihrem Cyborg die bessere Partie gemacht als du mit mir… Wenn Rudys Startup durchstartet, scheffelt der Millionen!» – Margarethe schaut Leon tief in die Augen und flüstert: «Geld ist mir egal! Meine Mutter rennt schon ihr halbes Leben dem Geld hinterher. Eingeholt hat sie es bisher nie, ist aber selbst eingeholt worden – von Schlafstörungen, Sodbrennen und Kopfschmerzen! Geh du mir nicht in dieselbe Richtung, Leo! Bleib lieber arm wie eine Kirchenmaus, dafür aber glücklich an meiner Seite!» – Leons grüne Augen funkeln wie an ihrem ersten Zusammentreffen bei Plonks Baum. Margarethe bemerkt dies, und wäre sie nicht längst in ihn verknallt, jetzt würde sie sich rettungslos verlieben!

2

Das Vermächtnis der weissen Hirschkuh

Margarethe ist erleichtert, denn heute hat Leon seine letzte Prüfung absolviert, seine Semesterarbeit endlich abgegeben und auch das Referat für den Professor fertiggestellt. Sie freut sich schon auf einen entspannten Abend mit ihm. Sie wollen essen gehen, in ein Sushi-Restaurant in Horgen. Leider ist es kalt, und es regnet. Sie muss schweren Herzens ihre Sommerkleider an den Nagel hängen und die Herbstklamotten hervorkramen. Die dickeren Jeans sind gesetzt. Sie entscheidet sich zudem für einen grünen Pullover – erstens hat er die Farbe der Augen ihres Liebsten, zweitens wirkt das Grün beruhigend. Denn sie vermutet, dass Leon noch genügend Stresshormone im Kreislauf hat, die er irgendwie noch loswerden muss. Da beide am nächsten Tag erst um zehn Uhr Vorlesungen respektive Schulstunden haben, hat das Mädchen ihr Zimmer romantisch geschmückt, mit Kerzen auf der Kommode und Rosenblättern auf dem Bett. Ihre Mutter weilt aktuell in Brüssel an einem EU-Bankengipfel, daher hat sie sturmfrei. Sie hofft, an diesem Abend einen Käfigtiger in einen wilden Löwen zu verwandeln.

Leon ist spät dran. Zerknirscht setzt er sich zu Margarethe an den Restaurant-Tisch und entschuldigt sich: «Zu viel Verkehr…» – Margarethe, die tief einatmet, um ihren Ärger über die fast einstündige Wartezeit abzubauen, antwortet missmutig: «Du kommst zu mir und hattest schon viel Verkehr! Und ich dachte, es hat sich bei dir eher was angestaut!» – Leon, der sonst selber gerne und oft zweideutig spricht, ist kurz etwas überrascht, seufzt dann aber mit einem Grinsen: «Jetzt bin ich ja da, und bis wir bei dir zuhause sind, sind die Batterien ja wieder gefüllt!» – «Welche Batterien? Deine oder die von deinem Elektroauto?», witzelt Margarethe in Anspielung auf Leons kleinen Renault, den er sich geleast hat, weil er als Biologie-Assistent oft in schlecht erschlossene Gebiete fahren muss. Und da die Institutsautos meistens von den festangestellten Forschenden in Beschlag genommen werden, hat Leon dann meist das Nachsehen. Aus Rücksicht auf die Umwelt hat er sich für den kleinen Elektroflitzer entschieden. Margarethe fragt sich nur, was passiert, wenn dann Rudy seinen Führerschein hat und mit einem nigelnagelneuen Tesla aufkreuzt: 600 km Reichweite, in 3,9 Sekunden von 0 auf 100! So hat er ihr oft genug begeistert vorgeschwärmt. Der Renault dagegen kommt im besten Fall knapp 400 km weit, und man braucht 9,5 Sekunden, um ihn auf 100 hochzukriegen. Ob Leon sich das bieten lässt? Margarethe mustert ihren Freund, der sich in die Speisekarte vertieft hat. Ist er in solchen Fragen ein Macho, oder kann er locker drüberstehen? Manchmal ist er erstaunlich souverän und steht über den Dingen, zwischendurch kann es aber passieren, dass es ihn doch in seinem Stolz verletzt – etwa, dass Rudy das Wagenrennen im alten Rom gewonnen hat, konnte Leon nur mit grosser Mühe verdauen. Margarethes Aufmerksamkeit richtet sich auf ihr Smartiefon, das gerade piepst, weil eine Nachricht hereingekommen ist. Da sie schon lange weiss, welches Menü sie bestellen will, checkt sie rasch, wer ihr geschrieben hat: Es ist Seraina. Sie schreibt überglücklich, dass Rudy sie fürs nächste Wochenende ins edle Thermalbad in Vals eingeladen hat, um das Prüfungsende und den erfolgreichen Start seiner neuen App zu feiern. «Jetzt fängt es schon an», denkt Margarethe still für sich, «Rudy trumpft auf als erfolgreicher Geschäftsmann, macht teure Geschenke und erledigt nebenbei ein Physikstudium, an dem die meisten Normalsterblichen scheitern würden, selbst wenn sie rund um die Uhr lernen würden.» Sie schielt zu Leon, der von all dem nichts ahnt. Und dass dies möglichst lange so bleibt, dafür will Margarethe sorgen, denn sie fürchtet sich vor Leons Reaktion auf Rudys Erfolg.

Margarethe sendet Seraina einen «Daumen hoch», dann schaltet sie das Smartiefon aus.

Als Leon endlich entschieden hat, was er essen möchte, ist der aufmerksame Kellner schon zur Stelle. Und die Wartezeit auf das Essen ist auch erstaunlich kurz. Das Paar verschlingt gierig Nigiris, Sashimis und all die anderen Leckereien. Sie reden kaum miteinander. Margarethe fühlt, dass sie Leon einfach einmal von seinem Stresspegel herunterkommen lassen muss. Zufrieden merkt sie, dass er mit jeder Minute entspannter wird. Als sie dabei sind, sich ein Dessert auszusuchen, schaut er sie an und flüstert ihr ins Ohr: «Eigentlich wünschte ich mir etwas viel Appetitanregenderes als Dessert – etwas, das man aber nur in den eigenen vier Wänden vernaschen kann...» Und er zieht beide Augenbrauen hoch. Margarethe wird warm uns Herz, denn jetzt hat sie ihren Löwen wieder!

Zuhause angekommen, huscht Margarethe schnell in ihr Zimmer, um die Kerzen anzuzünden, bevor Leon eintritt. Das klappt wunderbar, denn er muss kurz ins Bad verschwinden. Margarethe war vorsorglich schon im Restaurant für «kleine Mädchen», denn es gibt nichts Abtörnenderes, als dass genau dann jemand aufs Klo muss, wenn es romantisch wird. Schnell schält sie sich noch aus ihrem Pullover und überrascht Leon mit einem Dessous, das mit Schmetterlingsmotiven bestickt ist. Sie weiss, dass er auf alles, was mit Natur zu tun hat, sehr positiv reagiert. Als Leon wieder in ihrem Zimmer ist, scheint er sich nicht gross für das romantische Ambiente zu interessieren, denn stürmisch umarmt und küsst er Margarethe, hebt sie kurz hoch und legt sie sachte aufs Bett. Mit dem rechten Bein stösst er die Zimmertür zu, so dass dadurch ein kurzer Luftzug entsteht, der die Kerzen auf der Kommode ausbläst.

* * *

Am nächsten Morgen ist das Paar so glücklich wie schon seit langem nicht mehr. Doch die entspannte Atmosphäre währt nur kurz, denn Margarethe liest in der Zeitung, dass die weisse Hirschkuh von Rapperswil gestern von einem Auto angefahren worden ist und von einem Jäger erlöst werden musste. Sie schaut entgeistert zu Leon, der zufrieden seine obligate Tasse Kaffee schlürft. Er bemerkt ihren Stimmungsumschwung sofort und fragt besorgt: «Alles ok?» – Margarethe erzählt ihm, was sie eben gelesen hat. Leon wirkt danach ebenfalls betroffen. «So ein schönes Tier!», seufzt Margarethe traurig, und ihr Blick bleibt am letzten Abschnitt des kurzen Artikels kleben: Als der Jäger das tote Tier waidgerecht ausgenommen hat, rollte aus dem Pansen eine alte Rapperswiler Münze heraus. Diese ist nun im Eingangsbereich des Rathauses zu bewundern. Die Verantwortlichen haben den Fund schnellstmöglich der Öffentlichkeit präsentieren wollen, da so eine Sensation nicht alle Tage vorkommt.

Dann aber liest Margarethe den letzten Abschnitt und stutzt: Kurz vor Redaktionsschluss erreichte uns die Nachricht, dass der Jäger ein paar Stunden nach dem Münzenfund spurlos verschwunden ist. Und auch nach einem Mitarbeiter des Rathauses und zwei Mitarbeiterinnen der Kantonsarchäologie, welche die Münze untersucht hatten, läuft eine Vermisstmeldung.

Welch seltsamer Zufall! Margarethe läuft ein kalter Schauder über den Rücken. Sie schaut zu Leon hinüber, als hätte sie einen Geist gesehen. Er erschrickt, als er seine Liebste totenblass sieht, und beeilt sich, um den Tisch herum zu ihr zu gelangen. Er schiebt einen Stuhl zu ihr hin, setzt sich drauf und umarmt sie fürsorglich. «Was ist mit dir, Liebste?» Die Angesprochene schweigt und schiebt die Zeitungsseite zu Leon, damit er selber lesen kann, was da passiert ist. Leon beschwichtigt: «Ach was, die tauchen schon wieder auf! In der Schweiz kann man doch nicht einfach so verschwinden!» – «Das ist äusserst verdächtig! *Sus*, wie es die Möchtegern-Coolen nennen. Denk daran, wenn wir Plonk dabei haben und ein Schwert finden, dann verschwinden wir jeweils auch einfach so mir nichts dir nichts – nur merkt es niemand!», entgegnet Margarethe, und dieses Argument leuchtet auch Leon ein. Er wird sehr nachdenklich und meint grübelnd: «Warten wir mal ab! Vielleicht ist das nur ein komischer Zufall, und alles löst sich noch in Wohlgefallen auf. Und wenn nicht, können wir immer noch aktiv werden und der Sache auf den Grund gehen.» – Margarethe nickt und seufzt: «Mein Bauchgefühl sagt, dass wir es hier mit einem weiteren magischen Artefakt zu tun haben…» Leon zieht beim Wort «Artefakt» eine Augenbraue hoch, verkneift sich aber einen zweideutigen Spruch, weil er weiss, dass Margarethe in diesem Zustand eher genervt darauf reagiert. Dennoch will er sie aufheitern und meint deshalb schelmisch: «Bauchgefühl? Du? Wo ist da ein Bauch bei diesem schlanken Wesen?» Und er kitzelt sie in der Magengegend, dass sie laut quiekt und lacht. «Stopp!», bittet sie atemlos, doch Leon meint mit einem teuflischen Grinsen: «Nee! Und überhaupt, du magst es doch!» – «Schon, …aber nur …wenn ich …entspannt bin!», kichert sie und windet sich aus seiner Umklammerung heraus. Fast wäre sie vom Stuhl gekippt. Leon fängt sie auf, umarmt sie und meint: «Schade ist es schon bald neun Uhr, du schuldest mir noch eine Baum-Therapie!» – «Du weisst ja gar nicht, was das ist!», wendet Margarethe mit einem breiten Grinsen ein, doch Leon schaut sie mit einem neugierigen und zugleich erwartungsvollen Blick an, zieht beide Augenbrauen mehrmals und in rascher Folge hoch und küsst dann seine Mäg leidenschaftlich: «Mmmh… mmmir genügt, dass ich weiss, dass ich mit Therapievögeln vertraut bin… und darin bist du absolute Meisterin!»

* * *

Plonk ist ziemlich erstaunt, als Margarethe abends unter seinem Baum erscheint und ihm von den seltsamen Begebenheiten rund um die Münze von Rapperswil berichtet, als würde sie ahnen, dass sie bald wieder Plonks Zeitreisefähigkeiten in Anspruch nehmen muss. Der Rabe blickt sie an, und würde er seufzen können, täte er es, denn er ist gerade so zufrieden mit sich und seinem Leben. Jetzt wieder den Helden zu spielen, davon hat auch der beste Zeitreise-Rabe durchaus mal die Nase – also den Schnabel – voll!

«Plonk, ich wünschte, du könntest mir sagen, was ich davon halten soll! Wir haben schon so viele, sehr seltsame Abenteuer miteinander erlebt, aber dass Menschen von einer Münze regelrecht <verschluckt> werden…», führt Margarethe ihre Mutmassungen aus, da unterbricht Plonk sie, was sonst nicht seine Art ist: «Münz wi Schwe! Ohn Zytreiss!» – Margarethe stutzt: «Du meinst, das Geldstück ist magisch wie gewisse Schwerter, macht aber keine Zeitreisen? Aber wohin verschwinden denn die Leute?» – «Adeswelt», gurrt Plonk, und Margarethe kratzt sich am Kopf: «Anderswelt? Sie sterben?» – Plonk schüttelt den Kopf und nickt zugleich. – «Sie sind aber fort, oder?», fragt Margarethe nach und versteht nur Bahnhof. Plonk bejaht und verneint dann gleich wieder. – «Weder noch? Du machst mir Spass, Plonk, jetzt bin ich so schlau wie zuvor», seufzt Margarethe, verabschiedet sich von ihrem Ziehraben und wendet sich zum Heimgehen ab, da ruft ihr Plonk hinterher: «Grrrita, Geee-uld!» – Margarethe hebt eine Hand und fuchtelt kurz über ihrem Kopf herum, um theatralisch zu zeigen, dass ihr Hirn gerade raucht, dabei antwortet sie: «Geduld habe ich sowieso keine! Vergiss es, Plonkie!»

* * *

Margarethe stürmt am nächsten Tag nach der Schule atemlos in Leons WG-Zimmer hinein. «Hast du die Nachrichten… auf der Zeitungs-App… gesehen? Es verschwinden immer… immer mehr Menschen… in Rappi. Sicher wegen der Dings… wegen der Münze! Wir müssen unbedingt nach Rapperswil!», drängt sie ihren Freund, der seufzt: «Jetzt komm zuerst mal runter, Mäg! Was hast du mir vor kurzem vorgeworfen? Dass ich total durch den Wind war wegen zu viel Arbeit? Und was soll ICH denn sagen: Du bist jetzt komplett von der Rolle wegen dieser doofen Münze! Ich dachte, du rennst dem Geld nicht hinterher!» – Die Angesprochene schaut ihn an wie ein waidwundes Reh. Diesem Blick kann Leon nicht standhalten, denn dann meldet sich sein Beschützerinstinkt. Er hebt beide Hände und meint: «Ok, ok, bin dabei, wir fahren heute Nachmittag nach Rapperswil! Eine Bedingung…» Margarethe schaut ihn neugierig an, dann grinst Leon: «Vorläufig lassen wir die R-Fraktion aus dem Spiel. Ich habe die Verkaufszahlen von Rudys App gesehen. Ich habe null Bock auf einen stolzen Gockel…» Margarethe weiss nicht so recht, was sie aus der Kombination von gelassenem Gesichtsausdruck und klaren Worten herauslesen soll – Desinteresse mit Neid gepaart? Oder bloss ein flapsiger Leon-Spruch und nichts dabei?

* * *

Der Kantonsarchäologe, Armin Grabenweger, empfängt Margarethe und Leon in seinem Büro. Sie ist selbst überrascht, dass sie so rasch ein Treffen arrangieren konnte. Womöglich war es hilfreich gewesen, beim vorangegangenen Telefongespräch darauf hinzuweisen, dass sie als Elfjährige unter seltsamen Umständen ein wertvolles Schwert im Wald entdeckt hatte – so hat sie sich sozusagen als Expertin für mysteriöse Fundstücke ausgewiesen. Nun sitzen sie da und mustern einander. Der Kantonsarchäologe wirkt gestresst. Seine Finger spielen dauernd mit einem Kugelschreiber, während er berichtet, er selbst habe wegen diverser Verpflichtungen die Münze noch nicht gesehen, und die zwei Verantwortlichen, welche die Echtheit überprüft haben, seien im Moment nicht im Hause – darum könne er gar nicht gross Auskunft über das Fundstück geben. – «Können wir die Münze sehen?», fragt Margarethe mit dumpfem Herzklopfen. – «Das können wir im Moment nicht verantworten, Frau Gygax», wehrt der Kantonsarchäologe mit Grabesstimme ab. «Weil... eben weil die Zuständigen nicht da sind.» – «Das ist aber wichtig, weil wir etwas wissen, was helfen könnte! Habe ich Ihnen ja am Telefon gesagt...», drängt das Mädchen. «Dass Leute verschwinden, ist vielleicht kein Zufall!» Der Archäologe betrachtet Margarethe und ihren Freund nachdenklich, als überlege er, was er ihnen anvertrauen darf. Er seufzt und fängt dann zögerlich an: «Dann haben Sie es also bereits erfahren. Diese Zeitungen! Ja, dass die Personen wie vom Erdboden verschluckt sind, ist sehr mysteriös. Das klingt vielleicht seltsam, aber es ist verdächtig, dass ausgerechnet Leute, die mit der Münze zu tun hatten, verschollen sind. Möglicherweise bin ich übervorsichtig, aber ich habe veranlasst, dass die Vitrine, in der sie steht, mit Alu-Folie abgedeckt wird. Und tatsächlich: Seither sind keine weiteren Personen als vermisst gemeldet worden – ausser dem Hausmeister, der wohl doch einen Blick darauf geworfen hat, bevor er die Alu-Folie montiert hat. Irgendwie muss es zwischen dem Verschwinden der Leute und der Münze einen Zusammenhang geben, so irrwitzig das tönt...» – Leon scheint in Gedanken versunken, da kommt ihm eine Idee, und er platzt in typischer Leon-Manier direkt und ungefiltert damit heraus: «Hören Sie, Herr Grabräub... äh Grabendings... weger, meine Mäg kennt sich aus mit Dings... Artefakten, die Leute verzaubern. Lassen Sie sie ran! Wenn eine das Rätsel lösen kann, dann sie!» – «Herr Inderbitzer...» – «...bitzin», korrigiert Leon. – «Äh, ja, Herr Inderbitzin, ich bin Wissenschaftler. Es wird sich bestimmt eine logische

Erklärung finden. Und ja…, Frau Gygax, da Sie ja – wie Sie mir am Telefon mitgeteilt haben – ein Archäologie-Studium anstreben und mir gerade zwei Mitarbeitende wegen der Münze abhanden gekommen sind, könnte ich Ihnen ein Praktikum anbieten, aber nur zu maximal 20%, denn unser Personal-Budget ist ziemlich eng. Sie sind doch schon 18, oder?» – Margarethe macht grosse Augen und nickt hektisch – sie ist seit fast drei Wochen volljährig. Weil Leon so viel um die Ohren hatte, wollte sie das rauschende Fest erst feiern, wenn er wieder einen freien Kopf dafür hatte. So wie es aussieht, wird nun aber sie selber keinen freien Kopf mehr haben. Eine 20%-Anstellung sieht zwar nach wenig aus, doch zur Schule muss sie ja noch – das heisst, sie wird in Zukunft ihren freien Mittwoch- und den Samstag-Nachmittag für die Kantonsarchäologie opfern müssen. Doch eine solche Chance muss man einfach ergreifen!

Nun ist sie schon die Dritte im Freundesquartett, die bald den ersten Job ihres Lebens antritt! Margarethe ist hin- und hergerissen zwischen Freude und Besorgnis – Freude, weil es für sie eine grosse Chance ist, in dem Fachgebiet ein Praktikum zu absolvieren, für das sie sich in weniger als einem Jahr an der Uni einschreiben wird, und Besorgnis, weil der Grund für diese Anstellung erneut ein magischer Gegenstand ist. Mit Schwertern kennt sie sich aus, aber Münzen sind ihr neu. Ist es eine Zeitreise-Münze? Oder eine Ortsveränderungs-Münze? Oder verändert sie beides – Zeit und Ort?

Als beide sich vom Kantonsarchäologen verabschiedet haben, drängt Leon Margarethe, zuerst mehr über die Münze in Erfahrung zu bringen, bevor sie sich der Magie aussetzt. Wie damals während der Pandemie wollen sie wieder gemeinsam in Bibliotheken nach Werken suchen, die sich mit alten Rapperswiler Zahlungsmitteln auseinandersetzen. Es gilt natürlich auch, die Zeit einzugrenzen, wann die besagte Münze, von der es glücklicherweise ein Foto gibt, zum Einsatz gekommen ist. Und das

Wichtigste: Sie wollen nach Legenden und Mythen rund um Münzen forschen, die einen Hinweis darauf geben können, was auf sie wartet, dort hinter der Alu-Folie im Rathaus in Rapperswil. Wegen seiner Vorlesungen hat Leon tagsüber leider nicht so viel Zeit, was er sehr bedauert. Margarethe hat wenig Lust darauf, allein zu suchen, und überlegt: «Wäre hilfreich, wenn uns jemand eine kleine Einführung in die Geschichte der Stadt Rapperswil geben könnte.» Leon nickt zerstreut, weil er gerade vertieft ist in die Fachliteratur über die chemische Zusammensetzung von Sexuallockstoffen bei Schmetterlingen und wie man dieses Wissen zugunsten einer umweltfreundlichen Schädlingsbekämpfung nutzt. Seine Freundin merkt, dass sie wenig Unterstützung von ihm zu erwarten hat, und beschliesst, den Kantonsarchäologen zu fragen: «Der ist doch voll an der Quelle!»

* * *

Tatsächlich verweist dieser das Mädchen an einen ortsansässigen Historiker, welcher sich gleich bereit erklärt, Margarethe durch Rapperswil zu führen. Sie einigen sich auf Freitagnachmittag, weil die Schülerin dann ausnahmsweise frei hat. Da Leon Vorlesungen hat, entschliesst sich Margarethe kurzerhand, den Fachmann allein zu treffen. Mit dem Zug fährt sie nach Rapperswil und begibt sich dann zum vereinbarten Treffpunkt. «Wie ein Historiker wohl aussieht?», wundert sie sich. «Vermutlich schon älter und ziemlich verstaubt.» Umso verblüffter ist sie, als plötzlich ein junger Mann vor ihr steht – nicht so jung, wie sie selbst, aber erfreulich unverstaubt, mit cooler Sonnenbrille und rassigem Haarschnitt. «Hallo, Frau Gygax?» – «Äh, ja, aber ich bin die Mäggy!», stellt sie sich verwirrt vor und wird ganz verlegen, weil sie es ungewohnt findet, dass jemand sie siezt, der in ihren Augen auch noch jung ist. Amüsiert bemerkt er ihre Verwirrung und spricht lächelnd: «Okay, ich bin Robin, und du wolltest Rapperswil kennenlernen. Du darfst mich ALLES fragen!» Margarethe ist immer noch verlegen und fasst sich dann, beruhigt, dass der Mann so sympathisch ist. «Sorry, ich bin etwas durcheinander, weil ich mir einen Historiker irgendwie anders vorgestellt hatte.» Ihr Gegenüber grinst: «Soso, dann bin ich ja mal gespannt. Wie denn?» – «Tja, äh, irgendwie älter und so. Wie meine Geschichtslehrer am Gymi halt.» Robin lacht: «Alt mit Glatze und verstaubt und verschroben. So kenne ich es ja auch. Und die reden wie ein Buch. Also da zumindest kann ich mithalten! Was genau möchtest du wissen?» Sie überlegt einen Moment, da fährt er schon fort: «Wenn du ja ein Praktikum in der Kantonsarchäologie machst, fangen wir am Besten schon in der Frühzeit an.» – «Ja, aber ich möchte auch die wichtigsten geschichtlichen Jahreszahlen wissen, also welche Jahre für Rapperswil entscheidend waren.» Zufrieden lächelt der Fachmann: «Sehr gut, und du musst mich bremsen, wenn ich dich zu sehr zutexte, gell! Wir Historiker benehmen uns manchmal wie wandelnde Lexika!» Margarethe strahlt. «Das ist ja super! Ich lese zwar gerne, aber wenn mir jemand sein Wissen erzählt und ich Fragen stellen kann, ist das noch viel besser!»

Die Stadtführung beginnt gleich am Treffpunkt selber: «Ich habe dich hierher bestellt, weil der Engelsplatz, wie er heute heisst, ein wichtiger Ort ist für Rappi. Früher war es der Halsplatz, und hier stand das Halstor: das Osttor, der Haupteingang in die alte Stadt.» – «Wow!», macht Margarethe ehrfurchtsvoll, und der Historiker fährt fort: «Der Halsturm war ein imposantes Bollwerk. Die Stadtmauer wurde übrigens erst 1930 geschleift.» – «Wie schade!», entfährt es Margarethe. «Aber in Zürich ist gar nix mehr übrig», beeilt sie sich hinzuzufügen und muss den Impuls unterdrücken, von der Zürcher Stadtmauer zu schwärmen, welche sie ja mit eigenen Augen im Jahr 1267 gesehen hatte. Immersive Geschichte – so hat sie der Historiker Robin sicher noch nie erlebt!

«Seit Anfang des 16. Jahrhunderts wurden die Häuser aus Stein gebaut», fährt der Fachmann fort, und die Hobby-Historikerin wirft eifrig ein: «Das war doch in Zürich auch so; da war mal ein Brand im Niederdorf 1280, und später MUSSTEN alle Häuser aus Stein gebaut werden.» Robin nickt: «Holzhäuser waren feuergefährlich. Aber Steinhäuser natürlich kostspieliger zu bauen. Die Kirche übrigens, die du dort oben siehst, hat zwei Türme, was sehr untypisch ist, wenn kein Kloster angegliedert ist.» Das Mädchen wendet seinen Kopf zum imposanten Gotteshaus, das weiter oben thront, gleich unterhalb des Schlosses am höchsten Punkt der Stadt. – «Der Glockenturm wurde 1441 gebaut als Machtsymbol für die Herrschaft der Habsburger. Die Grafenstadt Rapperswil ging 1350 an Habsburg-Laufenburg in Erbschaft und wurde dann an Habsburg-Österreich verkauft. Rapperswil stand unter dem Schutz des Klosters Einsiedeln und verfügte über einen grossen Herrschaftsbereich: die March, das Wäggital, den ganzen Oberseeraum. Seine Blüte erlebte es unter den Habsburgern, als Bollwerk gegen die Eidgenossen. In den 1360er Jahren wurden die Burg neu aufgebaut. Sie hatte keinerlei militärische Bedeutung.» Margarethe lauscht den Worten des Historikers und staunt, wie viel er weiss, und wie er alles so leicht in Worte fassen kann. Gewiss, es ist sein Beruf, aber was sie vor allem fasziniert, ist die Begeisterung, mit welcher er erzählt: Er macht die Stadtgeschichte lebendig, die Geschichte seiner eigenen Stadt, in der er aufgewachsen ist. Sein Enthusiasmus ist ansteckend, und Margarethe wirft ein: «Burgen begeistern mich immer, sie sind so imposant, und bei den Türmen war es wichtig, dass man den grössten hatte.» Sie hält inne, sich dessen bewusst, dass sie unversehens eine Bemerkung gemacht hat, die als anzüglich empfunden werden könnte. Nicht dass der Mann denkt, sie wolle mit ihm flirten! Er grinst amüsiert; ist ihm die Doppeldeutigkeit aufgefallen, oder freut er sich einfach über das Interesse der Achtzehnjährigen? An seinem Fach? Oder auch... an ihm?

«Selbstverständlich war eine Stadtfestung ein Machtsymbol und diente der Einschüchterung. Und eine Kirche mit zwei Türmen wirkte natürlich imposanter als eine mit nur einem», geht er auf ihre Bemerkung ein.

Sie gehen hinauf zur Kirche und bewegen sich langsam auf die Burg zu. «Von aussen sieht man es nicht so gut, aber die Burg hat eine spezielle Form, ist nämlich dreieckig. Das lässt sich vermutlich durch die Topographie erklären.» Margarethe würde gerne die Burg von innen sehen, aber zu ihrem und des Historikers Bedauern ist das Tor verschlossen. «Tut mir leid, ich habe keinen Schlüssel... aber ich kann dir vielleicht ein anderes Mal die Burg zeigen und auch die Geheimgänge, die sich durch Rapperswil ziehen.» – «Geheimgänge!», jubelt Margarethe. «Au ja!»

Am höchsten Punkt der Stadt auf der Stadtmauer angelangt, blicken sie hinunter auf den Hirschpark. «Das ist mit der Gründungslegende verbunden», verrät Robin, und Margarethe horcht auf: «Darüber würde ich gerne mehr erfahren!» Erfreut fährt er fort: «Dort, wo der Hafen von Rapperswil heute ist, war früher ein altes Fischerdorf. Eine Hirschkuh soll im Jahr 1200 der Gräfin, der Frau des Grafen Rudolf II von Rapperswil, ihren Kopf in den Schoss gelegt haben, um verschont zu werden. Der Hirschpark existiert schon lange hier zu Füssen des Schlosses in Gedenken an die Gründungslegende.»

Der Historiker zeigt hinunter zur Bucht hinter dem Hirschpark und erklärt, dass die frühesten historischen Siedlungsfunde in der Kempratenbucht gefunden wurden: aus der Jungsteinzeit und aus dem römischen *vicus*. Die Alte Handelsstrasse führte über die Bündner Pässe. Der Hurdner Steg, der vor Jahren originalgetreu wiederaufgebaut wurde für Spaziergänger, liegt genau dort, wo früher eine Brücke über die See-Enge war. Margarethe erinnert sich, wie die Regensberger mit dem Bau von Glanzenberg den Handelsverkehr, der über Zürich lief, unterwandern beziehungsweise abzweigen wollten. Die ganze Geschichte dreht sich immer um den Handel. Der Historiker führt das Mädchen hinunter von der Stadtmauer, über eine steile Treppe, an Gärten und Weinreben vorbei, zum Kapuzinerkloster mit seiner geheimen Grotte, dem heiligen Antonius geweiht. Er erzählt viel, mäandriert durch Jahreszahlen und historische Ereignisse, zeigt dem Mädchen das älteste Holzhaus von Rapperswil in einer kopfsteingepflasterten Gasse. Ihr geht durch den Kopf, dass es in Zürich im 13. Jahrhundert noch kein Kopfsteinpflaster gab und in Rapperswil bestimmt auch nicht. A propos Pflaster: Langsam tun ihr die Füsse weh.

Margarethe findet ihre persönliche massgeschneiderte Stadtführung hochspannend, aber nach einer Stunde schwirrt ihr der Kopf. Vor einem Wandbild an einem Haus an der Hintergasse, das die Verwüstung der Stadt Rapperswil durch die Zürcher unter Bürgermeister Rudolf Brun im Jahr 1350 zeigt, setzt Robin zu weiteren Erklärungen an. Das Mädchen hat sich gewissenhaft Notizen gemacht und bereits ihren halben Notizblock vollgekritzelt, dann aber irgendwann aufgegeben angesichts der grossen Informationsdichte, und insgeheim beschlossen, den Historiker nochmals zu treffen oder zumindest um Literaturhinweise zu bitten. Bereitwillig erklärt er, ihr noch Material nachzuliefern. «Und wir können uns ja nochmals treffen zur Vertiefung.» Das Mädchen errötet, nicht sicher, wie sie diese Bemerkung verstehen soll – ob harmlos oder zweideutig. «Ich mit meiner schmutzigen Fantasie», tadelt sie sich insgeheim, verabschiedet sich freundlich von ihrem Stadtführer und nimmt den nächsten Zug nach Horgen. Ihre Gedanken fahren Karussell, und sie hat Mühe, sich auf ihr Schulmaterial zu konzentrieren.

Ihre Zerstreutheit entgeht Leon nicht, als er sie am Abend in Horgen besucht. «Liebste, du bist gar nicht richtig da», tadelt er sie liebevoll. «Hat dir der Historiker aber nicht etwa den Kopf verdreht, oder?» Sie spürt, wie sie knallrot wird, und Leon stutzt: «Na, sag mal, hat dir der verstaubte Kerl etwa gefallen?» Wie aus der Pistole geschossen, erwidert sie: «Von wegen verstaubt, der ist im Fall noch jung, und der weiss ganz wahnsinnig viel!» Zu enthusiastisch hat sie gesprochen, denn Leon mustert sie misstrauisch: «Flirtest du neuerdings mit Historikern? Du wirst mir ja richtig gefährlich!» Er tritt zu ihr, als sie ihm den Rücken zuwendet, um ihre Notizen in der Schreibtischschublade abzulegen, umarmt sie von hinten und drückt sie fest an sich – sehr fest. «Urgs, du erdrückst mich ja!», protestiert sie. – «Werde ich auch, wenn du weiterhin andern Männern schöne Augen machst! Was fällt dir ein!» – «Selber schuld – du hast ja nie Zeit!», kontert sie frech. – «Na warte!», droht er spielerisch und fängt an, ihren Hals zu küssen, und seine Hände gehen auf Wanderschaft. Margarethe geniesst die Liebkosungen, dreht sich in Leons Umarmung um und fängt an, ihm sein T-Shirt auszuziehen. – «Willst du wieder gut Wetter machen?», reagiert Leon und macht sich an ihrem Oberteil zu schaffen. – «Mmmhm…» – «Und, triffst du ihn wieder?», fragt er misstrauisch. – «Sowieso!», lacht sie ihm frech ins Gesicht. – «Findest du ihn süss?», bohrt er weiter, während er ihren Jeansknopf löst – «Oja!», antwortet sie atemlos, als sie an seinem Gürtel herumfingert. – «Ich mmmmuss dich wohl auf andere Gedanken bringen!» – «Dann mmmmal los!», ermutigt sie ihren Löwen. «Du bringst mich schon wieder um den Verstand!»

* * *

Als Seraina und Rudy aus Vals zurück sind, will Seraina gerne wieder einmal zu zweit mit ihrer besten Freundin etwas unternehmen, einen Waldspaziergang oder so. Doch Margarethe winkt ab und entschuldigt sich damit, dass sie nun einen Job hat und sehr eingespannt ist. Seraina aber wäre nicht Seraina, wenn sie den Braten nicht riechen würde. Am selben Abend steht sie vor Margarethes Tür. Als sich die beiden Mädchen in die Augen schauen, stutzt Margarethe einen Augenblick, dann ruft sie staunend: «Wooow, cooole Brille!» Seraina lächelt selbstzufrieden, wechselt aber sofort das Register und platzt in Leon-Manier damit heraus: «Los, spuck's schon aus, oder muss ich es aus dir rauskitzeln? Du bist an was dran! Seit wann sind Rudy und ich nicht mehr willkommen, wenn es um die Lösung eines Falls geht? Die Münze, gell?» – «Woher…?» – «Irrelevant! Ich habe nur kombiniert: Mäggy hat keine Zeit, Mäggy ist zugeknöpft, Mäggy hat einen Fall! Und wenn man im Internet herumforscht, gibt es in den letzten zwei Wochen nur einen Fall, der in dein Fachgebiet fällt: die Rapperswiler Münze, die Leute zum Verschwinden bringt. Elementar, oder?» – Margarethe seufzt, und es juckt sie, zu sagen, dass sich Seraina schon ziemlich genau wie Rudy anhört, wenn sie loslegt und eine Angelegenheit auseinandernimmt. Und mit der Brille sieht sie ihrem Freund noch ähnlicher – nur hat Rudy im Gegensatz zur langhaarigen Seraina ganz kurze schwarze Haare. Zudem kann sie sehr penetrant sein, wenn sie etwas partout erfahren will. So bleibt Margarethe nichts anders übrig, als ihrer besten Freundin reinen Wein einzuschenken.

«Warum wolltest du uns nicht einweihen?», fragt Seraina vorwurfsvoll, nachdem sie alles erfahren hat, was in den letzten zwei Wochen gelaufen ist. – «Ich wollte euch nicht gefährden…», wendet Margarethe ein. – Seraina prustet los: «Nicht gefährden!!! Wie oft waren wir wegen dir schon in misslichen Lagen – drei Prüfungen bei den Kelten, zwei sadistische Zauberer, Helleborus und Pandemios, Abenteuer im alten Rom und Amsterdam, Spionage und Folterhaft in Berlin zu DDR-Zeiten, Ritterturnier in Brandenburg und versuchte Gen-Umprogrammierung in der Zukunft, dann Marterpfahl in Amerika! Und DU hast Angst, uns zu gefährden mit einer stinknormalen, langweiligen alten Münze!» – Margarethe umarmt ihre Freundin und flüstert: «Ich will das Schicksal nicht herausfordern. Wir sind schon so oft nur knapp dem Tod entronnen. Hier haben wir die Chance, uns vorzubereiten, statt blind und ahnungslos ins Verderben zu stürzen. Zudem wollte ich dein romantisches Wochenende in Vals nicht torpedieren!» – «Ok, dafür bin ich dir dankbar! Denn es war... uuuu... unglaublich elektrisierend. Rudy hat gelernt, zwischen Arbeit und Freizeit komplett zu switschen. Wenn ich ihn für mich habe, was zwar selten der Fall ist, dann lebt er dafür total im Augenblick. Es kommt mir vor, als würde seine Arbeit vor allem in seinen Cyborg-Elementen ablaufen. Sobald er diese willentlich abschaltet, ist sein Hirn komplett auf Freizeit eingestellt. Und dann ist es manchmal fast wie in der Grotte von Pelinn, du weisst...» – «Wie praktisch!», seufzt Margarethe und würde Leon am liebsten gleich zu Lasse Henninn in die Zukunft senden, um ihrem Liebsten auch ein Paar dieser Computer einbauen zu lassen, wie sie Rudy an seinen Schläfen implantiert trägt – genau da hapert es nämlich bei Leon: Er kann nicht abschalten.

«Was ihr braucht, ist ein Superhirn! Nur als Team sind wir erfolgreich», meint Seraina überzeugend und rückt ihre Brille mit dem dünnen blasslila Rand zurecht, «Rudy ist dieses Superhirn, Leon hingegen kann super anpacken, er ist der Macher! Und wir zwei Hübschen, wir sind als Nachfahrinnen dieses ominösen italienischen Zeitenwandlers nur im Duo erfolgreich!» – Margarethe nickt blass und atmet tief ein. «Also...», schlägt Seraina vor, und ihre grossen dunklen Augen funkeln durch ihre Brillengläser, welche den Effekt nur noch verstärken, «...ich erkläre Rudy den Sachverhalt, und wir treffen uns nächsten Samstag in Rapperswil... am besten auf der Burg oben. Und deinen famosen Plonk nimmst du bitte mit!»

3
Ein Sprung in eine andere Gegenwart

Es ist Samstag, und das Freundesquartett mitsamt Rabe Plonk steht oben auf der Burg von Rapperswil – ein wunderbarer Blick bietet sich den jungen Leuten von dort aus hin zur Linth-Ebene, aber auch Richtung Zürich. «Rapperswil? Wieso ausgerechnet Rappi?», wundert sich Seraina. «Wir sind doch alle aus Zürich!» – «Rapperswil ist ein hübsches Städtchen», bestätigt Margarethe. «Nicht nur, weil es einen tollen Zoo hat!» – «Ja, gell, Mäggy, du findest vor allem die Burg super!», bemerkt Rudy. – «Natürlich, da könnte ich echt neidisch werden: Die Zürcher Bürger hatten ja ihre Burg auf dem Lindenhof geschleift, als sie 1218 die Reichsfreiheit erhielten! Ewig schade drum... ich wünschte, meine Heimatstadt hätte eine solche imposante Festung!» – «Burgen sind cool!», bestätigt Margarethes Freundin, und ihr gemeinsamer Freund Rudy nickt: «Ich hatte ehrlich gesagt immer eine Schwäche für solche Gemäuer. Trutzburgen, Festungen, Zollstationen, egal, ob in römischer Zeit oder im Mittelalter...»

Während die vier Freunde sich unterhalten, Sprüche klopfen und Leon seinen Landjäger verdrückt, scheinen alle in Gedanken sehr weit von ihrer Mission entfernt zu sein. Nur Margarethe hört nicht auf, daran zu denken, schliesslich ist sie ja auch extra dafür angestellt worden als Praktikantin des Kantonsarchäologen. Sie seufzt, und wie ein Echo erklingt ein «Kraa!» aus der Baumkrone der Kastanie, in deren Schatten die vier Freunde sitzen. «Plonk hat Recht!», quittiert Margarethe den Einwurf ihres Raben. «Seid nicht albern, ich habe doch diesen Auftrag vom Kantonsarchäologen und von der Stadt Rapperswil bekommen. Und ihr wollt mir dabei helfen, stattdessen schweift ihr aber dauernd ab und labert, und uns rennt langsam die Zeit davon! Das

Schicksal von Rapperswil steht auf dem Spiel – und auch das von Zürich! Denkt doch an die Fakten: Alle, welche die alte Rapperswiler Münze, die ein Jäger aus dem weissen Hirsch geholt hat, gesehen haben, sind verschwunden. Wir sind die einzigen, die es schaffen könnten, diese Leute zu retten!» – «Ok Boss», spricht Leon feierlich, «was schlägst du vor?» – «Wir gehen runter ins Rathaus und schauen uns diese Münze an», spricht Margarethe mit fester Stimme, doch ihr Herz fühlt sich verkrampft an. Sie fürchtet, dass zwischen dem Verschwinden der Leute, die mit dem Fund zu tun hatten, und der Münze tatsächlich ein Zusammenhang besteht – einer, den sie von Schwertern und Raben nur zu gut kennt… Als sie sich etwas gefangen hat, wendet sie sich an Seraina und Rudy: «Ihr habt viel zu verlieren, ich würde es euch nicht verübeln, wenn ihr nicht mitzieht…» – Rudy plustert die Backen auf und antwortet in typisch sachlichem Tonfall: «Meine App könnte morgen gehäckt werden, und der Börsenkurs des Startups würde dann ins Bodenlose fallen – was auch immer, verlieren kann ich alles auch so. Und ich kann alles auch wieder zurückgewinnen, mit einer neuen App bei einem andern Startup. Nur die Freundschaft, die verliert man nur einmal, das ist dann für immer! Eine gefährliche Reise ins Ungewisse, den Tod vor Augen – ein Job für uns vier! Auf was warten wir denn noch?» – Leon grinst, Seraina umarmt ihren Freund, und Margarethe atmet auf.

So geschieht es, dass die vier Freunde vor der aluverpackten Vitrine stehen. Einige Minuten verstreichen in Stille, und sie wagen es nicht, die Alu-Folie zu entfernen. Da platzt Leon der Kragen: «Tammi, jetzt ist mir alles egal, runter mit dem Ding!» Und er reisst die Folie auf und öffnet die Vitrine mit dem Schlüssel, den Margarethe vom Kantonsarchäologen erhalten hat. Mit einem gezielten Griff packt er die Münze und nimmt sie an sich, um sie anderswo ungestört mit seinen Freunden zu begutachten. Vor Schreck saugt Margarethe heftig Luft ein, Seraina und Rudy halten den Atem an und blicken Leon mit schreckgeweiteten Augen an.

Alle vier stürmen aus dem Rathaus, hin zum Seeufer, wo Plonk auf sie wartet. Jetzt stehen die vier Freunde im Kreis. Leons Faust, in der die Münze steckt, hält er in die Mitte des Rings. Plonk sitzt auf Margarethes rechter Schulter. Zögerlich öffnet Leon seine Hand – und da liegt sie nun, sichtbar für alle fünf Augenpaare, die so gefürchtete Münze, der man das Verschwinden von mehreren Dutzend Personen anlastet. «Und das Ding soll Leute wegzaubern? Was jetzt, spürt ihr was?», grummelt Leon in seinen Dreitagebart und schüttelt seine wilden Locken. Auch die anderen schütteln den Kopf, sogar Plonk.

Auf der Heimfahrt in Leons Elektroauto, wo Plonk hinten zwischen Seraina und Rudy sitzt, passieren dann aber doch seltsame Dinge: Der Wagen scheint abzuheben wie ein Flugzeug, die Umgebung ist wie in Nebel gehüllt, die Strasse scheint sich aufzulösen. Leon wird blass und stottert: «Ich sehe… nichts mehr! Verdammt, da ist alles… alles ist weg! Die Strasse ist weg!» Im nächsten Moment wird allen Insassen des Renault angst und bange. Für einen kurzen Moment bereut Rudy es, mitgekommen zu sein, doch dann bemerkt er eine seltsame Veränderung an seinem Zustand: Er fühlt sich so beschwingt wie noch nie in seinem Leben – glückselig, sorglos und angstfrei. Es fühlt sich fast so an wie in der Grotte von Pelinn, nur dass Rudy ganz genau weiss, wer er ist und wie seine Freunde heissen. Er schaut zu Seraina, die ihn mit einem engelhaften Lächeln verzaubert. Sogar Plonk gurrt zufrieden. Vorne scheint Leon auf Wolke sieben zu schweben, er jauchzt und fährt den Wagen, wie es ihm gerade gefällt – nichts passiert, kein Hindernis stellt sich ihnen in den Weg. In diesem Moment ruft Margarethe freudig aus: «Da vorne, ein wunderschönes Dorf! Mein Gott ist das zauberhaft! Die vielen Tiere überall! Und sie haben keine Scheu, leben mitten im Dorf! Halt hier an, Leo! Das will ich genau sehen!» – Der Angesprochene bremst den Wagen ab, so dass er vor einem farbenfrohen Landhaus mit Strohdach zu stehen kommt. Die Freunde steigen aus und sehen sich um. Plonk flattert vergnügt umher wie ein junger Rabe. Serainas Blick bleibt auf dem Briefkasten kleben, sie stottert: «Hier… steht… Margarethe und Leon Inderbitzin-Gygax» – Vom Eingang des Nachbarhauses ruft Leon: «Und hier seid ihr zuhause: Seraina und Rudolf von Arx-Capaul!»

* * *

Wie ein Traum kommt es den vier Freunden vor: Die Gegend um das Dorf herum ist wunderschön, mit üppiger Vegetation. Und auch das Dorf selbst ist sehr malerisch. Eigentlich ist es eine kleine Stadt. Der Rathausplatz ist das Zentrum, zu Füssen der imposanten Kirche und des Schlosses, welches zuoberst auf dem Hügel thront und einen Weitblick über beide Seen gewährleistet: Zürichsee und Obersee, wie die Freunde naheliegenderweise vermuten. Die Aussicht ist betörend. Die Häuser sehen hübsch aus, Riegelhäuser, Holzhäuser und Steinhäuser mit farbigen Fensterläden und sorgfältig gepflegten Vorgärten und Blumenrabatten. Auf den Wiesen und auf den Wegen zwischen den Häusern tummeln sich Tiere, die in Städten ein ungewohnter Anblick sind: Rehe, Hasen und Igel. Und in den Bäumen zwitschern Amseln, Buchfinken, Meisen und im Jahr 2022 selten gewordene Vögel, deren Gesang die vier Stadtzürcher schon lange nicht mehr in der Nähe ihrer Wohnungen vernommen haben. In den kopfsteingepflasterten Gässchen, die sich labyrinthartig durch die Altstadt schlängeln, sind Läden aneinandergereiht, die ein liebevoll arrangiertes Sortiment führen: ein Teehaus mit auserlesenen Teesorten aus Indien, China und Japan, Kleiderläden mit edlen bunten Stoffen und originell geschneiderten Kleidern, ein Gewürzladen, aus welchem es verlockend duftet, und in den

Schuhgeschäften scheint die ganze Weltgeschichte der Schuhe versammelt zu sein. «Schau mal, dort sind sogar die geilen Sandalen der Gladiatoren!», erkennt Seraina beim Blick ins Schaufenster auf Anhieb, als die vier Freunde durch die Strassen flanieren. Mit ihrem Faible für Schuhe, insbesondere Stiefel, kann sie es nicht lassen, und Leon bemerkt mit Seitenblick zu den beiden Mädchen: «Wäre doch mal was für die Damen, diesmal, dann dürft IHR zur Abwechslung mal Bein zeigen!» Margarethe kichert und erinnert sich an das Wagenrennen im Circus Maximus: «Ich fand es inspirierend, dass ihr Männer mal eure strammen Waden zeigen konntet!» Seraina stimmt ihr schmachtend zu, obwohl der Anlass damals ziemlich furchterregend war. Zum Glück tauchen rückblickend auch die weniger erschreckenden und auch erheiternden Erinnerungen wieder auf. «Das ist eine meiner angenehmeren Rom-Reminiszenzen», gesteht sie, Leon prustet: «Warum so geschwollen, Liebste?» – «Wegen der Alliteration R-R», vermutet Seraina. «Und weil es romantisch ist.» Die Mädchen tauschen verschwörerische Blicke aus. – «Genau, die erste Liebesnacht!», erinnert sie Margarethe, und beide erröten. Unvergessen ist die Nacht der Nächte, welche die zwei Paare in der Ewigen Stadt zelebrieren durften in zwei schönen Hotelzimmern. Direkt danach aber ging das wilde Abenteuer mit Zeitreisen los, und die Romantik war bis auf Weiteres kein Thema mehr. Leon seufzt versonnen: «Hm, die Nacht war affengeil, aber die Hardcore-Action in der Arena hätte nicht direkt am Tag danach stattfinden müssen!»

«Rom ist längst kalter Kaffee – unterdessen waren wir auf der Route 66 mit kleinem Abstecher ins Herz der Geschichte der Native Americans», erinnert Rudy an ihr letztes Abenteuer auf einem anderen Kontinent. – «Dagegen ist die jetzige Zeitreise direkt harmlos: Wir sind nur in Rapperswil. Oder ist es überhaupt eine Zeitreise? Sicher ist es nicht, schaut euch die Leute an, die sind gekleidet wie wir!», gibt Leon zu bedenken. – In diesem Moment fällt es auch den anderen drei wie Schuppen von den Augen: Sie gehen an Leuten vorbei, die Jeans und T-Shirt tragen, manchmal ist ein Mann mit einem schicken Anzug zu sehen oder eine Frau mit einem eleganten Deux-Pièces – alles in allem wirkt die Szenerie, in der sie gelandet sind, auf die vier Freunde wie ein friedlicherer und stressfreierer Parallel-Alltag. Jetzt platzt Margarethe fast vor Neugier und wagt es, eine Frau anzusprechen, die gedankenversunken ein Schaufenster betrachtet: «Grüezi, darf ich Sie was fragen?» – Die Angesprochene, allem Anschein nach eine Rentnerin um die Siebzig, dreht sich nach Margarethe um und nickt. «Wo sind wir hier?» – Die Seniorin lächelt und antwortet geheimnisvoll: «Wenn ich das wüsste… Ich weiss nur, dass ich vor etwa zwei Wochen mit meinem Mann die Münze im Rathaus von Rapperswil schauen gegangen bin. Dann fanden wir uns hier wieder. Wir haben plötzlich ein eigenes Haus und ein Portemonnaie, das nie leer wird. Es ist traumhaft, aber irgendwie auch gespenstisch. Haben Sie die Münze auch gesehen?» – «Ja», erwidert Margarethe nachdenklich, verschweigt aber, dass Leon sie noch in seiner Hosentasche herumträgt. Die rüstige Rentnerin lächelt und meint: «Alle hier sagen dasselbe. Alle haben die Münze gesehen und sind hier wieder zu sich gekommen. Gestern hatten wir einen Dings im Briefkasten, einen äh, wie heissen die, Fleiär…» – «Flyer», korrigiert Rudy aus dem Hintergrund, Margarethe dreht sich etwas genervt zu ihm hin, hält den rechten Zeigefinger an ihre Lippen und macht «Pscht». Rudy zuckt zusammen und verstummt. Die Seniorin fährt fort: «Darauf stand: Willkommen im Freistaat Rapperswil. Als Bürgerinnen und Bürger von Rapperswil haben Sie Anrecht auf ein Haus und diverse Ländereien rund um den Rapperswiler See und auch auf Wald auf der Rapperswiler Bergkette…» – Margarethe macht grosse Augen und stottert: «Rapperswiler See! Was ist mit Zürich? Ist die Stadt…» – Die Rentnerin lacht und meint: «Ja, Zürich ist ausradiert. Ein junger Mann, der mitsamt seinem Elektro- …Dings äh… Trottinett hierhergelangt ist, hat sich umgeschaut, es gibt weit und breit keine andere Siedlung. Und die wenigen, die mit dem Auto hergekommen sind, brauchen es nicht mehr, weil man ja ohnehin nirgendwo hinfahren kann… Komisch, nicht wahr? Zuerst war ich schockiert, aber jetzt stört mich das nicht mehr.» – Die vier Freunde schweigen bestürzt, und für deren drei ist es ein Déjà-vu, denn schon einmal hat eine andere Stadt das grosse Zürich ausradiert: Damals war es Glanzenberg gewesen, diesmal hat Rapperswil dieses Kunststück vollbracht. Sie verabschieden sich von der Dame und beeilen sich, zurück zum Auto zu gelangen. Dort sucht Margarethe fieberhaft im Handschuhfach nach der Schweizer Landkarte, und zu viert beugen sie sich darüber. Am oberen Ende des bananenförmigen Zürichsees liegt – keine Stadt Zürich! Stattdessen ist das ganze Umland um Rapperswil riesig und wächst bis zu dem Ort, an welchem ihre Heimatstadt war und welcher als «Ausser-Rapperswil» bezeichnet ist. Das ist aber nicht wirklich eine Stadt, sondern eher ein Verkehrsknotenpunkt. Betroffen schweigen sie. Erst nach mehreren Minuten finden sie die Sprache wieder, und Leon meint: «Lasst uns rumfahren, mit dem Renault können wir etwas mehr Kilometer abspulen als mit einem blöden Elektroscooter. Ich glaube es nicht, dass Zürich weg ist!» – «Wenn es so ist, dann ist es so! In Glanzenberg habe ich es auch nicht geglaubt, aber es gab dort auch kein Zürich mehr. Also… Glanzi hat Züri geschluckt. Und jetzt Rappi? Fahrt los, ich schau mich mal in unserem Haus um, vielleicht hab ich Internet», seufzt Rudy und fürchtet sich schon davor, dass dem nicht so ist – denn: wozu ein Internet, wenn es ausser Rapperswil nichts anderes gibt…

«Immerhin befinden wir uns gerade in der Hauptstadt des Freistaates Rapperswil. Tönt doch ganz geil, oder?», bemerkt Leon nicht ohne Genugtuung und setzt sich ans Steuer seines Autos. Weshalb sie hier gelandet sind und warum die Briefkästen von zwei Häusern die Namen der beiden Paare tragen, verstehen sie nicht. «Sehen wir es doch einfach mal als eine Auszeit», schlägt Seraina pragmatisch vor und folgt Rudy in Richtung Haus. «Für all den Stress, den wir in letzter Zeit hatten – in unserer eigenen Zeit und in der Vergangenheit.» Margarethe nickt: «Ja, das haben wir uns echt mal verdient, nach all den Strapazen. Kommst du nicht mit, Rai?» Letztere schüttelt den Kopf: «Kein Bock! Geniesst eure Spritztour zu zweit!» – Leon lacht, während er durch die offene Beifahrertür glotzt: «Geniesst ihr mal sturmfrei in eurem trauten Heim! Ferien im Freistaat Rapperswil – ist doch mal was Neues!»

Margarethe steigt in den Wagen, und die beiden brausen los. Autobahnen gibt es keine, dafür sehr gut ausgebaute Überlandstrassen. Und Leon staunt Bauklötze, als er merkt, dass die Autobatterie nie leer wird. Margarethe bemerkt sein Erstaunen und meint: «Die Batterie, gell. Hab's auch bemerkt, die ist immer noch auf 63%, und wir fahren doch schon fast eine Stunde herum… hey…» – «Was?», erschrickt Leon und wird blass. «Schau, da vorne! Sind wir nicht Richtung Zürich gefahren? Warum sind wir jetzt plötzlich in der Linthebene und steuern von Osten her gen Rapperswil?», grübelt Margarethe, und auch Leon wird es mulmig zumute. «Es scheint, als wären wir in einem Hamsterrad gefangen – egal wohin wir fahren, wir gelangen stets zum Ausgangspunkt zurück!», konstatiert Leon, wendet den Wagen und fährt wie der Teufel Richtung Chur. Und siehe da, ein paar Minuten später finden sie sich im Norden wieder, und statt gen Italien zu gelangen, erreichen sie erneut Rapperswil! «Alle Wege führen nach Rapperswil», murmelt Margarethe erschaudernd, und Leon kratzt sich verlegen seinen Dreitagebart. «Aber was ist am Nordende des Sees? Irgendwas MUSS doch da sein?»

Als Margarethe und Leon von ihrem Trip zurückkehren, finden sie ihre beiden Freunde gechillt vor. Rudy wirkt, nachdem er sich vom Schock des fehlenden Internets erholt hat, sehr zufrieden und entspannt. «Nachdem wir ja schon nicht in der Hauptstadt der Europäischen Union leben dürfen, ist so ein Freistaat nicht der schlechteste Ort», spielt er auf die untergegangene Stadt Glanzenberg an, welche für einen Wimpernschlag lang EU-Hauptstadt sein durfte, während Zürich verschwunden war. – «Jaja, mein Rudolfino liebäugelt immer mit den Mächtigen!», spöttelt Seraina und schmiegt sich an ihren Freund, welcher ihr seinen Arm um die Taille legt: «Was heisst liebäugeln – ich mag die Macht! Und du bist meine Königin!» Sie lächelt süffisant, und die beiden küssen sich. Das bringt auch das andere Paar auf Ideen. Die vier haben endlich einmal Zeit, für die Musse, für das unbeschwerte Beisammensein als Gruppe, als Paare, als Freundinnen. Den ganzen Tag haben sie nichts zu tun ausser durch die Stadt flanieren, faulenzen und essen. Niemand erwartet, dass sie arbeiten, und man bedient sie zuvorkommend, als wären sie Höhergestellte.

Wer sie bedient, wird ihnen allerdings nicht ganz klar: «Sind das Rapperswiler oder was?», bringt es Seraina zur Sprache, als sich die Mädchen eine Pediküre gönnen. – «Wer denn, was denn?», reagiert Margarethe zerstreut, die sich eine solche Behandlung nicht gewohnt ist. Sie findet das höchst befremdlich, aber Seraina hatte darauf bestanden, zumal man sie kostenlos behandeln wollte. – «Die uns bedienen, meine ich.» – «Hm, keine Ahnung… frag doch!» Aber die Frauen, welche die Füsse der Mädchen pflegen, lächeln nur, antworten aber nicht, als wären sie stumm.

Wieder mit ihren Freunden vereint, erwähnen die Freundinnen das Thema, und Rudy flachst: «Werden wohl Sklaven sein!» Margarethe reisst ihre Augen auf: «Das meinst du aber nicht im Ernst?» – «Warum nicht?», wendet Leon achselzuckend ein. «Kriegsgefangene, Verbrecher… weiss der Kuckuck.» Seraina verwirft ihre Hände: «Und die müssen zur Strafe die Hornhaut von unseren Füssen kratzen?» – «Ach was! Ich denke, das sind einfach Leute, die ihren Beruf lieben und ihn auch hier gerne weiter ausüben. Wird einem doch sonst langweilig…», wendet Margarethe ein und fügt hinzu: «Das soll's geben, im Fall!»

Warum sie eine Sonderbehandlung geniessen, ist ihnen nicht klar. In welcher Zeit sie sich befinden, ebenfalls nicht. Margarethe bringt das zur Sprache: «Ich begreife immer noch nicht, in welcher Epoche wir uns befinden! Wo, ist klar. Und wie Leon und ich herausgefunden haben: Egal, wohin man fährt, man erreicht immer Rapperswil. Es gibt nichts anderes als Rapperswil hier. Aber mich nimmt es enorm wunder, ob wir in der Gegenwart sind oder in der Vergangenheit.» Leon zuckt mit den Schultern: «Offenbar spielt das keine Rolle, weil wir uns an einem Ort befinden, den es gar nicht gibt.» Auf die fragenden Blicke der anderen erwidert er: «Wir sind in einer Art Traumland.» – «In einem Paralleluniversum», ergänzt Rudy. – «Egal», meint Seraina. «Mir gefällt's hier!» Und mit dieser Aussage können sich alle für's Erste anfreunden. Sie beschliessen, nach und nach der Sache auf den Grund zu gehen, aber nicht ohne die Annehmlichkeiten des Freistaates zu geniessen.

4
Ein historischer Spiessrutenlauf

Die vier Freunde möchten gerne mehr wissen über den Ort, an welchem sie gelandet – oder gestrandet – sind; eigentlich ist es Margarethe, welche der Wissensdurst packt. Sie möchte alles erkunden und wird immer ungeduldiger. Als sie zu viert am See entlang spazieren, hören sie einen Mann mit Hut, der einer Gruppe von Leuten etwas erzählt. «Will wissen, was der berichtet», drängt die Geschichtsinteressierte. Neugierig gesellen sie sich zu der Ansammlung.

Plonk krächzt, als wolle er seine Menschen warnen, und Margarethe schickt dem Vogel, der über ihnen flattert, einen verwunderten Blick. Sogleich landet der Rabe auf der Schulter seiner Ziehmutter. Der Referent erblickt die vier Freunde, schickt dem grossen Kolkraben einen irritierten Blick und hält in seinem Vortrag inne. Plonk krächzt erneut. Die Luft scheint zu flimmern, und der Erzähler wackelt, als wäre die Bildübertragung bei einer Videositzung gestört. Dann hält er etwas in die Höhe. – «Ein Wappen… mit einem Raben!», keucht Seraina. – «Das muss wohl das Wappen des Freistaates sein!», mutmasst Rudy, aber Leon legt seine Stirne in Falten, was bei ihm ungewohnt ist: «Irgendwas ist seltsam…» – «Ach was!», frohlockt Margarethe, «Der Rabe ist ein gutes Zeichen für uns!» Und Plonk fliegt weg.

Das seltsame Flimmern verschwindet, als wäre die Bildstörung behoben, und der Hutträger referiert weiter: «…ist das Rapperswiler Plateau entstanden, zeitgleich mit der Bildung der Alpen. Das war im Oligozän des Tertiärs: vor 237 Millionen Jahren.» Reflexartig zückt Rudy sein Smartiefon, doch er hat keine Internetverbindung. Aus dem Gedächtnis murmelt er: «Das westliche Molassebecken wurde nach der Jurafaltung hochgehoben. Und dann im Quartär, das war bekanntlich zweigeteilt…» – «Wer hat was hochgekriegt?», reagiert Leon grinsend. «Was bitte laberst du da Unanständiges, von Foltermethoden – Zweiteilung?» Verwirrte Blicke wenden sich den beiden zu, als Rudy fortfährt, indem er Leons Geflachse komplett ignoriert: «Vor anderthalb Millionen Jahren war das Pleistozän, mit den Eis- und Zwischeneiszeiten!» Leon jedoch lässt nicht locker: «Ach, oder hast du dir die Zähne ruiniert, weil du zu viel Eis gegessen hast?» – «Leon, du Kindskopf, sei nicht albern!», tadelt ihn Margarethe leise, aber Seraina prustet laut heraus, und die anderen Leute werfen der Gruppe tadelnde Blicke zu. Rudy reagiert unbeirrt: «Das Holozän war das letzte Erdzeitalter nach der letzten Eiszeit, vor anderthalb Millionen Jahren; das weiss doch jedes Kind!»

Der unbekannte Referent hält inne und wendet sich an Rudy: «Junger Mann, Ihr Interesse erfreut mich! Dann wissen Sie sicher auch, dass sich der Meeresboden hob und vor 32 Millionen Jahren die weiten Ebenen entstanden. Im Seeland räumten dann vorstossende Gletscher die Molasseplateaus an manchen Stellen bis auf 150 Metern über Meer aus.» Leons Grinsen verrät, dass er wieder eine Zweideutigkeit entdeckt hat. Margarethe rammt ihm den Ellbogen zwischen die Rippen und schickt ihm einen beredten Seitenblick. – «Autsch, Mäg!», jammert er. «Aber wenn etwas vorstösst, und dann noch mit Gleitschirm, äh, Gleitcrème…» – «Pscht, du bist einfach sowas von *cringe*!», zischt Seraina und kann ihr Lachen fast nicht verbeissen. Margarethe seufzt: «Ich versteh' nix von Geologie, und wenn dauernd einer Blödsinn labert, werde ich auch nicht schlauer!» – «Vielleicht brauchst du auch eine Brille, dann siehst du immerhin schlauer aus!», bemerkt Seraina und erntet einen unsanften Stoss in die Rippen.

Ohne sich durch die Wortspiele irritieren zu lassen, fährt der Mann fort: «Der Würmgletscher räumte die Schottermassen aus, und das Seeland wurde mit der ausgedehnten Grundmoräne überlagert.» Leon grunzt, doch seine Freundin hält ihm eine Hand auf den Mund. Er windet sich und packt ihr Handgelenk, und das Handgemenge endet in einem leidenschaftlichen Kuss. Seraina schickt ihrem Rudolfino einen sehnsüchtigen Blick, aber er hängt an den Lippen des Referenten, als dieser über den Rückzug der Gletscher im Holozän berichtet: «...als die Aare und Saane Glazial- und Erosionsschutt ins Juraseengebiet transportierte, wodurch ein Delta aufgeschüttet wurde.» – «Man sieht Spuren von Gletschern auf Schritt und Tritt!», wendet sich Rudy begeistert an seine Freundin. «Und Findlinge auch, schau mal dort!» Der Geologe strahlt den Wissbegierigen an: «Manche Findlinge sind eingelagert im Grundmoränenschutt der Würmeiszeit, und seht die östlichen und westlichen Hügelzüge mit den Moränenwällen, die das Seeland umrahmen!» Mit einer ausladenden Handbewegung deutet er auf die Hügel.

Margarethe, die sich aus der stürmischen Umarmung ihres Freundes befreit hat, keucht: «Das ist ja voll interessant, aber ich kann mir das sowieso nicht merken, diese ganze Geologie! Ich würde gerne einen Schritt vorwärts in der Geschichte gehen!» Die vier flanieren weiter, lassen ihren Blick über die Landschaft gleiten, die Hügel, und einen Augenblick lang ist Margarethe etwas irritiert, weil sie die Gegend zu verändert haben scheint – oder bildet sie sich das nur ein? War da nicht ein See? Wieso kann sie den nicht mehr sehen? Wobei, wenn man über den Damm geht, sieht man auch nicht die ganze Zeit aufs Wasser, wegen der Bäume, redet sie sich ein. Bevor sie ihren Freunden ihre Gedanken mitteilen kann, sind sie bereits bei einer weiteren Gruppe angelangt, die sich um eine Erzählerin versammelt hat. «Sag mal, ist das ein Parcours, so ein Postenlauf hier, oder ein Spiessrutenlauf des Wissens?», wundert sich Seraina. Sie gesellen sich zu der versammelten Gesellschaft, um zu hören, worüber hier berichtet wird.

«1479 war der Beginn der schweizerischen Kartografie», hören sie die Frau erzählen. «Der Dekan von Einsiedeln, Albrecht von Bonstetten, legte mit der *Superioris Germania Confoederationis Descriptio* die erste grafische Darstellung der Eidgenossenschaft vor.» – «Oh nein, von Karten versteh ich gerade gar nix!», jammert Seraina, während ihr Freund wieder mit seinem Gerät hantiert, nur um schon wieder zu bemerken, dass er kein Internet hat. Doch Rudy wäre nicht Rudy, wenn das Wissen nicht auch in seinem Kopf zu finden wäre: «Diese Karte war etwas Besonderes, weil sie nach Süden orientiert war!» Verwirrt schüttelt Margarethe ihren Kopf: «Das ist doch immer so, oder?» Rudy lacht auf: «Quatsch, die sind immer nach Norden ausgerichtet, das…» – «…weiss ja jedes Kind!», blafft sie ihn an. «Ja, natürlich weiss ich das, du hast mich nur total durcheinandergebracht», verteidigt sie sich errötend. Leon drückt seine Liebste an sich: «Vielleicht brauchst du doch eine Brille?» – «Und was nützt eine Brille, wenn einer mich volllabert?» – «Immerhin siehst du damit intellektueller aus», gibt Seraina zu bedenken. Ihre Freundin schüttelt ihren Kopf: «Und das färbt dann auf die Intelligenz ab? Mir wurscht, Kartografie ist nicht so ganz mein Ding. Gehen wir weiter!» Mit Seitenblick zu Seraina bemerkt Leon: «Brillen können ganz schön sexy aussehen!» Die frischgebackene Brillenträgerin schickt ihm einen tiefen Blick durch ihre Augengläser, und Margarethe räuspert sich vernehmlich: «Gehen wir weiter?» Wie ertappte Diebe nicken Leon und Seraina bereitwillig, und auch Rudy ist einverstanden. So spazieren die vier Freunde weiter, nicht mehr am See entlang, was Margarethe kurz registriert. Sie befinden sich auch nicht auf einem Damm, da ist sie sich sicher.

«Ich werd' verrückt – da steht noch so ein Laberheini! Ist das der Kampf der Kantons-Stadtführer oder was?», regt sich Leon auf, als sie eine weitere Ansammlung von Leuten sehen, die sich um einen Referenten scharen. Der Mann ist bärtig und trägt eine dicke Hornbrille, dazu eine karierte Mütze. Leon möchte seine Mäg wegziehen und weitergehen, doch sie sträubt sich: «Der erzählt was über Geschichte!» Seufzend gibt sich Leon geschlagen, um aber gleich mit leuchtenden Augen aufzuhorchen. «...diese neolithische Beilklinge wurde im 19. Jahrhundert gefunden.» – «Wow!», macht Margarethe, als der Erzähler das besagte Objekt sorgfältig aus seiner Manteltasche zieht und seinem Publikum präsentiert. «Man fand Pfahlbauten am Moossee und *Tumuli* in der Westecke des Rapperswiler Plateaus.» – «Grabhügel!», jubelt das Mädchen, und Rudy seufzt: «Das ist mir zu morbide!» – «Die Besiedlungen werden Ende des Neolithikums, zur mittleren Bronzezeit und späten Hallstattzeit vermutet, wobei Siedlungsspuren nicht nachweisbar sind», berichtet der Historiker weiter. «Kommen wir zum Jungpaläolithikum...» – «...das ist sie Altsteinzeit!», weiss Margarethe. – «Richtig», freut sich der Referent. «Sie dauerte ungefähr von 33'000 bis 8000 vor Christus. Die Landschaft war Tundra-ähnlich, bis die ersten Bäume wuchsen: Kiefern, Birken...» – «Und dann Haseln, Eichen, Linden, Ulmen, Ahorne und Eschen!», ergänzt Leon mit plötzlicher Begeisterung. Der Biologiestudent ist voll in seinem Element, und der Historiker quittiert das mit anerkennendem Lächeln und fragt: «Und wissen Sie auch, junger Mann, welche Tiere durch die Wälder streiften?» – «Ja – Hirsche, Wildschweine, Braunbären, Dachse und Marder!», entgegnet Leon strahlend. – «Wahr gesprochen! Der *Homo sapiens* schnitzte Harpunen und Nadeln aus Holz und Rentierknochen. Und schon sind wir im Mesolithikum angelangt, das von 8000 bis 5500 vor Christus dauerte.»

«Hirsche!», flüstert Margarethe geheimnisvoll mit verträumtem Blick. – «Oh Mann, ich werd' wahnsinnig!», seufzt Seraina laut. «Das geht ja noch ewig, bis wir mal in der Gegenwart sind!» – «Pscht», weist sie ihre Freundin zurecht. «Ich will das hören!» Seraina winkt ab: «Dann schlage ich vor, Rudy und ich gehen eine Runde spazieren, und ihr hört euch an, was ihr wollt, ob mit oder ohne Hirsche, ist mir egal!» Margarethe und Leon zeigen sich einverstanden. Letzterer schwärmt: «Im Mesolithikum, das heisst, in der Jungsteinzeit, veränderte sich das Klima, bis es den heutigen Zustand erreichte.» Der Referent hört das und nickt zustimmend: «Richtig, es entwickelten sich riesige Wälder, und der Mensch lebte von Jagd, Fischfang und Sammeln.» – «Und er nahm keinen direkten Einfluss auf die Natur! Das waren noch Zeiten!», fügt Leon schwärmerisch hinzu. – «Aus dem Neolithikum schliesslich, welches von 5500 bis 2200 vor Christus dauerte, stammt diese Beilklinge aus Stein hier. Erfindungen gestalteten das Alltagsleben allmählich um; Getreide wurde angebaut, im Vorderen Orient bereits im 7. Jahrhundert vor Christus Keramik hergestellt.» – «Keramik fasziniert mich irgendwie», bemerkt Margarethe leise. «Weisst du noch, die assyrischen Gefässe im Vatikanmuseum?» – «Naja, ich finde Pötte weniger spannend», gesteht Leon. – «Dabei waren die so wichtig!», insistiert Margarethe. «In ihnen konnte man Nahrung aufbewahren!» Jetzt ist es an ihr, ein Kompliment seitens des Referenten einzuheimsen, welcher nickt: «Recht spricht die junge Dame! Dank der Gefässe konnten Nahrungsmittel gesammelt, aufbewahrt und gekocht werden.» – «Wurden nicht auch Tiere in der Jungsteinzeit domestiziert?», erkundigt sich Leon. – «Auch dies trifft zu, wissbegieriger junger Herr! Wissen Sie auch, welche?» Leon kommt sich vor wie in der Schule, als er antwortet: «Ziegen, Schafe Schweine, Rinder, Hunde…» – «Raben nicht?», flüstert Margarethe und wirft ihm einen Seitenblick zu, und im Augenwinkel nimmt sie einen Schatten über sich wahr. Als hätte sie ihn herbeizitiert durch einen Zauber, landet Plonk auf der Schulter seiner Ziehmutter. Die umstehenden Leute weichen zurück und äussern Laute des Staunens. – «Gewiss begleiteten Raben die Menschen, diese klugen Vögel», bemerkt der Referent, und Ehrfurcht schwingt in seiner Stimme mit, als Plonk sich zum Gesagten äussert: «Rrrraben krrug!»

Leon grinst: «Was für ein Rabenkrug?» Dabei versteht er rein schon durch Gedankenübertragung, dass der Rabe ganz unbescheiden äussert, wie klug Rabenvögel sind. Der Referent strahlt:

«Nicht umsonst ziert der Rabe unser Wappen!» – «Stimmt, das hat uns doch der Erzähler vorhin gezeigt», erinnert sich Margarethe und stutzt: «Seltsam, dass das heutige Wappen anders aussieht…» – «Warum?», wundert sich ihr Freund. – «Da ist doch kein Rabe drauf, oder? War da nicht eine Rose?» – Leon lacht auf: «Was für ein Verlust! Der Rabe wäre viel besser!» – Jetzt ist es an Margarethe, ihre Stirne in Falten zu legen: «Ja, schon, aber das ist seltsam!» – «Wappen können sich ändern», winkt Leon lakonisch ab. «Ausserdem sind wir hier im Freistaat Rapperswil, da ist alles anders…» Margarethe nickt, aber die Erklärung überzeugt sie nicht. Das nagende Gefühl in ihrem Bauch wird stärker, aber sie kann ihre Gedanken nicht in Worte fassen. Rabe oder Rose? Sie beschliesst, der Sache später nachzugehen.

Nach der kurzen Unterbrechung nimmt der Erzähler wieder seinen Faden auf und kommt zu den Nahrungsmitteln, die in der Jungsteinzeit verzehrt und mit der Zeit angebaut wurden: «Gersten, Weizen, Emmer, Einkorn…», fängt er an und wirft Leon einen aufmunternden Blick zu. – «Hm… Hirse, Erbsen, Linsen auch?» – «Richtig, und Flachs und Mohn. Zum ersten Mal hatte man einen Nahrungsüberschuss, und die Bevölkerung wuchs und schloss sich zu Siedlungsgemeinschaften an den Ufern der Seen zusammen.» Jetzt wird Margarethe wieder aufmerksam: «Die Pfahlbauer!», ruft sie. «Sie bauten Häuser auf Stelzen im Sumpfgebiet.» Der Referent bewegt seine Hand seitlich hin und her, als wiegle er ab: «Man hat zwei Hypothesen: dass Siedlungen auf trockenem Boden auf Pfählen gebaut wurden und bei Hochwasser verlassen oder dass sie so weit über dem Boden gebaut wurden, dass das Dorf die ganze Zeit bewohnt werden konnte.»

«Jedenfalls gab es organisierte Gesellschaften in den ersten Dörfern, wie auch die Gräberfelder zeigten: mit Kistengräbern und Grabbeigaben. Und mit Grabsteinen.» Beim Wort ‹Grabsteine› erfasst das Mädchen ein kalter Schauder. «Waren das Megalithen, Dolmen oder Menhire?», möchte sie wissen. – «Alle drei kamen vor», antwortet der Historiker und schickt ihr einen anerkennenden Blick.

Die Gedanken jagen sich im Kopf von Margarethe; sie könnte noch stundenlang zuhören und auf dem Zeitstrahl weiterschreiten, und Fragen hätte sie auch, beispielsweise: Was ist mit der Münze? Sollen sie diese dem Historiker zeigen, oder müssten sie erst die für die neuere Geschichte zuständige Person suchen? Leon wird langsam ungeduldig: «Wollen wir mal weiter und die anderen suchen?» – «Was? Aber wir sind doch erst in der Steinzeit steckengeblieben; ich möchte wissen, wie es mit der Geschichte weitergeht! Auch wegen der Münze!» Er winkt seufzend ab: «Genug jetzt! Was weiss der von der Münze im Noeolithikum?» – «Neolithikum! Dann gehen wir noch weiter», drängt sie. «Als Nächstes kommt die Bronze- und Eisenzeit!» – «Nein danke, mir reicht's! Die machen sicher jeden Tag solche Geschichtsführungen am See; da können wir auch morgen weitermachen. Ich möchte mich jetzt lieber ein bisschen entspannen!» Mit diesen Worten zieht er beide Augenbrauen hoch und seine Freundin an sich: Wo wir doch so ein schönes Häuschen haben… für uns allein!» Plonk krächzt, und wieder flimmert die Luft, und Margarethe ist nicht sicher, wovon ihr schwindlig wird – von Luft oder Liebe.

* * *

Der Freistaat bietet seinen Bewohnern einiges an Annehmlichkeiten. Besonders attraktiv finden die Freunde den See, oder eher die beiden Seen, weil Rapperswil am Ufer des Zürich- und Obersees liegt, welche durch den langen Damm getrennt werden. Leon schätzt den Wassersport wie Segeln oder Wakeboarding, während Rudy lieber mit dem Motorboot herumbraust. Dafür braucht er hier nicht einmal einen Führerschein. Boote stehen einfach zur freien Benutzung zur Verfügung. Die Mädchen fahren gerne Boot oder Pedalo, und Margarethe schwimmt fast jeden Tag mit ihrem Leon in einem der beiden Seen, denn es ist warm. Auch bezüglich Möglichkeiten zum Loslassen hat Rapperswil viel zu bieten: Gewiss, der hiesige Wellnesstempel ist nicht mit der Grotte von Pelinn zu vergleichen, dem heimtückischen Zukunfts-Paradies der Entspannung, das beinahe zur Falle für die beiden Paare wurde, um sie für einen «höheren Zweck» zu instrumentalisieren. Trotzdem bietet das Rapperswiler Wellness-Ressort einiges an Annehmlichkeiten für seine Gäste: Sprudelbad, Dampfbad und Hamam nach römisch-irischer Art. Die vier Freunde gönnen sich dort sogar jede Woche eine Massage, obwohl Margarethe zuerst Berührungsängste hatte und Rudy erst recht, der es nicht mag, wenn ihn fremde Leute anfassen. Aber die Therapeutinnen und Masseure gehen zuvorkommend und rücksichtsvoll auf die Wünsche ihrer Gäste ein, und auch Rudy fasst mit der Zeit Vertrauen. Seraina kennt Massage schon lange, weil ihre Cousine Masseuse ist und während ihrer Ausbildung ab und zu ein «Opfer» brauchte. Für sie ist es daher etwas ganz Normales, massiert zu werden, und sie geniesst das auch. Leon ist diesbezüglich unkompliziert und kokettiert auch gerne: «Mal sehen, ob morgen wieder die hübsche Brünette massiert, die hat so sinnliche Hände!» Margarethe schickt ihm einen vorwurfsvollen Blick und räuspert sich, und Seraina stupst ihre Freundin in die Seite: «Kontere doch einfach mit dem heissblütigen Guatemalteken; der sieht umwerfend aus und massiert einfach himmlisch – und der kitzelt dich sogar, wenn du das magst!» Margarethe schmachtet: «Hör auf, ich krieg ja ganz weiche Knie!» Jetzt ist es an Leon, sich ärgerlich zu räuspern: «Na warte, wenn du gekitzelt werden möchtest, dann stehe ich gern zur Verfügung!» – «Ach ja, bittebitte!» – Rudy verdreht seine Augen: «Bitte nicht hier, das Gequieke ist ja nicht auszuhalten, wenn ihr euch gegenseitig kitzelt! Das klingt dann wieder wie im Schweinestall; geht doch dorthin, dann fallt ihr nicht auf!» Seraina und Margarethe schicken sich amüsierte Blicke und prusten gleichzeitig los, was Rudy verwundert: «Nanu, so lustig ist der Witz aber nicht!» Seraina wischt sich Tränen des Lachens aus den Augenwinkeln: «Doch, denn im Schweinestall sitzt doch schon der Gerry!» Über Rudys Kopf formieren sich unsichtbare Fragezeichen. Ein lachendes Krächzen kündet von Plonk, welcher sich stets in der Nähe seiner Menschenfreunde aufhält. – «Wie lange sind wir eigentlich schon hier?», wundert sich Margarethe. Leon winkt ab: «Egal – es ist so chillig hier, keine Arbeit, kein Stress; ich könnte ewig hier bleiben!»

5
Makabre Methoden

Die Idylle währt jedoch nicht lange – zumindest nicht für Margarethe. Rabenherz wird langsam unruhig, und ihr Rabe spürt das und gurrt besänftigend, während er auf ihrer Schulter sitzt. Sie versteht selbst nicht, warum sie so getrieben ist und was sie treibt: Ist es eine dunkle Vorahnung, oder hat sie es schlicht und einfach verlernt, nichts tun zu müssen? Leon quittiert ihr Verhalten leicht genervt: «Mäg, was tigerst du herum? Warum bist du so nervös?» – «Ich bin NICHT nervös!», herrscht sie ihn an und erschrickt selber über die Vehemenz, mit der sie aufbraust. Beschwichtigend hebt Leon beide Hände: «Okee, du bist NICHT nervös. Aber unruhig bist du, da beisst die Maus keinen Faden ab!» Seine Freundin seufzt: «Mir ist langweilig!», worauf ihr Freund stöhnt: «Jetzt fängt DAS wieder an!» – «Nein, ich habe nicht gesagt, DU bist langweilig!», verteidigt sie sich. «Aber das Rumsitzen und Nichtstun ist langweilig... oder vielmehr beunruhigend», fügt sie nachdenklich hinzu. «Als wäre es...» – «...die Ruhe vor dem Sturm!», beendet Seraina ihren Satz, indem sie sich über den Gartenzaun lehnt, der ihre beiden Grundstücke trennt.

Leon verwirft seine Hände: «Ihr Weiber seid unmöglich! Geniesst doch einfach mal den Augenblick!» Auf Serainas Stirne bildet sich eine tiefe Falte, und Margarethe bemerkt: «Dir ist die Sache auch nicht geheuer, gell, Raina?» – «Anfänglich ja schon, aber mittlerweile denke ich, dass hier etwas nicht koscher ist. Ausserdem hat uns immer noch niemand erklärt, was wir hier eigentlich suchen, warum wir ausgerechnet im Freistaat Rapperswil gelandet sind.» – «Nach der ganzen Geschichte mit der weissen Hirschkuh», fährt Margarethe nickend fort. «Ich würde der Sache gerne nachgehen und nicht hier heile Welt spielen in einem Freistaat, der bloss eine Illusion ist.»

Nun ist auch Rudy bei den dreien angelangt und lässt sich auf dem niedrigen Gartenzaun nieder. «Ich habe nix dagegen, in einem Freistaat zu leben – am Zürichsee, eine idyllische Landschaft vor Augen», fängt er an. – «Aber?», macht Seraina herausfordernd. – «Ich vermisse... gewisse Bereiche meines Lebens.» – «Ich dachte, du könntest deine Cyborg-Teile abschalten, und dann hast du Ruhe?», wundert sich Margarethe. – «Und dann werden andere Teile umso aktiver!», flachst Leon mit zweideutigem Grinsen. – «Ja, schon… aber etwas fehlt!», gesteht Rudy, worauf er einen empörten Blick von seiner Freundin erntet: «Genüge ich dir etwa nicht zur Unterhaltung?» Zerstreut erwidert ihr Freund: «Doch, schon, aber du bist zu wenig...» – «Zuwenig WAS bitte?», funkelt sie ihn böse an, und ihr Gesicht ist nur wenige Zentimenter von seinem entfernt. Die Drohgebärde beeindruckt den Cyborg nicht im Geringsten. Margarethe versteht sofort, was ihren ältesten Freund umtreibt: «Wenn Rudy zu lange keine technischen Spielzeuge benutzen kann, steht das in direktem Zusammenhang mit einer imminenten Verschlechterung seiner Laune.» – «Sein Gemütszustand verhält sich sozusagen umgekehrt proportional zur aktuellen Verfügbarkeit von Cybertools», flachst Leon, und Seraina schickt ihm einen schrägen Blick: «Du meinst, wenn es keine Cybertools hat, wächst stattdessen was anderes?» Einen Moment lang stutzen sie, dann brechen alle vier in Gelächter aus. – «Sag ich doch schon die ganze Zeit!», doppelt Leon nach.

Dann werden sie wieder nachdenklich. Rudy fängt an: «Etwas haben Mäggy und ich gemeinsam: Wir sitzen nicht gern rum und drehen Däumchen.» Leon erdreistet sich, seinen Arm auszustrecken, um Seraina zu packen und zu sich zu ziehen, was sie sich erstaunlicherweise gefallen lässt. «Na gut, dann schnapp ich mir Rai und schiebe mit ihr 'ne ruhige Kugel!» Misstrauisch funkelt

Margarethe ihren Freund an: «Und lässt dich so nebenbei von ihr beatmen, wenn du wiedermal den toten Ritter spielst?» – «He, du Frechdachs, lach nicht darüber, dass mein Leben am seidenen Faden hing!», faucht er, doch in seinen Augen spielt ein Lachen. «Aber rückblickend hatte die Odyssee ins Mittelalter ihre guten Momente.» Margarethe blickt ihn zweifelnd an: «Wenn ich jetzt in deinen Gedanken lesen könnte, welches diese Momente waren…, dann…?» Nun lehnt sich Leon zu seiner Freundin und umfasst Margarethe mit seinem freien Arm, während er im anderen immer noch Seraina hält. «Also, zugegebenermassen finde ich das JETZT einen ausgesprochen guten Moment!», schnurrt er zufrieden und zieht beide Mädchen näher an sich. Rudy wird sich dessen zwar bewusst, dass er gerade ausgebootet wird, aber da sein Hirn auf Hochtouren arbeitet, geht er nicht auf die Provokation ein. «Zwar kann ich keine technischen Geräte anzapfen, und unsere funktionieren seltsamerweise hier alle nicht, weil der glückliche Freistaat Rapperswil fast ganz ohne Technik auskommt. Sie haben zwar elektrischen Strom und – wie Leon es formuliert – allen Zivilisationsschnickschnack wie LED-Lampen, Waschmaschinen und Glaskeramikherde, aber eben nur das, was die Grundbedürfnisse abdeckt. Es fehlt am Wichtigsten: den Computern und dem Internet. Aber dennoch: meine Sensoren haben ein Signal erfasst.» – «Was für ein Signal, Cyborgino mio?», erkundigt sich Seraina beunruhigt. – «Keine Ahnung, es ist wie ein Rauschen aus dem All, als würden meine Cyborgtools…» Weiter kommt er nicht, denn ein lauter Schrei lässt die vier zusammenzucken. Der Rabe Plonk krächzt durchdringend; es klingt wie ein schriller Warnschrei. Margarethe spürt einen kalten Schauder in ihrem Nacken, als würden sie eiskalte Klauen packen.

Laute Stimmen dringen an ihre Ohren, und sie sehen eine Art Prozession, die sich ganz in der Nähe vorbeibewegt. «Eine Beerdigung!», vermutet Seraina mit dem fachkundigen Blick der angehenden Medizinerin. Drei schwarzgekleidete Frauen, die neben dem von vier Männern getragenen Sarg mitgehen, schluchzen und wehklagen laut. Margarethe wird von einer dunklen Vorahnung beschlichen, als sie den Zug der Trauernden beobachtet, die den Verstorbenen zum Friedhof geleiten. Erst jetzt wird ihr klar, wie nahe der Friedhof von ihren Wohnstätten liegt. Ein kalter Schauder läuft über ihren Rücken. Als würde sie ihre Gedanken lesen, spricht Seraina mit leiser Stimme: «Ja, der Friedhof ist nahe.» – «Zu nahe für meinen Geschmack!», bestätigt Leon. «Ich hätte ihn lieber weit weg – und alle Gedanken an den Tod. Ich möchte leben!» Margarethe nickt.

Mit gemischten Gefühlen machen sich die vier daran, gemeinsam ihr Abendessen zuzubereiten, aber sie sind schweigsam am Tisch, und früh schon ziehen sich die Paare in ihre jeweiligen Häuser zurück. Leon neckt seine Liebste und versucht, sie aus ihren Kleidern zu schälen, sie jedoch leistet Widerstand. «Heute nicht, Liebster!», wehrt sie ihn ab. Verwundert und auch etwas verletzt reagiert er: «Was hast du denn? Wenn wir den Tod gesehen haben, sollten wir doch das Leben zelebrieren – jetzt erst recht!» Seiner Freundin steht jedoch der Sinn nicht nach Liebesspiel, nachdem sie den Tod hat vorbeiziehen sehen. Plonk gurrt leise, und es klingt traurig. Auch Seraina und Rudy sind nachdenklich und unerwartet deprimiert, obwohl oder gerade weil sie nicht wissen, wer in dem Sarg liegt.

* * *

Am nächsten Tag versucht Seraina herauszufinden, wer am Vortag zu Grabe getragen wurde. Sie erkundigt sich bei Leuten, die in der Nachbarschaft leben und mit denen sie in letzter Zeit ein paar Worte gewechselt hatte. Die meisten anderen Stadtbewohner haben die vier Neuankömmlinge bisher als schweigsam und zurückgezogen erlebt; zwar nicht unfreundlich, aber distanziert:

Daher hat sich bis jetzt noch kein verbindlicher Kontakt zu anderen ergeben. Ausserdem genügten sich die vier Freunde bis anhin, und sie hatten nicht das dringende Bedürfnis verspürt, Kontakte zu knüpfen: Zum Kartenspielen genügen vier, und auch andere Freizeitaktivitäten übten sie zu zweit oder zu viert aus. Sie alle bewegen sich ungern in grösseren Gruppen. Seraina jedoch möchte sich nun Gewissheit verschaffen, da ein nagender Verdacht sie plagt. Nach einiger Zeit kehrt sie zurück in ihr Haus und wirkt ziemlich aufgeregt. «Rudolfino, stell dir vor, der Verstorbene hatte Kontakt mit der Münze! Und er war der Erste, der sie gesehen hat, er war nämlich jener Jäger, der die weisse Hirschkuh schiessen musste, weil sie verletzt war.» Verblüfft sieht er auf von einem Knobelspiel, dass er mit Hölzchen und Steinchen ausgetüftelt hat. «Im Ernst jetzt? Meinst du DIESE… UNSERE Münze?» Das Mädchen nickt: «Wir müssen Mäggy und Leon informieren.»

Margarethe und Leon reagieren verstört und äusserst beunruhigt auf Serainas Bericht. «Was, wenn ein Fluch auf dieser Münze liegt, und wir müssen alle sterben?», spricht Margarethe das aus, was auch die anderen drei beschäftigt. Leon schüttelt seinen dunkelblonden Lockenschopf: «Vergiss es, abkratzen kommt gar nicht in Frage! Ich will leben!» – «Und selbst wenn es so wäre: Können wir denn etwas dagegen tun?», fragt Seraina. – «Na hoffentlich; dasitzen und Däumchen drehen, bis wir tot umfallen, ist nicht mein Ding – ausserdem geht mein Startup bachab, wenn ich mich nicht gelegentlich wieder in Zürich im Jahr 2022 blicken lasse», gibt Rudy zu bedenken. – «Fürs Erste können wir ja mal unsere Ferien hier geniessen und das tun, was wir in letzter Zeit versäumt haben!», schlägt Leon vor und zieht seine Freundin demonstrativ an sich, um sie zu küssen. Diese entwindet sich seiner Umarmung und seufzt: «Leute, ihr verkennt den Ernst der Lage! Wir sind die Letzten, die die Münze gesehen haben, weil sie noch in deiner Tasche steckt, Leo. Wenn also der Erste, der sie gesehen hat, rund einen Monat nach dem Fund stirbt, und falls alle anderen Bewohner von Rapperswil nach und nach das Zeitliche segnet, dann folgen wir in ziemlich genau zwei Wochen.» – «Mäggy, was sollen wir deiner Meinung nach tun?», fragt Rudy. – «Nachforschungen betreiben. Mit Leuten reden, beobachten. Irgendwas finden wir sicher heraus.» Leon seufzt: «Und prompt stecken wir wieder mitten im übelsten Agententhriller!»

* * *

In den nächsten Tagen sind die vier Freunde aufmerksamer als bisher, und allen wird klar, wie sehr sie wochenlang in einem Tagtraum gelebt oder eher dahingedämmert hatten. Schlagartig sind sie wach, seit Seraina den starken Verdacht bekundet hat, der Todesfall kürzlich könne etwas mit der Münze zu tun haben. An einem Vormittag spazieren Margarethe und Leon gedankenverloren in der Nähe des Friedhofs vorbei, während Plonk über ihren Köpfen seine Kreise zieht, als wäre er ihr Leibwächter. Das Mädchen schlägt vor, über den Gottesacker zu geben. Leon leistet zuerst Widerstand, weil er offensichtlich Mühe mit dem vergänglichen Thema hat, dann aber folgt er ihr. «Schau mal, da sind neue Gräber!», bemerkt das Mädchen, und der junge Mann nickt zerstreut. «VIELE neue Gräber!», bekräftigt sie, und er bleibt stehen und sieht ihr fest in die Augen: «Willst du mir etwas mitteilen, Mäg?» Sie seufzt: «Es ist auffällig! Man könnte meinen, die Leute sterben wie die Fliegen! Die meisten haben die Münze ja in den ersten zwei Wochen nach dem Fund gesehen, dann wurde die Alu-Folie auf die Vitrine gelegt. Sobald also der Abwart hier liegt, der die Vitrine blickdicht verpackt hat, dann sind wir hier nur noch vier Personen in Rapperswil und folgen den anderen ziemlich bald!» Sie eilen zurück zu ihrer Wohnstätte und begegnen unterwegs einer neuerlichen Prozession, die einen Toten zu seiner letzten Ruhestätte geleitet. Erneut erfasst ein kalter Schauder das Mädchen, Plonk krächzt heiser und traurig, und auch Leon fühlt sich unwohl in seiner Haut und ertappt sich dabei, dass er tief einatmet, sich selber beobachtet und instinktiv seinen Hals und seine Arme absucht nach Schwellungen oder Krankheitsmerkmalen. Margarethe bemerkt das: «Nein, du hast keine seltsamen Flecken – meinst du, die sterben an der Pest?» – «Zumindest bestimmt nicht an MAE-CD-20, denn diese Pandemie ist vorbei», erwidert er mit düsterer Miene, als die Truppe mit traurigen Gesichtern vorbeizieht. Die Haut der Trauernden wirkt grau. Alles sieht plötzlich aus wie in einem Schwarz-Weiss-Film. – «Etwas Positives hat es: Wir sind noch nicht die letzten Mohikaner in diesem Freistaat», stellt Leon trocken fest. Margarethe seufzt.

Auch das Paar verfällt in eine depressive Stimmung, und sogar Plonk wirkt bedrückt und setzt sich auf die Schulter seiner Ziehmutter, als suche er Trost. Als die drei zu ihrem Wohnhaus zurückkehren, stürmt ihnen Seraina entgegen: «Es ist wirklich so: alle Leute im Städtchen haben die Münze gesehen!» – «Bist du sicher?», fragt Leon. – «Todsicher!», erwidert Seraina ungewohnt emotional. Ihre Freundin nickt: «Wir haben neue Gräber gefunden.» – «Viele Gräber», fügt Leon hinzu. Rudy tritt aus dem Haus: «Vorhin wurde unser Nachbar davongetragen.» Margarethe wird blass: «Die Einschusslöcher kommen näher! Zudem sind immer weniger Leute auf den Prozessionen dabei, das heisst, der Freistaat stirbt aus… Uns wird niemand zu Grabe tragen, wir werden im eigenen Garten verrotten wie Kompost…» Sie fängt an zu weinen und fügt hinzu: «Ich möchte nicht sterben!» Leon schliesst seine Freundin in seine Arme. «Ich auch nicht! Ich will noch viel erleben mit dir – mit euch!», fügt er mit Seitenblick auf Seraina und Rudy hinzu. Rudy richtet sich zu seiner vollen Grösse auf, und die ist eindrücklich: «Dann sterben wir auch nicht! Kommt gar nicht in die Tüte!» – «Was willst du tun, Rudolfino mio?» – «Ich habe nur so eine Idee: An der

Schwelle des Todes könntet ihr doch mal euren Urahnen ins Boot holen!» Der Rabe krächzt ermutigend.

«Waaaaas?», entfährt es Margarethe, «Und wie sollen wir das anstellen? Eine Séance, eine Geisterbeschwörung? Ausgerechnet du schlägst sowas vor, Rudy! Hast du denn Erfahrung damit?» – Der Angesprochene schüttelt den Kopf und atmet schwer, bringt es aber auf den Punkt: «Wenn jemand eine bessere Idee hat, dann raus damit!»

Seraina räuspert sich: «Nun… ja, ich dachte…» – «Raus damit!», drängt Leon, dem die ganze Angelegenheit unangenehm ist. – «Tja, Leo, du mit deinem Buddhismus….» – «Was?» – «Du hast doch da sicher irgendwelche Ideen… Vorstellungen… von wegen Wiedergeburt oder Nirwana oder was weiss ich.» Margarethe starrt ihren Liebsten an und schweigt. Dieser räuspert sich und wirkt plötzlich kleiner, als würde er sich am Liebsten verstecken. Rudy gibt einen Laut von sich, der verächtlich klingt, dann wird er sich dessen bewusst und räuspert sich, um diese Gemütsäusserung zu überdecken: «Ähem, …Leo, du hast doch immer… geradezu... angegeben damit…» – «Ich habe NICHT angegeben!», faucht ihn der Angesprochene an, und Margarethe greift nach seinem Arm und zischt beruhigend: «Schsch, Leo, nicht aufregen!» Nun blafft er seine Freundin an: «ICH REGE MICH NICHT AUF!!!» Worauf sie zusammenzuckt und statt ihrer Seraina beschwichtigend eingreift: «Halt! Hört auf, euch gegenseitig zu zerfleischen. Ich glaube, ich verstehe, was Rudy meint.» – «Dass ich mich aufspiele?», fährt Leon sie entrüstet an. – «Nein, ich meinte, dass wir Hilfe brauchen, von oben, wie auch immer… damit hat er Recht. Und ich meinte, du hast vielleicht einen direkteren Draht zum Übersinnlichen als wir.» – «Das, wo unsere Mäg doch schamanische Fähigkeiten besitzt!», reagiert Leon verblüfft. «Und du auch so eine Ver-Zauberin bist!» Seraina funkelt ihn geheimnisvoll an mit ihren dunklen Augen, die durch die Brille noch mysteriöser erscheinen, und Leon schmunzelt schon wieder verschmitzt und scheint den Ärger bereits wieder vergessen zu haben. «Mein Löwe!», denkt Margarethe bei sich. «So aufbrausend, und dann so schnell versöhnt und zufrieden.» – Seraina lässt jedoch nicht locker: «Sag, Leo, was tut ein Buddhist in einer scheinbar ausweglosen Situation? Betet der? Meditiert er?» – «Oder flüchtet er sich ins Nirwana?», feixt Rudy. Ein tiefes Grollen lässt ihn zusammenzucken, denn Leons Miene hat sich bereits wieder verdüstert. – «Okeee, ich dachte, alle Buddhisten seien so friedfertig, und du bist immer so aufbrausend!» Leon fasst sich und seufzt. An seiner Statt antwortet seine Freundin: «Ich glaube, ich verstehe, was abgeht: Leon reagiert sehr impulsiv, und das geschieht nicht zufällig. Er verbindet sich energetisch mit seinem Herzen und über das Herz mit dem Göttlichen.» Hilfesuchend wendet sie sich an ihren Freund: «Erklär doch du das, ich komme da nicht so draus.» Er jedoch nickt: «Du fasst das sehr treffend in Worte, Mäg. Ich könnte es auch nicht besser erklären… es passiert einfach.» – «Du meinst, wie bei den Mystikern – die göttliche Eingebung?», platzt Seraina heraus. «Du bist sozusagen nur ein leeres Gefäss, das sich mit äh,… naja, mit heiligem Geist füllt?» – «Wer's glaubt, wird selig!», prustet Rudy heraus, dann nimmt er sich zusammen und setzt ein betont verblüfftes Gesicht auf, um seine Heiterkeit zu kaschieren. «Du denkst also nix, überlegst nix und machst einfach und sagst, der da oben hat mir das befohlen? Das tönt aber überhaupt nicht buddhistisch, mehr so erzkatholisch… irgendwie… oder auch wie eine Ausrede.» Seiner Mimik ist anzusehen, dass es dem Kopfmenschen schwerfällt, ernst zu bleiben. Bereits hat sich Leons Miene wieder verdüstert. «Ja, genau, ich bin ein hirnloses Gefäss, dass sich durch das göttliche Wirken mit Verstand füllt!», erwidert er, und die Mädchen kichern prustend beide heraus. – «Im Gegensatz zu dir, Ru, bin ich halt physischer veranlagt!», fügt er grinsend hinzu. – «Leo ist doch ganz der sinnliche Typ!», schwärmt Seraina, um beide Jungs zu provozieren, und schon packt Leon sie am Arm und zieht sie näher zu sich. «Soll ich dir mal eine Kostprobe geben?», haucht er verführerisch, und Margarethe zischt: «Na warte, das gibt dann eine Strafe – und zwar keine göttliche, sondern eine von mir!» Leon zieht eine Augenbraue hoch und umschlingt seine Freundin mit dem anderen Arm: «Das klingt himmlisch, ich kann's kaum erwarten!» Seraina verdreht ihre Augen: «Ihr beide hört euch aber ziemlich blasphemisch an!»

Rudy seufzt: «Leute, ihr verkennt den Ernst der Lage! Jetzt hatte ich eine Idee, um die Sache voranzutreiben, und ihr blödelt rum!» Die andern drei blicken schuldbewusst drein, und Seraina erklärt kleinlaut: «In dieser beengenden Situation tut es doch so gut, mal ein bisschen zu lachen!» – «Stimmt!», pflichtet ihr Margarethe bei. «Ablenkung tut gut. Und Leon ist wirklich Buddhist, das ist keine Angeberei!» Rudy winkt ab: «Jaja, das sagt er immer, wenn's drauf ankommt, oder eben, wenn es nicht so heikel ist, aber was meint er damit, wie kommt er drauf, ist das so eine Mode oder Laune oder was?» Leon baut sich vor Rudy auf, und obwohl der Cyborg grösser ist, so bietet der Ältere mit seinem durchtrainierten Körper eine imposante Erscheinung: «Ein bisschen mehr Respekt, du Nerd! Du nimmst mich überhaupt nicht ernst? Redest von mir in der dritten Person? Das finde ich zutiefst beleidigend!» Beide Mädchen seufzen: «Bitte, nicht streiten!», fleht Seraina, obwohl sie keine Angst hat, dass die beiden sich prügeln – solches liegt beiden Jungs fern. «Aber Leo, mich würd's auch interessieren, wie du zum Buddhismus gekommen bist. Nicht, dass ich daran zweifle, dass du es damit ernst meinst.»

Leon wirkt besänftigt und fängt an: «Als ich acht Jahre alt war, weilten wir in Indien, um Tiger zu beobachten. Mit meinen Eltern, meine ich. Da gibt es im Dramsala… äh Dingsda-Tal, ich hab mir den Namen nie merken können, eine grosse buddhistische Exil-Gemeinde, die ursprünglich aus Tibet geflüchtet ist, gemeinsam mit dem Dalai Lama. Dort waren wir häufig zu Gast, weil das Tiger-Gebiet daran angrenzte. Wir kamen mit der buddhistischen Lehre in Kontakt… na ja, wir, das heisst, meine Eltern waren fasziniert von dieser Religion, die so friedlich ist und nicht andere bekehren will oder anderen Zwang auferlegt, sondern jedem Einzelnen die Möglichkeit gibt, sich im Glauben zu üben mittels Meditation und Übungen.» – «Und du hast da mitgemacht?», wundert sich Rudy. – «Ich fand es ganz spannend, und als ich älter war, las ich viel über den Buddhismus und überlegte mir sogar, eine Zeitlang in ein buddhistisches Kloster zu gehen. Tibet hätte mich gereizt, ein konfliktbeladenes Land.» – «Meine Fresse, Leo als Mönch!», unterbricht Rudy röhrend. – «Da müsstest du dir ja den Kopf rasieren, stellt euch das mal vor, Leo ohne seine Mähne!», entsetzt sich Seraina und reisst theatralisch die Augen auf, als würde sie in Ohnmacht fallen. Margarethe schüttelt sich und verdreht ihre Augen. Rudy fragt: «Was hat dich davon abgehalten? Unsere magische Mäggy?» Leon quittiert die heftigen Reaktionen seiner Freunde amüsiert und fährt fort: «Tja, zuerst hatte ich nicht genug Geld für eine solche Reise, wollte ja eigentlich nach der Matur gehen… und dann hatte ich eine Erleuchtung.» Das erwartungsvolle Schweigen, das ihm entgegenschlägt, schmeichelt seinem Stolz, da er gerne ab und zu im Zentrum der Aufmerksamkeit steht. – «Was für eine Erleuchtung?», möchte Margarethe wissen. «Hast du mir nie erzählt!» Lachend drückt er seine Mäg an sich: «DU warst meine Erleuchtung! Als ich dich kennenlernte, wollte ich nirgendwo mehr hin… ohne dich!» – «Und doch bist du im Sommer nach Kalifornien», schmollt seine Freundin, und er küsst sie zärtlich: «Aber das war doch nur vorübergehend… und ich habe meine Haare nicht abgeschnitten!» – «Das fehlte noch!», erwidert sie und greift ihm in seinen dunkelblonden Haarschopf, um diesen zu verwuscheln. Seraina seufzt: «Ach, ist das romantisch!»

Unwirsch reagiert Rudy, dem das Ganze langsam zu bunt wird: «Gut und schön, aber was nützt uns das jetzt für das weitere Vorgehen? Was tut der Buddhist? Soll Leo meditieren oder trommeln, wollt ihr wieder eine schamanische Séance wie damals im Grand Canyon, oder sollen wir unsere Damen wiedermal zu den Nonnen schicken? Was bringt uns mehr?» – Margarethe versucht zu schlichten: «Ist doch egal, wer etwas tut, wir müssen uns einfach einigen – und wir sollten rasch handeln, da hat Rudy Recht.» Seraina nickt und bringt es auf den Punkt: «Und letztendlich kommt es doch gar nicht so darauf an, wer was glaubt und wie diese oder jene Glaubenslehre funktioniert, sondern dass wir einfach irgendwoher Beistand erhalten!»

Alle schweigen, da kramt Leon die Rapperswiler Münze aus seiner Hosentasche. Kurz ist sie in seiner Hand sichtbar, bevor er die Finger zur Faust ballt und das Geldstück von den Blicken der anderen versteckt. Allen dreien entfährt ein Ausruf des Schreckens. – «Die Teufelsmünze!», zischt Seraina und weicht zurück, als sitze ein Skorpion auf Leons Hand. Auch Rudy nimmt Abstand und beäugt die Faust misstrauisch: «Du hast die noch? Normalerweise verschwinden doch magische Artefakte», grübelt er, und auch die Mädchen sind erstaunt. Und wie damals, kurz vor ihrem Verschwinden aus ihrer gewohnten Welt, stehen alle im Kreis, und Leon hält seine Faust, in der die Münze steckt, in die Mitte des Rings. Plonk sitzt auf Margarethes Schulter. Margarethe und Seraina schliessen die Augen, und da hören sie eine Stimme. «Ich glaub, unser Urahne…», raunt Margarethe mit einem Frösteln, das ihr den Rücken hinunterkriecht. Seraina erwidert mit erstickter Stimme: «Du auch?» Beide Mädchen öffnen erschreckt die Augen, als Leon seine Faust öffnet und die Münze freigibt. Da ertönt eine Stimme aus dem Kühlschrank: «Ciao ragazze e ragazzi, mi avete chiamato?» Und eine elegante, durchsichtige Erscheinung fliesst durch die Kühlschranktür hindurch, um sich vor den vier Freunden aufzubauen. Plonk plustert sich auf, Rudy wird leichenblass, Leon bleibt der Mund weit offen, Seraina und Margarethe halten einander fest und versuchen so, dem Schrecken entgegenzuwirken.

6

Der Urahne und die Parallelwelt

Der Urahne, der aus dem Kühlschrank kam, nimmt die Münze an sich. Leons Hand zittert, als der Geist sich des Geldstücks bemächtigt. Fasziniert und ängstlich zugleich mustert Margarethe die Erscheinung, ein grau-milchiger Umriss eines Menschen. Ein seltsamer Mann, denkt sie bei sich, er wirkt so zerbrechlich und sieht aus wie ein zu gross geratenes Kind, das man in edle Männer-Kleider einer weit zurückliegenden Epoche gepackt hat. Er könnte geradesogut eine verkleidet Frau sein, sinniert Margarethe, doch seine Bewegungen sind eher maskulin. Seltsamerweise hat sie kein bisschen Angst vor ihrem Urahnen. Irgendwie ist sie sogar überglücklich, ihn endlich vor sich zu haben. So viele Fragen schwirren in ihrem Kopf, die sie ihm gerne stellen würde, doch Rudy kommt ihr zuvor: «Was hat es mit dieser Münze auf sich? Warum sind wir hier? Wie können wir diesem Spuk ein Ende bereiten?» Der Cyborg wirkt blass, doch er spricht mit fester Stimme. Leon hingegen scheint Mühe zu haben mit der Situation, denn er ist kreidebleich und zittert leicht am ganzen Körper. Zwar hat er damals auf der Route 66 getrommelt, um seine Freunde in Trance zu versetzen, damit sie ins Reich der ruhelosen Indianerseelen gelangen. Er selbst aber hat keine dieser Geistwesen mit eigenen Augen gesehen. Nun mit einem ‹Gespenst› direkt konfrontiert zu sein, überfordert ihn massiv. Er versucht es zu kaschieren, doch es gelingt ihm mehr schlecht als recht. Seraina indes scheint noch daran zu zweifeln, ob das, was sie sieht, echt ist. Ihre Gesichtsfarbe ist normal, und ihre Augen mustern nicht die Erscheinung selbst, sondern die Umgebung, als suche sie einen Hinweis auf einen Projektor oder sonst ein Gerät, das einen solchen visuellen Effekt erzielen könnte. Doch da ist nichts.

Der Geist des Urahnen blickt jedem der vier Freunde und auch Plonk, der mit aufgeplustertem Gefieder auf einer Stehlampe Zuflucht gesucht hat, tief in die Augen. Es ist ein wacher, durchdringender Blick – die wenigsten Lebenden haben dermassen funkelnde Augen. Dann schaut er auf die Münze in seiner Hand – obwohl er ein Geist ist, kann er sie halten. Nun übersetzt er den Freunden, was die Münze für einen Zauber in sich trägt, seltsamerweise spricht er fliessend Deutsch: «Die Münze aus dem Magen des weissen Hirsches ist verflucht, denn es bringt Unglück, einen weissen Hirsch zu erlegen. Wer die Münze sieht, ist verdammt, in einer Parallelwelt weiterzuleben und nach dreissig Tagen zu sterben. Diese Welt hat allerdings nicht nur Schattenseiten, nein, sie ist auch ein Paradies – der Freistaat Rapperswil ist ein Idealland, wo alle frei sind, frei von Arbeit, Zwängen und Gebrechen. Alle dürfen tun und lassen, was sie wollen. Dies hat einen Grund: Über viele Jahrhunderte hinweg haben sich die Rapperswiler einen eigenständigen Staat gewünscht, in dem man in Frieden leben konnte. In dieser Münze hat sich wohl die Sehnsucht abertausender Menschen festgesetzt. Doch dieser Ort hier ist voller Ambivalenz, denn er ist nicht klar bestimmt, es kann zwei Möglichkeiten geben: den Raben oder die Rose. Wählt weise. Die dreissig Tage Gnadenfrist können die Verdammten geniessen wie einen schönen Urlaub. Wenn die Zeit abgelaufen ist, sterben sie von einer Sekunde auf die andere. Theoretisch könnte man hier sogar unsterblich werden,… aber dieses Geheimnis verrate ich euch nicht! Nicht, dass ihr mir noch auf den Geschmack kommt,… denn für euch sind drei Prüfungen in drei verschiedenen Epochen von Rapperswil vorgesehen. Die müsst ihr bestehen, um wieder zurück in eure eigene Gegenwart zu gelangen und all jene, die hier gestorben sind, wieder zum Leben zu erwecken. Diese Menschen werden in ihrem ursprünglichen Leben aufwachen und – wenn überhaupt – die Episode im Freistaat als einen Traum in Erinnerung behalten.»

Als der Urahne schweigt, fragt Seraina schnell: «Aber warum sterben die Leute? Und woran? Kann man sich nicht dagegen impfen?» – Der Geist lächelt milde, dann murmelt er, so dass alle die Ohren spitzen müssen: «Es ist der Fluch der Münze, die den Tod verursacht. Wer diesen Fluch überwinden kann innerhalb der dreissig Tage, die er hier verbringt, kann Unsterblichkeit erlangen...» – «Ohne Internet ist Unsterblichkeit Folter!», wendet Rudy wie aus der Pistole geschossen ein, da müssen alle herzhaft lachen. Selbst der Geist grinst, obwohl er vermutlich nicht begreift, was Internet bedeutet. Nachdem sich alle wieder beruhigt haben, bohrt Seraina weiter: «Hat jemand dies geschafft?» – Der Urahne nickt und zeigt mit dem Daumen der rechten Hand auf sich selbst. Die Lebenden schaudert es, allen vier weicht die Farbe aus dem Gesicht. «Aber Ihr seid ein Geist, kein Lebender!», wendet Margarethe geistesgegenwärtig ein, da antwortet ihr Urahne: «Nicht ganz. Könnte ich eine Münze halten, wäre ich ein echter Geist? Über die Jahrhunderte hinweg bin ich immer durchsichtiger geworden. Mittlerweile bin ich mir nicht mehr sicher, ob die Unsterblichkeit nicht doch irgendwann einmal zu Ende ist...» – «Ist es... nicht langweilig, alleine hier?», meldet sich Leon zum ersten Mal zu Wort, seit der Urahne erschienen ist. – «Keineswegs, ich bin nicht allein. Wir sind ein Grüppchen von sieben Personen. Wir waren im Leben schon Freunde. Und wir haben uns damals geschworen, das Geheimnis der Unsterblichkeit zu lüften. Das haben wir erreicht. Dank mir, weil ich wie Margarethe in der Zeit wandeln und Informationen sammeln kann. Ich fand heraus, dass... Aber nun zu euren Prüfungen, Unsterblichkeit gehört nicht dazu. Lassen wir's also. Es ist, wie Freund Rudy es drakonisch formuliert hat, letztendlich nicht unbedingt ein Spass, darum haltet euch fern vom Wunsch nach Unsterblichkeit. Versucht lieber, euer wahres Leben zurückzuerlangen. Und so schicke ich euch in drei weitere Abenteuer, in einen kniffligen Krimi, zu einem wortwörtlichen Wahlkampf und auf eine todbringende Treibjagd...»

* * *

«Paa-de-miie!», krächzt eine vertraute Stimme, und verwirrt kommt Margarethe zu sich. Sie erwacht in ihrem eigenen Bett zuhause im Haus ihrer Mutter. Am offenen Fenster sitzt ihr Rabe und ruft aufgeregt. «Was ist denn, mein lieber Plonk?», murmelt die Geweckte schlaftrunken. «Und was erzählst du da?» War alles nur ein Alptraum, oder war sie wirklich mit ihren Freunden und Plonk im Freistaat Rapperswil gewesen? Und ist sie wirklich ihrem Urahnen begegnet, einem androgynen Unsterblichen? Und wenn sie wirklich wieder zurück sind, haben sie die drei Prüfungen bereits bestanden und sind jetzt alle Verstorbenen wieder lebendig? Irgendwie fühlt sie sich seltsam, als wäre sie zwar in der Gegenwart aufgewacht, aber nicht in ihrer eigenen – gewisse vertraute Dinge des Alltags fehlen in ihrem Zimmer. Wo ist mein neuer Laptop? Wieso steht mein altes Bett statt des schönen Queen-Size-Futons im Zimmer? – Mit solchen Fragen martert das Mädchen ihr Gehirn. Erneut krächzt Plonk, der unterdessen ins Zimmer gehüpft und sich auf Margarethes Schreibtischstuhl niedergelassen hat. Seine Ziehmutter versteht nicht, was er ihr mitzuteilen versucht. Nach der Morgentoilette und einem schnellen Frühstück mit ihrer Mutter, welche telefoniert und daher völlig abgelenkt ist, verabredet sie sich per Smartiefon mit ihren Freunden zu einem Online-Treffen. Auch ihr Mobiltelefon macht sie stutzig, denn es ist noch das alte Gerät, das sie gehabt hat, bevor sie sich aus dem Geld des Nobelpreises das neuste und teuerste kaufen konnte. Ob Rudy seine Cyborg-Implantate noch hat, fragt sie sich insgeheim. Mit einem mulmigen Gefühl loggt sie sich ein, um sich mit ihren Freunden zu beraten. Plonk sitzt auf Margarethes Schulter.

«Finde ich also schon noch schräg», gesteht Margarethe, als alle endlich online sind. Nur Seraina hat dauernd Problem mit der Stabilität ihres Geräts – was Margarethe erneut stutzig macht, denn sie hatte doch das unzuverlässige Ding durch ein modernes ausgetauscht. – «Was denn, du schräger Vogel, mit deinem Wundervogel auf der Schulter?», neckt Rudy sie liebevoll. Er sieht müde und besorgt aus, und seine älteste Freundin sieht ihm an, dass etwas nicht in Ordnung ist. – «Na, dass wir nochmals nach Hause geschickt werden, sozusagen als Gnadenfrist. Kommt mir vor wie ein verrückter Traum!» Seraina nickt: «Und dass wir uns sozusagen selbst die drei Zeiten aussuchen müssen, in welchen wir die Lösung finden.» Leon seufzt: «Eine Art Gnadenfrist nenne ich das. Aber ich weiss nicht, ob ich mich jetzt auf das morgige Seminar vorbereiten muss, oder ob das eine erweiterte Auszeit bedeutet.» Rudy legt seine Stirne in Falten und hantiert mit seinem Smartiefon: «So, wie es aussieht, sind wir wieder am gleichen Tag, an welchem wir in Rappi waren – vor dem Zeitsprung. Aber alles fühlt sich anders an, weil…» Er bricht abrupt ab, als wäre ihm etwas unangenehm. Margarethe zuckt mit ihren Schultern und versetzt ungerührt: «Wäre insofern nix Neues… Zeit gekostet haben uns unsere Eskapaden in andere Zeiten jeweils nicht.» – «Fragt sich aber, wie viel Zeit wir jetzt zur Verfügung haben… die Uhr tickt!», erinnert sie Seraina, welche keine Brille trägt, und Leon seufzt erneut: «Die grösste Gefahr droht uns durch unseren Alltagstrott, in den wir allzu leicht wieder verfallen… am Ende verpennen wir noch unseren Auftrag vor lauter Arbeit!» – «Ja, denn ich muss dringend ins Büro!», drängt Rudy, ich kann nämlich niemanden erreichen, habe die Telefonummern meiner Kollegen verloren, und in meinem Kopf…» – «…spielen die Chips verrückt!», macht Leon Rudys Satz grinsend fertig. – «Schnauze!», brüllt Rudy unerwartet heftig. «Das…» – «HALT! STOPP! TIME-OUT!», unterbricht Seraina die beiden Vertreter der männlichen Fraktion und wedelt wild mit ihren Händen vor dem Bildschirm herum. Rudy und Leon zucken zusammen, und sogar Serainas Bild fängt an zu zucken. – «Was brüllst du so?», schilt sie Margarethe. «Bleiben wir doch sachlich!» – «Siehst du denn nicht, dass unsere beiden

Herzensbuben schlagartig wieder in ihre Muster verfallen, kaum hat uns der Alltag wieder in den Klauen?» – Leon räuspert sich indigniert und kratzt sich am Kopf. «Wie sollten wir uns deiner Meinung denn verhalten?» – «Herausfinden, was wir herausfinden müssen. Wir haben nur diese Gnadenfrist, und wir wissen nicht einmal, wie lange!», erinnert sie Seraina, und Margarethe nickt: «Sobald ein Zeitsprung passiert, können wir nichts mehr dagegen unternehmen. Wir müssen unbedingt gerüstet sein. Für mich heisst das, mehr herausfinden über die Geschichte von Rappi. Ihr könnt euch auch eurem Alltag widmen, aber für mich hat das jetzt Priorität!»

«Rappi!», krächzt Plonk auf Margarethes Schulter, als wolle er ihre Aussage bekräftigen. Die anderen drei starren sie an: «Und WAS willst du konkret tun? In die Bibliothek? Das kostet jetzt entschieden zu viel Zeit!», protestiert Rudy. «Ich kann dir alles raussuchen.» – «Fein! Mach das!», ermutigt ihn Margarethe. «Ich habe aber eine zuverlässige Quelle, und das geht schneller – wenn ich den mal an der Angel habe!» Seraina zieht eine Augenbraue hoch: «WEN hast du da an der Angel?» Leon murrt: «Vermutlich irgendso 'nen Hysterikertyp…» – «Haha, du bist nur neidisch!», provoziert ihn Margarethe. – «Erzähl, Mäggy, ist er süss?», animiert sie Seraina – «Aber sowas von!» – «Na warte!», brummt ihr Freund. «Ich dachte, ich hätte dir alle Gedanken an andere Männer aus dem Hirn gevö…» – «Bleiben wir sachlich!», ermahnt ihn Rudy und zuckt mit einem Mundwinkel. «Therapieundsoweiter könnt ihr nachher noch!»

Plonk macht Anstalten, davonfliegen zu wollen, und Margarethe öffnet das Fenster. «Flieg zu deiner Corvina, mein lieber Plonk!» Als Gruss ruft er erneut «Paa-dee-miiie!» – «Seltsam!», denkt seine Ziehmutter verwirrt. Was meint er nur damit?

* * *

Mit Leon, Seraina und Rudy hat sie sich für den Nachmittag erneut verabredet. Doch bereits zwei Stunden später ruft Margarethe im Viererchat zur Krisensitzung: «Bin glaub's im falschen Film», schreibt sie und erhält flugs die Antwort von Seraina: «ICH DREH KOMPLETT DURCH!!! ALBTRAUM!!! WOZU HABEN WIR DEN GANZEN RIESENSTRESS MIT PANDEMIOS DURCHGEMACHT???» Leon schaltet sich ein mit den Worten: «Ich fühle mich wie ein Outlaw – die lassen mich nicht rein an der Uni!» Kurz darauf bestätigt Rudy: «Horgen, *we got a problem*!» Nach dem Austausch von ein paar Nachrichten beschliessen die vier Freunde, sich zu treffen, verhandeln allerdings noch eine Weile, weil niemand Lust verspürt, Zeit mit Zugfahren zu verschwenden. «Stell dir vor, wir müssen MASKEN tragen im öffentlichen Verkehr!!! Wie bescheuert ist das denn???», regt sich Seraina in ihrer Nachricht auf und schickt Emojis mit passender Mimik dazu. – «Voll krank, das gibt's doch nicht!», bestätigt Leon. «Wir hatten doch die Pandemie gebodigt dank eines Heilmittels aus dem Mittelalter und erst noch einen Nobelpreis dafür bekommen! Was geht eigentlich ab jetzt?» – Margarethe wendet ein: «Eben, deshalb will ich eine analoge Krisensitzung! Irgendwas ist komplett schief hier!» Sie hat es sich angewöhnt, zu diktieren, damit sie längere Nachrichten schreiben kann, und legt gleich los: «Ich wollte vorhin mit dem Velo in den Laden um die Ecke, aber der war geschlossen <wegen Pandemie>, und eine Nachbarin, die ich freundlich grüsste, vollführte einen zirkusreifen Sprung, dabei ist sie sicher über achtzig! Sie schrie etwas von Pandemie, und ich meinte, das ist doch längst vorbei. Da starrte sie mich an, als wäre ich eine Ausserirdische.» – «Die Leute sind völlig ausgetickt und panisch!», bestätigt Seraina, und Margarethe antwortet postwendend, indem sie diktiert: «Aber wenn die Pandemie noch anhält, sind wir womöglich in einer Parallelwelt gelandet. So würdest du das doch formulieren, Rudy, oder?» – Rudy reagiert nicht auf ihre Nachricht im Chat, aber Margarethe merkt, wie ihr Telefon zu vibrieren beginnt und erkennt Rudys Namen. Wieso ruft er sie an? Rasch drückt sie die <Annehmen>-Taste und vernimmt Rudys Stimme, die ungewohnt kleinlaut klingt: «Streich das <womöglich> aus deinem zweitletzten Satz, meine Cyborg-Chips sind weg, alle drei! Ich bin nur noch eine hundskommune Biomolekülansammlung… aber sag's bitte nicht Leon… noch nicht!»

Nach langem Hin und Her einigen sie sich im Gruppenchat auf das Haus von Rudys Eltern, weil Rudy sich partout weigert, einen Fuss aus dem Haus zu setzen und mit einer Maske im öffentlichen Verkehr zu reisen, solange nicht klar ist, was los ist. Leon muss kurzfristig ein Mobility-Auto mieten, da er seinen Elektroflitzer, den er extra für seine Feldversuche angeschafft hat, nicht finden kann – in dieser Gegenwart ist er wohl nicht motorisiert. Damit kann er seine Mäg abholen, und nach anderthalb Stunden sind die vier in Rudys Wohnzimmer versammelt. Sein Vater ist bei der Arbeit, und Rudys Mutter hat die ungebetenen Besucher erst entsetzt angestarrt und ihnen dann resigniert einen Zvieri bereitet und erst nach langer Diskussion eingewilligt, mit den Pferden eine Runde zu drehen, weil diese Bewegung benötigen. «Bist du sicher, Ruedeli, dass es dir gut geht?», äussert sie sich besorgt, bevor sie fortgeht. «Hast du Fieber? Weil du so wirres Zeug sprichst!» – «Nein, Mami, mir geht's gut, aber die Welt spielt verrückt!» – «Aber diese Pandemie haben wir doch schon seit vielen Monaten, das ist doch nichts Neues», spricht sie, als wäre es das Natürlichste der Welt. «Und doch ist es sehr beunruhigend, aber wir haben ja jetzt diese Impfung, zum Glück!» Rudy muss sich schwer zusammennehmen, gelassen zu reagieren und vor allem seine Mutter nicht spüren zu lassen, dass er keine Ahnung hat, was schiefgelaufen ist. Offenbar haben die vier Freunde eine andere Gegenwart wiedergefunden, als jene, die sie verlassen haben.

Als alle vier versammelt sind und «die Luft rein ist», fangen alle gleichzeitige an zu reden, und Rudy hält sich entnervt die Ohren zu: «RUHE! EINER NACH DEM ANDERN!» – Die Frage ist nur, wer zuerst zu Wort kommt. Seraina übernimmt die Führung und geht systematisch vor: «Also, die Situation ist, kurz gesagt, Scheisse! Und bevor wir alle wieder durcheinanderreden, schlage ich vor, der oder diejenige spricht zuerst, der oder die eine kurze Zusammenfassung geben kann, was eigentlich los ist.» Folgsam erhebt Margarethe ihre Hand, und Leon räuspert sich vernehmlich, während Rudy völlig überfordert aussieht, da ihm die Implantate fehlen, die wie eine Art Informationsfilter gewirkt haben.

Unbeirrt fährt Seraina fort: «Situationsanalyse, kurz und bündig. Wer kriegt das hin? Ohne Emotionen!» Margarethe reckt ihre Hand mit weit aufgerissenen Augen, und Seraina nickt ihr aufmunternd zu: «Mäggy?» – «*Back to the Future!*», lauten ihre Worte, und Rudy stöhnt: «Auf Lasses Gelaber habe ich null Bock!» – «Nein, ich will nicht in die Zukunft reisen. Es ist wie in dem alten Film, in welchem der Hauptdarsteller in die Vergangenheit reist, und als er zurückkommt, ist seine Gegenwart verändert. Zuerst zum Guten, aber in der Fortsetzung läuft einiges schief.» – «Kennen wir ja am eigenen Leibe», bemerkt Leon lakonisch. «Und hat bisher eigentlich noch ganz gut geklappt, dass wir die Gegenwart kitten konnten – oder die Zukunft retten.» Seraina winkt mit eindringlicher Mimik: «Ja, ja, aber Mäggy will darauf hinaus, dass etwas falsch gelaufen ist. Lass sie ausreden!» – «Fakt ist, dass wir die Pandemie bekämpft haben, indem wir ein Heilmittel gefunden haben. Jetzt, etwas mehr als ein Jahr später, kommen wir zurück aus einer ganz anderen Geschichte, und es scheint, als steckten wir immer noch in derselben Pandemie fest, im Lockdown oder in einer ähnlichen Situation, in der die Leute sich nicht frei bewegen können – als hätte es unser Heilmittel nie gegeben!»

7

Zurück in der Pandemie

Verzweiflung malt sich auf ihr Gesicht, während sie spricht. – «Alles umsonst!», seufzt Leon und haut mit der Faust auf den Tisch. Das rüttelt Rudy wach, welcher wie in einer Trance schien. «Mach den Tisch nicht kaputt, sonst bringt mich meine Mam um! Die ist sowieso völlig von der Rolle!» Ganz im Modus der Lehrerin, wendet sich Seraina an ihn: «Rudy, du sitzt an der Quelle, weil du schon mit deiner Mutter reden konntest – ihr anderen habt noch nicht mit euren Eltern gesprochen, oder?» – «Nein», antwortet Leon, und Margarethe schüttelt ihren Kopf: «Nur Frühstück in aller Eile, Mama voll gestresst und Papa irgendwo unterwegs, Textnachrichten von beiden. Ein Wunder, sitzt Mama nicht wieder im Homeoffice. Was ist mit deiner Tante, Raina?»

Seraina seufzt: «Sie nimmt das alles erstaunlich gelassen, aber ihre Partnerin ist eine militante Impfgegnerin und regt sich furchtbar auf, faselt von Verschwörung und Diktatur und so weiter. Sie glaubt, die Impfung sei eine Biowaffe. Völlig durchgeknallt! Aber ich mag jetzt nicht darüber reden, es ist zu abstrus.» Sie winkt ab und ermuntert stattdessen Rudy, zu erzählen, was er weiss. Er kratzt sich am Kopf und spricht langsam: «Hm, also, Situationsanalyse: Wir sind ja erst grad heimgekommen, vor ein paar Stunden, nicht wahr? Waren ja im todgeweihten Freistaat Rapperswil noch zusammen, dann ging jeder seines Weges. Wir wachten in unseren Betten auf – also jeder allein in seinem», fügt er mit sehnsüchtigem Blick zu seiner Raina hinzu. «Heute Morgen wollte ich mir gerade einen Kakao machen und dann weiter ins Büro, da kam meine Mam und wirkte sehr beunruhigt. Dabei waren wir ja in der Wahrnehmung der anderen gar nicht weg gewesen. Sie fragte mich, ob ich Fieber habe und nahm mir alles aus der Hand, um mir einen Kakao zuzubereiten. Sie mache sich Sorgen, wenn ich draussen unterwegs sei, wegen dieser Seuche. Ich machte grosse Augen und fragte, was los sei, da schaute sie mich seltsam an und fragte erneut, ob es mir gut gehe. Dann stellte sich heraus, dass sie und Paps Angst um mich hätten, weil ich noch nicht geimpft sei. <Wieso geimpft?>, fragte ich, und Mam legte mir ihre Hand auf die Stirne und schaute mich an, als wäre ich ein kleiner Junge, der Fieber hat. <Wir sollten einen Impftermin für dich vereinbaren>, sagte sie dann, und ich schüttelte vehement den Kopf. <Wir haben doch das Heilmittel, wir brauchen keine Impfung!>, habe ich geantwortet. Sie schaute mich entgeistert an, was ich denn fasle, es gäbe kein Heilmittel und diese Krankheit wüte jetzt schon seit Monaten. Aber es gäbe jetzt eine Impfung, und die Leute stehen Schlange. Ich war völlig von der Rolle und erkundigte mich, wogegen sich die Leute denn impfen und seit wann. Dann schaute sie mich wieder an, als käme ich vom Mars. Ich beschloss, selber zu recherchieren und wurde von Informationen geradezu überflutet.» – «Kannst du das dann kurz zusammenfassen? Aber lass uns alle doch zuerst noch erzählen, wie es uns ergangen ist», bittet Seraina.

Leon als angehender Biologe scheint sich zumindest beim Wort <Impfung> zu entspannen. «Wenigstens haben andere offenbar einen Ausweg aus der Pandemie gefunden. Es scheint ja jetzt eine Impfung zu geben, und das finde ich eine gute Sache. Die Menschheit wäre ohne Impfungen nicht da, wo sie jetzt ist – man denke an die Pocken. Dank der Impfung gegen Pocken sind Millionen davor bewahrt worden, ein von Narben entstelltes Gesicht zu bekommen oder sogar daran zu sterben», moniert er, fügt dann aber seufzend hinzu: «Nur fuxt es mich, dass die Lorbeeren nun andere ernten! Einen Nobelpreis als Teenager zu bekommen war doch schon irgendwie geil, oder?» Alle vier schweigen nun betreten.

Nun ist Seraina an der Reihe und berichtet. «Um hierherzukommen, nahm ich den Zug. Am Bahnhof waren überall Schilder aufgestellt, man müsse eine Maske tragen. Ich hab das gesehen, musste aber erst ein Billett aus dem Automaten herauslassen, denn der Zug sollte gleich abfahren. Und auf meinem alten Smartiefon habe ich keine Zug-App», erzählt Seraina atemlos, als wäre sie gerade erst zum Bahnhof gerannt. «Beim Einsteigen drückte mir eine ältere Dame eine Papiermaske in die Hand mit den Worten, sie trage immer Ersatzmasken bei sich. Ich war so verwirrt, dass ich erst ohne Maske einstieg. Die Leute glotzten mich total böse an. Alle trugen Masken; ich kam mir vor wie an meinem Schnuppertag im Spital, im Operationssaal. Ich getraute mich dann nicht, zu fragen, was los ist. Im Bus genau das Gleiche. Ich dachte, ich träume schlecht und war heilfroh, als ich dann endlich hier ankam.»

Leon nickt: «Mir ging es ähnlich. Ich wollte heute Morgen nach unserem Chat die Vorlesung über die natürliche Geschlechtsumwandlung bei Barschen besuchen. Aber am Eingang stand einer mit Maske, der die Studenten kontrollierte. Der verlangte doch tatsächlich von mir ein Zertifikat! Ich zeigte ihm meinen Studentenausweis, aber er meinte, ich brauche einen Test. Ich verstand nur Bahnhof und dachte zuerst, dass mich der Typ verarschen will!» Leon schüttelt entgeistert den Kopf und fährt fort: «Dann rastete ich völlig aus, ich hätte doch erst gerade meine Prüfungen abgelegt, was der denn glaube! Er solle sich sein verfi…tes Zertifikat sonst wohin stecken! Der Kerl wurde wütend, und ich dachte, der rufe noch die Polizei!» – «Hätte er wohl auch!», wirft Rudy ein, aber Leon fährt entrüstet fort: «Alle glotzten mich an, einer rief, ey, Mann, nimm's locker und zeigte zu einem Container und faselte etwas von einem Test, wenn man nicht geimpft sei. Ich brauchte eine Weile, zu begreifen, was los ist. Die stecken einem da ein Stäbchen tief in die Nase und haben nach zehn Minuten ein Resultat, ob man positiv oder negativ ist. Irgendwie faszinierend! Und es kitzelt ganz schön!» Margarethe nickt: «Ja, das Folterstäbchen, das gab es doch in unserer alten Pandemie schon, für die Tests, und Pandemios hat es doch bei mir angewendet!» – Seraina grinst: «Das war wohl Wunschdenken, das hat ja nur in deinen Träumen stattgefunden!» – «Ein Alptraum war es!», blafft Margarethe sie an.

Rudy ergreift das Wort: «Ein Alptraum in der Tat ist das, was los ist, denn ich habe recherchiert: Wir sind mitten in einer Pandemie ohne Ende, und es scheint, als existiere unser Heilmittel nicht, als habe unsere Odyssee im Banne der Pandemie nicht stattgefunden!» Seraina blickt ihn entsetzt an: «Und dann haben auch unsere Reisen nicht stattgefunden, Rom, Amsterdam….» – «…unser Agententhriller in Berlin. Ru hat mich nicht im Wagenrennen geschlagen… Ich habe keine Löwen gezähmt… Mäg und Rai haben keine Botschaft von ihrem Urahnen erhalten», wirft Leon nachdenklich ein und spricht ungewohnt langsam. Er sieht ziemlich erschüttert aus. – «Gibt's alles nicht!», bringt es Rudy auf den Punkt und ergänzt dann kreidebleich: «Na ja, etwas Gutes hat es: Wir sind also auch nicht gefoltert worden… im Keller der Russen, da waren wir folgerichtig auch gar nie drin.» Die vier schauen sich verdattert an – eine positive Veränderung gegenüber unzähligen Nachteilen! Bloss: Was nützt es im Nachhinein, wenn ihnen der Schock in den Knochen sass, als es passierte? Kann man eine Erinnerung tilgen, die sich so echt angefühlt hat? Wobei: Was ist bei diesen Zeitreisen überhaupt echt? Alle vier scheinen dasselbe zu denken, wie ihre Blicke verraten – fassungslos und verwirrt.

Seraina ist die Erste, die sich wieder fasst: «Moment mal – unser Urahne hat uns doch gerade erst aus dem Freistaat Rapperswil nach Hause geschickt. Vielleicht ist dies nur eine Etappe, die so sein muss, weil wir ja die echte Gegenwart sozusagen erst noch geradebiegen müssen. Kann es sein, dass wir gar nicht in unsere eigene Gegenwart gelangen können, weil sie erst wieder zugänglich ist, wenn wir die drei Prüfungen bestanden haben, von denen uns der Urahne erzählt hat? Überlegt doch: Die im Freistaat Verstorbenen sollen laut unserem Urahnen lebend zurück zu ihren Familien gelangen, wenn wir Erfolg haben. Somit können wir erst in unsere eigene Gegenwart gelangen, wenn die drei Prüfungen bestanden und die Toten wieder lebendig sind.» – Rudy horcht auf und quittiert diese Aussage mit grossem Respekt: «Elementar! Das hätte von mir sein können!» Dann erklärt er seine momentane Logikschwäche, die keinem ausser ihm aufgefallen wäre, denn – wie Leon es ausdrücken würde: Rudy wäre noch besoffen und bekifft intelligenter als die Mehrheit der Erdbevölkerung: «Meine Implantate fehlen mir total. Ich habe gelernt, sie als Schaltzentrale für Informationen zu nutzen. Nun fehlt mir ein wichtiges Organ, um logische Schlüsse zu ziehen…» – «Scheiss auf die Implantate, Hauptsache die anderen Organe sind noch da! Wichtig ist jetzt nur: Wir müssen hier weg, unsere eigene Gegenwart zurückgewinnen! Ich will meinen Nobelpreis zurück!», brummt Leon missmutig, und Seraina doppelt nach: «Und ich will ein Leben ohne Operationssaal-Feeling im öffentlichen Raum!» – «Und ich ein Leben, in dem es nicht so kompliziert ist», seufzt Margarethe. – «Dann lass dich impfen!», schlägt Leon vor. Sie schüttelt den Kopf und meint mit grübelnder Miene: «Bevor ich sowas mache, möchte ich mehr über die Vor- und Nachteile wissen…» – Leon nimmt seine Mäg in die Arme und spricht mit Überzeugung: «Also, ich lasse mich ganz sicher impfen. Es ist ja nicht nur für mich. Ich schütze damit auch andere vor einer Ansteckung…» Rudy schaut seine Freunde verdattert an und stottert: «Wollt ihr das wirklich? Statistisch gesehen gehören wir zu jener Gruppe, die nicht gefährdet ist. Wozu sich also impfen lassen?» – «Noch nie von Herdenimmunität gehört, Ru?», kontert Leon. Der Angesprochene verzieht das Gesicht und grummelt etwas von <Körperverletzung>. – «Körperverletzung ist das, was du dir freiwillig angetan hast, als du dir die Chips implantieren lassen hast…», gibt Leon zurück, «und was uns im Keller der Russen widerfahren ist.» –

«STOPP!», mischt sich Seraina ein, «Wir sollten hier keine Grundsatzdiskussionen führen. Als angehende Ärztin würde ich meinen: Die Impfung ist sicher okay, aber Rudy gefährdet mit seinem Lebensstil eh niemanden ausser mir, da er nicht mal seinen Eltern länger als wenige Sekunden näher als anderthalb Meter kommt…» – Leon flachst: «Nur bei dir, Rai, hat er minus zwölf Zentimeter Körperkontakt…» – Rudy läuft knallrot an und gibt mit indigniertem Unterton wie aus der Pistole geschossen zurück: «Erigiert sechzehn Zentimeter, du Hanswurst!» Jetzt ist es an Leon, zu erröten, denn der Löwe ist kurz sprachlos ob dieser Schlagfertigkeit. Er sieht aus, als müsse er kurz überlegen, ob er dies auch hinkriegt. Margarethe hat Mühe, ihr Kopfkino wieder unter Kontrolle zu bringen, und drückt krampfhaft ihre Augen zu. Sie ist sich sicher, dass ihr Gesicht ebenso rot geworden ist wie das von Rudy. Seraina indes verdreht die Augen und fährt dort fort, wo sie unterbrochen worden ist: «Also, zurück zu Rudys Lebensstil: Er braucht sich nicht impfen zu lassen. Mäggy und Leo, ihr beiden werft euch gerne mal ins Getümmel, ihr habt daher ein höheres Risiko, das Virus aufzulesen. Möglicherweise könnte sich so ein Immun-Update noch als nützlich erweisen. Nicht dass wir den Rapperswilern drei Mal hintereinander die MAE-CD-20-Erkrankung in deren Vergangenheit einschleusen!» – «Und du, Rai?», fragt Margarethe. Die Angesprochene seufzt: «Nun ja, ich will ja vor allem das Maskentragen vermeiden. Das ist auch als Geimpfte nicht möglich, insofern spielt es bei mir keine Rolle… Um andere nicht anzustecken, müsste ich mich dann wohl eher auch impfen lassen. Allerdings…» Und Seraina fügt versonnen lächelnd hinzu: «Ich liebäugle mit einer Alternative: Ich verschanze mich mit Rudy hier und verweigere jeglichen Kontakt nach aussen. Langweilig wird es mir nicht! Hier habe ich Platz genug, Pferde zum Ausreiten und ein Erdbeertörtchen zum Vernaschen.» – Leon lacht laut auf, Rudy läuft erneut knallrot an, und Margarethe witzelt: «Nun ja, jetzt siehst du wirklich aus wie ein Erdbeertörtchen, Rudy: weisses Hemd und knallroter Kopf!» Da lachen alle, auch Rudy beginnt zu grinsen. Und die Heiterkeit verscheucht für einen kurzen Moment die Gespenster der wiedererweckten Pandemie.

$$* \quad * \quad *$$

So geschieht es, dass sich die <R-Fraktion>, wie Leon das befreundete Paar gerne nennt, bei Rudys Eltern verschanzt. Leon geht schnurstracks zum Impf-Bus, der vor seiner Universität steht. Margarethe ist nicht wohl dabei, dass ihr Liebster das tut; sie selbst möchte lieber abwarten. Eine weitere Frage schwirrt ihr im Kopf herum: Hat sie in dieser veränderten Gegenwart ihr Praktikum bei der Kantonsarchäologie noch? Und wie sieht es mit ihrem Kontakt zum Historiker Robin aus? Um dieses Rätsel zu lösen, möchte sie Robin eine Textnachricht schicken, die auf die Stadtführung Bezug nimmt, die er ihr angedeihen liess. Sie findet zu ihrem Erstaunen seine Nummer nicht in ihrem Handy und überlegt, ob sie diese wohl nicht programmiert und nur auf einem Zettel notiert hatte. Aber auch ihre Notizen zur Geschichte von Rapperswil findet sie nirgends. «Seltsam!», sinniert sie und wägt ab, ob sie in die Bibliothek nach Zürich pilgern oder gar über ihren Schatten springen und im Internet suchen soll, da wähnt sie sich für einen Moment im Film <Star Fight> und erschrickt, sucht mit den Augen einen Aggressor aus der Zukunft oder aus dem Weltall, bis sie begreift: Ihr Nachrichtensignal ist wieder so wie früher, weil sie ja das alte Handy in Händen hält, und dort klingt es wie eine Laserpistole. Sie hofft sehr, der Historiker melde sich auf ihren «telepathischen» Hilferuf. Allerdings ist es nicht Robin, der da schreibt, sondern Rudy, der unterdessen selbst recherchiert hat. «Habe Infos, ruf mich an.» Am Telefon klingt Rudy ziemlich missmutig: «Es ist verzwickt. Langsam begreife ich, warum alle Panik schieben. Gegen das Virus der

MAE-CD-20-Erkrankung gibt es jetzt zwar die Impfung, gegen das Bakterium aber ist noch kein Kraut gewachsen. Das ist resistent gegen sämtliche Antibiotika. Seit dem Ausbruch der Pandemie sind jetzt fast zwei Jahre vergangen, und die Lage ist so kritisch wie damals!» – «Logisch, die Leute sind müde – müde von den Negativschlagzeilen, müde von den Massnahmen, müde überhaupt und sowieso!», wendet Margarethe ein. «Mir reicht's ja schon nach zwei Tagen!» – Rudy seufzt hörbar und gibt kleinlaut zu: «Sowas entgeht mir. Ich analysiere, aber fühle nicht. Verstehst du das?» – Margarethe schweigt. Nachvollziehen kann sie es nicht, aber sie weiss, dass Rudy in seinen Statistiken aufgeht, aber sich schwer damit tut, Gefühle richtig zuzulassen. Seit der Behandlung mit Lasses Droge in einer fernen Zukunft, die sie vor einem halben Jahr erlebt hatten, hat sich das deutlich gebessert, doch wegen ihrer Lage in der Parallel-Gegenwart ist es ja nun so, dass sie ja nie in der Zukunft gewesen und somit nie mit Lasses Droge in Berührung gekommen sind. Margarethe hat nun einen Rudy in der Leitung, der gefühlstechnisch wieder am Punkt ist, wo er damals war, als er sich in Seraina verliebt hatte. Kurz huscht ein kalter Schauder über Margarethes Rücken. Sie fürchtet um die Beziehung ihrer besten Freunde Seraina und Rudy. Doch zumindest eines ist den vier Freunden nicht genommen worden: die Erinnerung an das Geschehene und das Wissen darum, dass sie zueinander gehören. Immerhin die Basis von allem! – «Klar Rudy, du bist eben das Superhirn, mit oder ohne Implantate!», beeilt sie, ihren Freund aus Kindertagen aufzubauen, dann fügt sie gedankenversunken hinzu: «Und was sind die Infos, von denen du gesprochen hast? Das mit der MAE-CD-20 ist ja nicht neu! Und nur, weil du die Panik der Leute anfängst zu begreifen, hast du mich auch bestimmt nicht angerufen. Das wäre, um es mit deinen Worten zu sagen, irrelevant.» – Rudy holt tief Luft: «Im Schloss Rapperswil gab es vor der Pandemie eine Ausstellung. Das habe ich auf der Website nachgelesen. Dort heisst es, die Stadt Rapperswil sei im 14. Jahrhundert bankrott gegangen, weil einer der Schatzkammermeister das gesamte Vermögen von Rapperswil geklaut hat. Deshalb mussten sie die Stadt an Habsburg-Österreich verkaufen. Meine Logik sagt mir: Hier stimmt was nicht, denn in einem Buch…» – «Hä? Du hast ein Buch? Echt jetzt?», wundert sich Margarethe und lacht vor Überraschung. Rudy grummelt etwas in den Hörer und meint: «Ja, gopf, gehört meiner Mutter; sie ist in Rapperswil geboren. In dem alten Geschichtsbuch steht nix von einem Schatzdiebstahl, da steht nur drin, dass sie verlumpt sind, weil sie zu viel Stutz ausgegeben haben. Die Fakten widersprechen sich, da stimmt was nicht.» – «Hey, Mister Supersmart, wir sind in einer Parallel-Gegenwart, da ist nix, wie es sein sollte. Aber ok, egal, ob ich mich jetzt impfen lasse oder nicht; ich muss eh in die Stadt. Fragt sich nur, welche Stadt: ob ich nach Zürich in die Zentralbibliothek oder gleich direkt nach Rapperswil gehe und versuche, den Historiker aufzusuchen. Ich lass mir das mit dem Schatzklau von ihm erklären. Das ist vielleicht unsere erste Prüfung: den Schatzdiebstahl verhindern, damit die Vergangenheit wieder so wird, wie sie gewesen ist.» – «Damit sie das Geld verprassen können! Yeah!», meldet sich Leon hinter Margarethe. Er ist gerade von der Impfung zurückgekehrt. Margarethe verabschiedet sich von Rudy und fliegt Leon in die Arme. Sie schaut ihn misstrauisch an: «Alles noch normal?» – «Klar, warum nicht? Ist nicht meine erste Impfung», meint Leon beiläufig und küsst Margarethe stürmisch. Dann fügt er hinzu: «Im Gegensatz zu dem, was die Gegner sagen: Also bei mir hat die Impfung die Libido sogar angeheizt, ich könnt jetzt grad…» – Margarethe läuft rot an und stammelt: «Pscht, meine… Mutter sitzt… na ja… im Homeoffice.» Leon grinst schelmisch und winkt ab: «Ach was, am <Cringe>-Gefühl wird sie schon nicht sterben! Und zudem soll sie froh sein, dass ihre Tochter…» Peinlich berührt führt das Mädchen ihre linke Hand auf Leons Mund, so dass nur noch «…nänän tölö Hängt zö Frön hät» zu hören ist. Schnell zieht sie ihn in ihr Zimmer und schliesst die Tür.

Leon bleibt über Nacht bei ihr. Das Paar ist zuerst zu müde, um sich dem Liebesspiel hinzugeben, nach der ganzen Aufregung, doch dann spürt Margarethe plötzlich Leons flinke Finger an ihrer Taille. Sie kichert, da packt er richtig zu und dreht sie zu sich. Sie liebt es, wenn er so ungestüm ist. <Ran an den Speck> ist auch ihr Motto. So zerwühlen sie im Liebesrausch Margarethes Bett…

Ein Gedanke an den Historiker Robin huscht ihr noch durch den Kopf, denn sie hat vor, ihn am nächsten Morgen zu kontaktieren. Gleich tadelt sie sich dafür, denn eigentlich sollten ihre Gedanken nur bei ihrem Löwen sein und nicht bei anderen Männern!

8

Stäbchenfolter und andere Unannehmlichkeiten

Am nächsten Morgen scrollt Margarethe erneut verdattert durch ihr Adressbuch und findet die Kontaktdaten des Historikers nicht. «Wo ist denn Robin? Hatte doch seine Nummer gespeichert! Hab' ich ich mich vertippt beim Namen oder was?», wundert sie sich. Dann fällt es ihr wie Schuppen von den Augen: «Die Parallelwelt! Wir sind zurück in einer veränderten Zeit, in der ich die Rapperswiler Kontakte möglicherweise gar nicht habe! Also kennt mich der Historiker gar nicht! Und ich bin vermutlich auch nicht Praktikantin der Kantonsarchäologie…» Als sie das begreift, ist sie hin- und hergerissen zwischen Verzweiflung und Erleicherung. *Replay, Reload…* eine neue Chance? Oder grüsst täglich das Murmeltier?

Tief in Gedanken zieht Margarethe zusammen mit Leon, der morgens meistens ziemlich wortkarg ist, los in Richtung Bahnhof Horgen, um die Bibliothek aufzusuchen im Herzen von Zürich – oder um nach Rapperswil zu fahren. Sie ist sich noch nicht im Klaren, was wichtiger ist. Leon verabschiedet sich am Bahnhof Horgen von ihr mit einem innigen Kuss und einer festen Umarmung, dann hastet er auf den Zug in Richtung Zürich, um an die Universität zu gehen, die in Zürich auf einem Hügel thront. Margarethe mag nicht rennen und möchte sich noch überlegen, was sie tun soll – die Züge nach Zürich fahren ohnehin jede Viertelstunde. Plötzlich hört Margarethe ein Krächzen über sich. Plonk hat sie aufgesucht, und er landet auf ihrer Schulter. «Plonk, mein alter Freund, die Welt spielt völlig verrückt! Alles umsonst, die Heilmittelsuche, und auch unsere ganzen Abenteuer im Mittelalter, in der Zukunft, in der Antike – in Rom, Amsterdam und Berlin – sind vermutlich alles nur ein wirrer Traum. Verrückt, wenn ein Teil der Vergangenheit sich einfach auflöst. Aber die Liebesnächte… die erste in Rom – die hat doch stattgefunden! Egal, die kann uns keiner nehmen!», beschliesst sie, und Plonk krächzt: «Kcheina näään!» Sie kann sich noch an alles erinnern, als wäre es erst gerade geschehen, spürt Leons Küsse auf ihrer Haut, seine sinnlichen Berührungen, nicht nur die von letzter Nacht, sondern auch die allerersten, damals, noch bevor es «ernst» wurde in Rom… das KANN einfach keine Einbildung gewesen sein, und wenn alle vier sich erinnern, so ist es auch geschehen. Was soll's: Der Rest der Menschheit hat sowieso nichts von ihren Abenteuern mitbekommen. Die gehören nur ihnen allein – allen vieren, nein, allen fünfen! Denn Plonk gehört dazu, ist sogar die Hauptperson!

Sie wendet sich ihrem Raben zu und beschliesst, ihren ältesten Freund um Rat zu fragen: «Plonk, ich weiss nicht, was ich tun soll; soll ich mich impfen lassen oder nicht?» – «Nää!», krächzt Plonk laut und deutlich. «Nää!» Margarethe blinzelt benommen: «Das war klar und deutlich. Ich hoffe, Leon hat die Prozedur nicht geschadet.» – «Leo…okchää!» Margarethe atmet erleichtert auf.

Noch hat sie beide Möglichkeiten offen und könnte auch den Zug in die andere Richtung nehmen, nach Rapperswil fahren, um herauszufinden, ob man sie in der Kantonsarchäologie kennt und ob immer noch Leute verschwinden. Aber ob das jetzt Sinn ergibt, in der veränderten Gegenwart? «Was mach ich nun? Rappi oder Züri?» Plonk krächzt: «Züüüüriiii!» Seine Ersatzmutter lächelt. «Das ist eine klare Anweisung! ...Hm, hoffentlich lassen die mich ungeimpft überhaupt in die Bibliothek!», schiesst es ihr durch den Kopf. Beinahe ergeht es ihr wie Seraina, da sie sich noch nicht daran gewöhnt hat, eine Maske zu tragen. Sie verabschiedet sich von ihrem Raben.

Vom Hauptbahnhof Zürich gelangt sie mit dem Tram zur Bibliothek, und dort wird Margarethe der Einlass verwehrt. Der Sicherheitsangestellte am Eingang weist jedoch hinüber zu einem Container: «Dort können Sie sich ohne Anmeldung testen lassen!» Margarethe schaudert es: Mit Grausen erinnert sie sich an die ‹Folterszene› mit Pandemios, welche jedoch nie stattgefunden hat. Jedoch erinnert sie sich auch, wie in der Pandemie-Zeit, die sie in Realität erlebt hatte, die Nasenstäbchentests durchgeführt wurden, sobald jemand unter Verdacht stand, an MAE-CD-20 erkrankt zu sein. «Oh nein! Jetzt muss ich mich doch dieser Foltermethode unterziehen? Ob Leon nicht doch besser fährt mit seiner Impfung? Stäbchen tief in die Nase, das kann nicht gesund sein!» Sie überlegt einen Augenblick, dann zieht die Sehnsucht sie so stark in den Büchertempel, dass sie sich überwindet und sich hinter der Warteschlange anstellt, um sich der Prozedur zu stellen. Sehr freundlich wird sie empfangen von einem netten jungen Mann, der ihre Krankenkassenkarte kontrolliert und sie fragt, ob sie Krankheitssymptome habe. «Nein, ich will nur in die Bibliothek», entgegnet sie verwirrt. Er lächelt: «Na, dann mal los zu meinem charmanten Kollegen!» Er zeigt hinter sich in den Container, und dort empfängt ein junger Mann mit Maske, hinter der verschmitzte braune Augen hervorblinzeln, das Mädchen. «Immerhin sind die Test-Typen nett», denkt sie bei sich. «Wäre auch ein Grund, NICHT zu impfen, wenn ich immer mal zu den netten Jungs testen kommen darf!»

Nach der Prozedur, die ihr vorkam, als hätte ihr der nette junge Mann mit einem Schraubenzieher tief in die Nase gebohrt, hat sie ihre Meinung geändert, niest noch minutenlang und hält das Jucken in ihrem Geruchsorgan fast nicht aus. – «Also, wenn man masochistisch veranlagt ist, gibt dir das den ultimativen Kick!», unkt ein Student, der Margarethes Folter mitbekommen hat und sich darüber amüsiert. «Ich mach das jede Woche mindestens einmal!» Sie bedenkt ihn mit einem Blick, der töten könnte, und er weicht grinsend zurück.

Nun darf sie eintreten in den Büchertempel, und sie geniesst das von Herzen! Sie zeigt am Eingang ihr Zertifikat, tritt ein – und dann ist es um Rabenherz geschehen! Es kommt ihr vor, als wäre sie in einem anderen Reich gelandet, aber diesmal nicht durch Zeitreise, sondern weil sie endlich wieder einmal in einer Bibliothek ist. Die Zentralbibliothek im Herzen von Zürich ist riesig, und lustvoll verirrt sich das Mädchen in den Eingeweiden des Büchermagazins, nachdem sie am Computer zum Stichwort «Rapperswil Geschichte» eine Zeitlang gesucht und sich die Signaturen notiert hat. Im 2. Untergeschoss findet sie ein Buch, das einen stilisierten Raben auf leuchtendrotem Umschlag trägt, und sie jauchzt vor Freude auf. Das Bild erinnert sie an das Wappen, das der Historiker während des spontanen Geschichtsexkurses gezeigt hatte. Der Titel auf dem roten Grund verrät, dass es sich eindeutig um die Geschichte von Rapperswil handelt. Und wenn ein Rabe darauf ist, kann es nur die richtige Lektüre für sie sein! Für das nächste Buch muss sie gleich mehrere der eng aufgereihten Büchergestelle mittels Kurbel bewegen, wobei sie jeweils zwischen die angrenzenden Regale linst, ob nicht jemand dort erdrückt werden könnte. Erinnerungen an ihren ersten Bibliotheksbesuch mit Leon werden wach, und sehnsüchtig denkt sie an ihren Liebsten und an das Prickeln, welches sie verspürte, als sie sich zu ersten Mal nahe kamen im Lift – noch ganz harmlos und zufällig und unverfänglich. Sich frisch zu verlieben, ist schon ein ganz besonderer Moment, und die Gefühle daran sind alle noch sehr lebendig in dem Mädchen, auch zwei Jahre später. Seufzend muss sie sich damit abfinden, dass ihr vielbeschäftigter Leon diesmal nicht dabei ist, und sie forscht weiter nach den Titeln, deren Signaturen sie sich notiert hat. Verärgert stellt sie fest, dass eines der wichtigsten Werke fehlt – «Welcher Idiot hat ausgerechnet das ausgeliehen, Gopfriedstutz!», flucht sie und duckt sich dann zwischen zwei Bücherregale, weil es sich schliesslich nicht gehört, in Bibliotheken laut herumzufluchen. Sie nimmt den Lift und fährt noch tiefer hinunter – «In die Gruft», denkt sie amüsiert bei sich. Dort findet sie noch zwei weitere Druckerzeugnisse, ein neueres und ein ziemlich altes – «Da war ja meine Mama noch nicht mal geboren, als das herauskam!» –, fährt mit ihrer Beute mit dem Lift ins Erdgeschoss und fragt am Ausleiheschalter, was mit dem fehlenden Buch los ist. Man teilt ihr mit, der Band müsse laut Computer vorhanden sein. «Seltsam!», wundert sich Margarethe. «Dass ausgerechnet die Geschichte von Rapperswil fehlt! Ob das ein Zufall ist?» Sie bestellt den Titel, und die Dame am Informationsschalter verspricht, man werde danach suchen, und wenn sie Glück habe, sei das Buch in einer Stunde verfügbar. Unterdessen kann das Mädchen in der Abteilung «Alte Drucke» sich ein altes Druckerzeugnis zu Gemüte führen, welches nicht ausgeliehen werden darf. Sie steigt die vielen Treppen hoch und gerät ausser Atem, weil im Treppenhaus die Gesichtsschutzmaske getragen werden muss. Im obersten Stock der Bibliothek angelangt, klingelt die Geschichtsforscherin und darf eintreten. «Der reinste Hochsicherheitstrakt!», denkt sie amüsiert. Zuerst finden die beiden Angestellten der Abteilung das Buch nicht, weil sie Margarethes falsche Telefonnummer im System hatten, welche bei der Ablage als persönliche Signaturnummer dient. Dann aber taucht das Gewünschte auf, und das Mädchen setzt sich an einem Tisch und blättert sachte in dem uralten Bändchen, fasziniert, ehrfurchtsvoll.

«*Geschichte der Stadt Raperswil…* noch mit einem p geschrieben… *von ihrer Gründung bis zu ihrer Einverleibung in den Kanton St. Gallen…* 1878… so alt!», murmelt die Leserin staunend vor sich hin. «Und das ist bereits die 2. Auflage! *Jahrhunderte vor der Stadt Erbauung…* Mann, ist diese Schnörkelschrift schwierig zu lesen! Da *lebte ein edles Geschlecht mit einer Stammburg* auf dem Etzel… nein, *die auf einem schmalen Felsdamme gelegen war, der aus dem Etzel hervortritt…* der genaue Standort wird in einer Urkunde von 1308 erwähnt… spannend! Aber ich sollte nicht abschweifen!», ermahnt sich die Forscherin und liest weiter. Sie hat Mühe, die alte Schrift zu entziffern, und vor lauter Ehrfurcht getraut sie sich fast nicht, umzublättern.

«Die Herren von Rapreswil, Ratperahteswila, Reprechtswile – lustig, wie unterschiedlich der Name in den Urkunden geschrieben wurde! – hatten grosse Macht und viel Besitz an Land und Leuten: *Ihnen gehörten die ganze March, das Wägithal, die Herrschaften Uster, Griffensee,* blablabla*, Rüti, und sie hatten viel Eigen im Aargau und Thurgau. Ihre Güter reichten bis an den Wallensee, und hinab bis an Rhein und Limmat*… das ist ja wirklich ein Riesengebiet! Bis nach Uri sogar!», staunt Margarethe. «Und sie hatten Lehen und Vogteien von den Klöstern Reichenau, St. Gallen. Pfäfers und Einsiedeln. Stäfa, Erlenbach, Pfäffikon, Wollerau und so weiter waren Höfe, die zu Einsiedeln gehörten! Die heutigen Seegemeinden!»

Das Mädchen liest weiter und findet die Aufzählungen mit der Zeit ermüdend, zumal sie gar nicht alle genannten Ortschaften kennt. Sie blättert weiter und gibt einen Laut des Erstaunens von sich: «Da kommt ja wieder ein Rudolf vor… Rudy wird sich freuen!», schmunzelt sie. «*Ein Rudolf war 1012 Conventuale zu Einsiedeln.* Da wird noch ein Bruder Otter erwähnt! Oder heisst es Otker? Und das ist aber ein anderer Rudolf, Herr zu Rapreswil, der seine Macht missbrauchte… *denn die Schirmvögte missbrauchen nicht selten ihre Macht auch zu Gewaltthätigkeiten.* Hier wird ein Schloss erwähnt: *Es lit ain herrlich sloss bi dem oberswe, das haisset rapreswil.*»

Beim Gedanken an das Schloss schweifen Margarethes Gedanken ab zu einem sonnigen Herbsttag, als sie mit ihren vier besten Freunden vor dem Schloss Rapperswil stand, mit Blick auf den See und die Altstadt… als die Welt noch in Ordnung war, nun ja, nicht mehr ganz…

Sie ermahnt sich dazu, weiterzulesen: Gegründet wurde die Stadt Rapperswil dann Ende des 12. oder Anfang des 13. Jahrhunderts.

«Der erste Graf, der wirklich diesen Titel führte, ist Rudolf, der Gemahl der Mathilde von Watz... oder Batz?»*, rätselt die Leserin, die mit der alten verschnörkelten Druckschrift nicht vertraut ist. «Das ist jetzt der eigentliche Gründer, und auf ihn bezieht sich die Sage, welche die Klingenberger Chronik erzählt... sicher das mit der Hirschkuh. 1218 ging Graf Rudolf auf Kreuzzug. Im 13. Jahrhundert baute er das Schloss und die Stadtmauer. So alt ist das also?»

Staunend verfolgt Margarethe weiter, wie Mitte des 13. Jahrhunderts *«der Bürgerstand erblühte, Pilger nach Einsiedeln reisten»* via Rapperswil... Sie studiert das Büchlein weiter, blättert vor und zurück, liest, wie die Herren von Rapperswil am Anfang nur die waldige Halde und das sumpfige Ufer auf der Nordseite besassen. Für den Bau der Festung musste die Stadt die Erlaubnis der drei Abteien einholen. Denn: 1220 war die Halbinsel Lehen der Klöster Einsiedeln, St. Gallen und Pfäfers. «Wieder ein Kloster – sogar deren drei!», sinniert das Mädchen, welches auf der allererersten Zeitreise feststellte, dass sie in einem früheren Leben offenbar eine Nonne gewesen war. Und als sie mit Rudy und Seraina in Zürich im Jahr 1267 gelandet war, wandten sie sich auch zuerst an die Klosterfrauen zu Fraumünster um Rat und Hilfe. Fieberhaft macht sich Margarethe Notizen auf ihrem Block und fotografiert einige der alten Seiten mit ihrem Handy, was ohne Blitz erlaubt ist.

Nach einer Stunde beschliesst sie, zwei Stockwerke tiefer in der Graphischen Sammlung das Buch mit den alten Karten einzusehen. Leider ist die Abteilung noch geschlossen, und bis 14.00 Uhr möchte das Mädchen nicht warten. Am Ausleihschalter im Erdgeschoss teilt man ihr mit, dass das vermisste Buch immer noch nicht aufgetaucht ist. Man werde ihr Bescheid geben. So nimmt die Geschichtsforscherin die drei Bücher mit, die sie gefunden hat, und beschliesst, später die fotografierten Seiten aus dem alten Druck in Ruhe durchzusehen, um bei der nächsten Gelegenheit in der Bibliothek weiterzulesen.

Im Zug blättert sie durch ihr portables Fotoalbum, kann aber die alte Schrift auf dem kleinen Bildschirm fast nicht entziffern und muss sie heranzoomen. «Jetzt verstehe ich, wie sich meine Mama fühlt; sie ärgert sich so, dass sie jetzt eine Lesebrille braucht», überlegt Margarethe amüsiert. Sie selbst hatte bisher noch nie Probleme mit ihren Augen, erinnert sich aber, dass Seraina in der <richtigen> Gegenwart ja seit Kurzem eine Brille trägt – weil sie das Gefühl hat, beim Lesen nicht mehr ganz scharf zu sehen. Jetzt, wo sie beide so viel lesen und lernen müssen für die Matur, fällt das plötzlich stärker ins Gewicht. Eine Brille ist Margarethe bis jetzt erspart geblieben, und sie ist gespannt, wie sich das bei ihrer besten Freundin entwickelt: Seraina mit Brille – sehr ungewohnt! «Passt aber immerhin zu ihrem Rudolfino!» Typisch für ihn, hat er sich bisher noch nicht dazu geäussert. Und in der aktuellen Parallel-Gegenwart ist sowieso wieder alles anders. Ein Glück, steht die Bibliothek noch!

Im Zug ist es laut, und die Leserin kann sich nicht konzentrieren. Ausserdem kündigt der Signalton ihres Telefons den Eingang neuer Nachrichten an. Sie ahnt schon, von wem – und ist überrascht, eine Message von Lucia zu erhalten, ihrer alten Schulfreundin, und von ihrer Tante. Erfreut schreibt sie beiden zurück, weiss aber nicht, wie sie auf die Frage «Wie geht es dir?» antworten soll. Zu ihrer Überraschung meldet sich noch ein alter Bekannter, mit dem sie den Kontakt verloren hatte, der Sohn der besten Freundin ihrer Mutter. «Irgendwie denken heute alle an mich, das ist seltsam!», überlegt sie amüsiert. «Und lassen mich nicht lesen!» Tatsächlich pflegt Margarethe fast nur Kontakt mit ihren drei besten Freunden, nebst Plonk und ihren Eltern; ihre Verwandten wohnen nicht am Zürichsee, daher sieht sie diese nur ab und zu. Die Grosseltern mütterlicherseits leben seit deren Pensionierung im Tessin, jene väterlicherseits sind schon lange tot. Und seit sie mit Leon liiert ist, bleibt ihr neben der Schule fast keine Zeit, andere Leute zu treffen, und sie verspürt offen gestanden auch nicht sonderlich grosse Lust, sich zu oft zu verabreden. Sie ist nicht der Typ für schnelle Freundschaften, weil sie weiterhin eher schüchtern auftritt gegenüber Unbekannten. Aber in der Pandemie melden sich manche Menschen plötzlich wieder und wollen wissen, wie es einem geht. Eine schöne Seite dieser Situation, denkt sie sich und lächelt. Sie ist so in Gedanken, dass sie beinahe ihre Haltestelle verpasst.

Gerne hätte sie ihre Zeitreise-Komplizen noch in Fleisch und Blut getroffen, besonders Leon, aber Margarethes Mutter ist wieder «im Krisen-Modus», wie es die Tochter an der Videokonferenz an diesem Abend formuliert. «Sie möchte mich wieder am Liebsten zuhause einsperren!», jammert Margarethe. Leon flachst: «Also, mit Mäg zusammen eingesperrt sein, fände ich nicht so schlimm!» – «Von wegen! Im Kerker in London etwa?», blafft sie ihn an. «Wahnsinnig romantisch!» – «War immerhin 'ne Möglichkeit, dich besser kennenzulernen», fügt er achselzuckend hinzu. Sie seufzt: «Und ganz entspannt, während Rudy an der Pest dahinsiecht! Ich war selten so gestresst wie damals!» – «Was muss ich dann erst sagen!», ächzt Rudy, der sich nur ungern an seine Erkrankung in Venedig im Pest-Jahr 1348 erinnert – obwohl diese ihm letztendlich den Weg zum Herzen seiner Seraina geebnet hatte. Das heisst, Seraina war schon lange in Rudy verliebt, jedoch hatte dieser das lange nicht begreifen wollen oder können. Im Pestlazarett, wo Rudy unter Fieberschüben darniederlag, war das Eis gebrochen. «Gilt diese Erinnerung noch, oder wurde sie überschrieben?», rätselt Seraina laut, deren Kopf hinter dem von Rudy auf dem Bildschirm auftaucht. «Mir ist das egal – für uns gilt sie und ist unvergesslich!», fügt sie versonnen hinzu. «Solange wir vier uns alle daran erinnern.» – Leon nickt: «Wir haben unsere Abenteuer am eigenen Leib erlebt, und die kann uns keiner wieder wegnehmen – wie auch unsere Frauen nicht!» Sein bedauernder Blick verrät, dass er seine Mäg jetzt gerne in den Arm nehmen würde. Das bleibt Rudy nicht verborgen: «Knuddeln am Bildschirm geht nicht so gut, gell, Leo! Ich hab's da besser, Raina ist zu mir gezogen… das Haus meiner Eltern ist gross genug.» – «Gross genug…», grummelt Leon in seinen Dreitagebart, dann meint er: «Hey Mäg, darf ich bei dir einziehen? Das Haus deiner Mutter ist noch grösser…» – «STOPP, Jungs, hört endlich damit auf, auszufechten, wer mal wieder den Grösseren hat…», unterbricht Seraina den Schlagabtausch, da räuspert sich Leon: «Ok, ok. Nachdem wir alle ein paar Nettigkeiten und Erinnerungen ausgetauscht haben, wäre es doch gut, zu wissen, was es Neues gibt! Also ich für meinen Teil habe in den Medien nachgeforscht, ob jemand eine Rapperswiler Münze gefunden hat. Und die Antwort ist: Nein. Zumindest in den Medien, die ich angeschaut habe, ist nichts davon bekannt. Wir sind also tatsächlich in einer Parallelwelt gefangen. In dieser Welt ist nichts von all dem passiert, was wir in den letzten zwei Jahren, also seit Beginn der Pandemie, erlebt haben. Wir müssen also subito einen Zeitsprung in die Rapperswiler Geschichte machen und die drei Prüfungen bestehen, damit wir unsere echte Vergangenheit wiederbekommen…» Die vier Freunde schweigen betreten.

Doch Margarethe ist so aufgeregt, als würde sie gleich platzen: «Lasst mich jetzt mal erzählen! Ich habe da Hochinteressantes gelesen in einem uralten Buch!» – «Lass hören!», fordert Leon sie auf. – «Also, es geht um die Frühgeschichte Rapperswils.» – Rudy seufzt vernehmlich, aber unbeirrt fährt sie fort: «Rappi war im sogenannten Zürichgau gelegen. 1097 war das Herzogtum Alemannien zerrissen; das Land war in Gauen aufgeteilt. Es gab da so einen Vertrag zu Mainz, der regelte, dass der Zürichgau an den Herzog von Zähringen ging.» – «Schon wieder die Zähringer; die hatten wir doch schon in Zürich», erinnert sich Seraina, und Rudy nickt: «Stimmt, der letzte zähe Ringer gab doch den Löffel ab, und in der Folge wurde die Burg auf dem Lindenhof geschleift. Der Schlappschwanz war eben doch nicht so zäh!» –

94

«Kalauer, Kalauer!», winkt Leon ungeduldig ab, weil der Spruch für einmal nicht von seinen Lippen kam. «Was war jetzt mit den Zähringern in Rappi? Erzähl weiter, Mäg!» – «Also die Zähringer begrüssten jedenfalls das Emporkommen der Städte, und die Grafen von Rapperswil wollten eine Bürgerschaft heranziehen und strebten nach einer freien städtischen Verfassung. Rudy, du wirst dich freuen: Dein Namensvetter hat die Stadt Rapperswil und die Burg erbaut. Graf Rudolf I. war übrigens Lehensvasall des Abtes Berchthold von St. Gallen!» Rudy wirft sich stolz in die Brust: «Ha! Ich bin berühmt – ein Graf! Da seht ihr's!» – «Aber doch nur ein Vasall!», winkt Leon abschätzig ab. – «Jedenfalls führte Rudy, äh, ich meine Rudolf Krieg für das Kloster Einsiedeln im Jahr 1217. Der hatte es eh mit den Klöstern; der gründete mit seiner Frau Mechthild und mit seiner Tochter Anna das Frauenkloster Bollingen und das Zisterzienserinnenkloster Wurmsbach.» Bei der Erwähnung dieses Namens brechen die anderen drei in Gelächter aus. «Ja, sorry, das hiess nun mal so!», verteidigt sich Margarethe genervt. «Die Tochter starb übrigens früh, und mit dem Sohn hatte Rudolf auch kein Glück. Dann kam die Elisabeth ins Spiel, die Schwester des Grafen Rudolf II. Die heiratete Ludwig von Honberg oder Homburg. Dann gab es Krieg zwischen Bern und Rudolf von Habsburg, der das alte burgundische Königreich wieder herstellen wollte für seinen Sohn Hartmann. Dabei wurde der Ludwig, also der von der Elisabeth, der seit 1288 Graf war, erschlagen.» Leon hebt beide Hände hoch: «Ich kann nicht mehr folgen, das ist so konfus!», protestiert er, aber Margarethe fährt unerbittlich fort: «Der tote Ludwig hatte Geldnot und Schulden, und seine Witwe musste Güter und Rechte verkaufen und wurde bedrängt, bis sie 1291 ein Bündnis mit der Stadt Zürich schloss.» – «Arme Elisabeth!», seufzt Seraina mitfühlend. «Erzähl weiter, ich find das total spannend!» – «Klar, weil es mal um eine Frau geht!», stimmt ihr Leon zu. Und Rudy findet es toll, weil wieder einer Rudolf heisst!» – «Sowieso!», strahlt dieser triumphierend, und Margarethe stellt erfreut fest, dass er nicht dauernd auf seinem Smartiefon nachsieht, ob die Fakten stimmen. – «Na, es kam dann zum Bündnis gegen die Herzöge von Österreich und zum Krieg!» – «Kein Wunder!», wirft Leon ein. – «Und die arme Elisabeth musste weitere Güter verkaufen», fährt Margarethe fort. «Die Gräfin musste für ihre drei Söhne und zwei Töchter sorgen, die noch am Leben waren, und heiratete mit 36 nochmals – sieben Jahre nach dem Tod ihres Ludwig, den Grafen – hört, hört! – Rudolf von Habsburg, der 26 Jahre alt war!» Leon pfeift aufreizend: «Zehn Jahre jünger, nicht schlecht! Sie war also ein *Cougar*!» Seraina lächelt säuerlich: «Vermutlich war sie einfach verzweifelt!» Rudy seufzt: «Ich geb' das ja selber ungern zu, aber hier sind verflixt viele Rudolfs im Spiel!»

Margarethe klappt ihren Notizblock zu: «Das wär's für den Moment.» Die anderen reagieren überrascht. «Ist das alles?», wundert sich Seraina. «Ich wollte gern wissen, wie es weitergeht mit der wilden Elisabeth in dieser *Soap Opera*!» – «Nicht mehr allzu weit… sie starb 1309. Und ich hatte keine Zeit mehr und durfte das Buch nicht mitnehmen. Ich möchte nächste Woche gern nochmals in die Bibliothek gehen und weiterlesen. Mist… muss dazu wieder 'nen Test machen!», grummelt sie. – «Ach nee, diese Foltermethode?», fragt Rudy. «Ist das so schlimm, wie's aussieht? Schieben die dir das Stäbchen wirklich bis ins Hirn?» – «Nein, aber tief runter in die Nase, fast bis in den Hals – ich dachte, ich sterbe!», keucht Margarethe und erinnert sich lebhaft an das unangenehme Gefühl und das unerträgliche Kitzeln. Leon lacht süffisant: «Tja, ich muss das nicht mehr; ich bin ja geimpft. Mach doch bitte auch, Mäg, das sind im Fall Peanuts.» – «Nein danke!», wehrt sie ab. «Will lieber noch abwarten, ob dir mit der Zeit Hörner wachsen oder so.» – «WAAAS, setzt du deinem Leon etwa Hörner auf?», reagiert Seraina mit gespieltem Entsetzen. «So kenne ich dich aber gar nicht, Mäggy!» Diese lächelt süffisant: «Was wisst denn ihr?» – «A-haa, du meinst den herzigen Historiker? Was läuft mit dem?» – «Was für ein Historiker?», möchte Rudy wissen, und Leon winkt ab: «Nur so ein Wichtigtuer, nichts von Bedeutung.» Zerknirscht gesteht Margarethe, dass sie die Telefonnummer nicht mehr hat: «Wegen der Parallelwelt, nehme ich an. Ein Zeitsprung ist es ja nicht…» – «Seitensprung? Du? Das wird ja immer besser», reagiert Rudy absichtlich provokativ, und Leon säuselt: «A propos Liebesspiel: Lass dich impfen, Mäg, das ist im Fall total inspirierend… und aphrodisierend!» Seraina reisst ihre Augen auf: «Leon… und dann noch zusätzlich aphrodisiert! Meine Fresse, arme Mäggy!» Rudy reagiert wie aus der Pistole geschossen: «Raina, das haben wir doch gar nicht nötig, solche Hilfsmittel, oder?» – «Auf keinen Fall, wir brauchen lediglich einen Meter!» – «Hää?», machen nun die drei anderen gleichzeitig, und Seraina säuselt süffisant: «Ich möchte nachmessen… waren es nicht etwas mehr als sechzehn Zentimeter?» Schlagfertig kontert Leon: «Das kann ich toppen! Kann sein, dass die Impfung auch einen Wachstumsschub bewirkt…»

Seraina lacht frech auf und tippt. – «Was tust du da?», wundert sich Leon, und Rudy grinst: «Sie schreibt was in den Chat.» Margarethe und Leon lesen es; er errötet und fängt auch an zu tippen: «Das ist doch… unerhört! Ich als frosch Geimpfter sage Dir…» Die anderen drei lachen auf, bevor Leon seinen Tippfehler bemerkt. Seraina kreischt, während Rudy wiehert und fast vom Stuhl fällt. «Mäggy, küss doch deinen geimpften Frosch, vielleicht verwandelt er sich dann in einen Prinzen… 2G plus 16 Zentimeter!», quiekt Seraina. Leon knurrt bedrohlich.

9
Verloren in Historien

Die vier Freunde wissen nicht so recht, was sie mit den bis jetzt erlangten Informationen über Rapperswil anfangen sollen, und Margarethe ist froh, dass Leon ihr hilft, ihre Notizen zu ordnen. Sie blättert mehr oder weniger zielstrebig in den Geschichtsbüchern, läuft aber Gefahr, sich in der Fülle von Informationen zu verlieren.

«Hier ist ein dickes Buch über das Schloss Rapperswil», stellt Leon fest, und Margarethe zückt ihren Notizblock: «Aus dem hab ich mir bereits einiges herausgeschrieben, aber es bestätigt weitgehend das, was ich in dem uralten Buch schon gelesen habe, also das mit der Urkunde Ottos des II. von 972 und den Verbindungen zum Kloster Einsiedeln, mit den Zähringern...» – «...und den ganzen Rudolf-Doppelgängern... und das mit der Stammburg des Geschlechts der Rapperswiler bei Altendorf in der March?», entgegnet Leon. «Hm, die müssen ja auch genug Geschlechtsverkehr gehabt haben, um so viel Macht und Einfluss zu erlangen», flachst er und zieht seine Freundin an sich. Sie aber löst sich aus seiner Umklammerung: «Sorry, Liebster, aber ich bin voll im Geschichtsforschungs-Modus, da bin ich zu kopflastig!» – «Schade!», gibt er sein Bedauern kund. «Aber wusstest du von der Hofgründung dieses Alemannen namens Ruprecht im 8. Jahrhundert?» – «Nee, ist der wichtig?» – «Wenn man bei dieser ganzen Geschichte, in der wir drin stecken, nur wüsste, was wichtig ist und was nicht!», seufzt Leon.

Margarethe konsultiert ihre Notizen und blättert in den Seiten. «Also Konkurrenten der Rapperswiler im 12. Jahrhundert waren die Kyburger, die Toggenburger und – die Regensberger! Das dürfte Rudy und Raina interessieren.» – «Wieso?», macht Leon.

– «Die Regensberger waren diejenigen, die Glanzenberg aufgebaut haben als Konkurrenz zur Stadt Zürich! Weisst du, als wir zu dritt im 13. Jahrhundert landeten und die Geschichte wieder geraderücken mussten!» – «Und Schwerter geklaut habt und in der Folterkammer gelandet seid?», erwidert Leon. – «Genau, das war eine verrückte Mission, und ich hatte die ganze Zeit so gehofft, zwischen Raina und Rudy funke es endlich!» – «Aber die R-Fraktion hat sich ja Zeit gelassen bis Venedig… oder eher London!», erinnert sich Leon grinsend. «Sozusagen zeitgleich mit uns ist der Funke übergesprungen… manche brauchen eben einen Katalysator.» – «Und das war die Pest!», entgegnet Margarethe mit Unbehagen, das ihr diese Erinnerung verursacht.

«A propos, da habe ich gerade etwas gefunden in dieser alten Chronologie: 1611 wütete die Pest in Rapperswil», grinst Leon, «Das wäre doch genau unsere Zeit, für einen romantischen Ausflug in die Vergangenheit! Die Flucht aus der einen in die nächste Pandemie!» – «Genau, vom Regen in die Traufe!», stellt Margarethe trocken fest und behändigt bereits das nächste Buch. «Da ist übrigens noch der Prachtsband mit dem Raben-Wappen», bemerkt Margarethe und zeigt Leon das grosse, dicke rote Buch. «Ich hab da gar noch nicht reingelesen, das ist vor allem Frühgeschichte.» Er quittiert es nickend, hat aber bereits etwas anderes im Visier. Auch sie liest weiter.

«Hey, Mäg, hier hab ich noch was», bemerkt nach ein paar Minuten Leon, der in ein altes Geschichtsbuch vertieft ist. «Die Zürcher Mordnacht!» – «Lass hören!», fordert ihn das Mädchen auf. – «1350 wurde die Grafenstadt Rapperswil an Habsburg-Laufenburg vererbt. Die verlumpten dann, die Habs- äh Laufenburger, und verkauften Rappi an Habsburg-Österreich. Rappi wurde damit zum Bollwerk gegen die Eidgenossen. Im gleichen Jahr brannten die Zürcher unter Rudolf Brun die Stadt nieder. Also Rappi.» Margarethe beugt sich über Leon und liest ihm über die Schulter. «Das war eine Strafaktion, weil Rapperswil subversive Objekte aus Zürich aufnahm und diese einen Umsturz planten, wegen der Zunftrevolution, als 1336 die Zünfte in Zürich die Macht ergriffen. Robin hat mir dazu noch ein Wandbild gezeigt, in der Nähe vom Hafen…» – «Was hat er dir sonst noch gezeigt?», möchte ein misstrauischer Leon wissen, aber sie winkt ungeduldig ab: «Rudolf Brun ist sowieso umstritten, weil der einige Schweinereien angezettelt hat, auch Massaker an den Juden im Zusammenhang mit der Pest 1349. Sozusagen prophylaktisch wurden <verdächtige Subjekte> ermordet. Erst kürzlich las ich in der Zeitung, dass alternative Kreise die Rudolf-Brun-Brücke in Zürich umtaufen wollen.» – Leon nickt und liest quer in Willipedia auf seinem Smartiefon: «Brun muss ein wahrer Stadt-Tyrann gewesen sein, der sich als erster Bürgermeister der Verfassung viel Macht sicherte mit seiner Zunftrevolution. Und er galt im 19. Jahrhundert als Verräter, weil Zürich Verträge mit dem Innerschweizer Bund und gleichzeitig auch mit Habsburg schloss.» – Margarethe zuckt mit den Schultern: «Was damals aber offenbar nichts Ungewöhnliches war… diese Allianzen waren immer relativ. Sowas nennt sich Politik!»

Leon pflichtet ihr nickend bei. «Aber zurück zum abgefackelten Rapperswil: Das könnte doch unsere Aufgabe sein.» Margarethe nickt eifrig: «Lass mich das zeitlich einordnen… das gehört aber nicht zu den Zürichkriegen, gell.» – «Nein, die waren doch später, lass mal sehen. 1442, mit dem Bündnis mit Österreich…», murmelt Leon und blättert im Buch, das er in der Hand hält. «…und 1458 geht Rapperswil ein Schirmbündnis mit Uri, Schwyz, Unterwalden und Glarus ein, wie der Brief von 1464 bezeugt. Rapperswil wird eidgenössisch.»

Die beiden sitzen sich ratlos gegenüber. «Wären beides Möglichkeiten für eine Zeitreise, das Jahr 1350 oder irgendwas nach 1442…», sinniert Margarethe, und Leon schlägt vor: «Komm, wir erzählen es der R-Fraktion, vielleicht haben die eine Idee.» – «Ach, Rudy kommt doch wieder mit seinem – wie nannte er es schon wieder – Schatz-Paradoxon? Hat er doch letztes Mal erwähnt, als wir telefoniert haben. Eine Schatzsuche wäre mir zwar lieber als das, was ich befürchte: Wetten, wir landen im Kriegsgetümmel...», seufzt Margarethe.

10
Haltet den Dieb!

Die vier Freunde und Plonk haben sich entschlossen, die Pferde der R-Fraktion, Foxy und Blacky, spazieren zu führen, um selber den Kopf frei zu bekommen – Waldluft tut allen gut. Sie gehen neben den Pferden her, während Plonk auf Blackys Rücken Platz genommen hat – der Rabe auf dem Rappen. Die Menschen schweigen bedrückt. Alle vier wollen ihre eigene Welt wiederhaben, denn die Parallelwelt, in der die Pandemie wütet, behagt niemandem der vier. Doch wie sollen sie es anstellen? Margarethe weiss zwar, wie sie zur ersten Prüfung kommen könnten: mit einem Zeitsprung. Den Raben hätten sie dabei, doch nirgends ist ein Schwert…

Beim Thema, welche erste Prüfung auf sie wartet, sind sich die Freunde überhaupt nicht einig. «Da wir in eine Pandemie geraten sind, findet die erste Prüfung sicher 1611 statt, als die Pest wütete. Wäre doch logisch, oder?», bringt sich Seraina ein, doch Leon winkt ab: «Ich vertraue Mägs Spürsinn. Wir landen sicher dort, wo Züri Rappi abfackelt. Wir geraten doch immer zwischen die Fronten…» – Rudy indes beharrt auf seinem ‹Schatz-Paradoxon›, wie er es nennt. Denn gemäss Rudy gibt es eine Unstimmigkeit zwischen den Quellen in der echten Gegenwart und jenen in der Parallelwelt bezüglich des Rapperswiler Staatsvermögens im frühen 14. Jahrhundert – also noch vor dem verhängnisvollen Jahr 1350, als Zürich Rapperswil zerstörte. In dieser Parallelwelt heisst es, ein Dieb habe es gestohlen. In ihrer echten Welt soll es verprasst worden sein. Da fällt es Margarethe wie Schuppen von den Augen, und sie jubelt derart, dass die Pferde kurz scheuen: «Wir müssen den Dieb fassen!» – «Wo läuft er denn?», fragt Leon und ist bereit, loszurennen, doch er begreift in diesem Moment noch nicht, dass seine Mäg einen Dieb in der Vergangenheit meint. Als sie die anderen darüber aufgeklärt hat, sind sich alle einig: Das ist die erste Prüfung!

Nun grübeln die vier Freunde darüber nach, wie sie zu einem Schwert kommen, als Plonk von Blackys Rücken runterkrächzt: «Schwe nich schwe!» – «Ja was nun? Schwert oder nicht Schwert, dein Rabe weiss auch nicht mehr, was er will...», grunzt Rudy entnervt und bleibt stehen. Seraina gesellt sich zu ihm und umarmt ihn schweigend. Leon seufzt und meint: «Ich glaub, er meint, es sei nicht schwer, ein Schwert zu finden. Na ja, so zuversichtlich möchte ich auch sein...» Genau in diesem Moment leuchten Margarethes Augen auf, und sie stösst einen spitzen Schrei aus. Jetzt erschrecken nicht nur die Pferde, sondern auch ihre Freunde. «Da! Ein Wegkreuz! Sieht doch wie ein Schwert aus, findet ihr nicht?» – «Ach was! Seit wann können Wegkreuze Schwerter ersetzen?», brummt Rudy missgelaunt. Sogar ihm scheint der selbst auferlegte Hausarrest aufs Gemüt geschlagen zu haben. Unbeirrt meint Margarethe: «Egal, wir müssen alles versuchen! Wir müssen hier raus, sonst drehen wir noch komplett durch! Die verschwundene Vergangenheit muss wieder her! Plonk! Kannst du was mit einem Wegkreuz anfangen?» Der Angesprochene schüttelt den Kopf. Rudy stöhnt entnervt auf, Seraina seufzt verzweifelt, und Leon kickt enttäuscht einen Stein mit dem Fuss weg. Man hört noch, wie dieser einen Baum trifft und dann im Unterholz verwindet... und dann ein metallischer Klang ertönt. Plötzlich sind alle hellwach. Leon prescht voran ins Gestrüpp und bleibt dann ganz ehrfürchtig stehen. Hinter ihm versammeln sich die anderen drei und glotzen staunend auf das Ding im Boden: ein Schwert!

Leon geht in die Hocke und betrachtet den Griff von Nahem. Da erkennt er eine Inschrift: Mittelalterverein Zimmerberg. «Das ist eine Replik, eine Kopie für Mittelalterspiele in der Neuzeit...» Ein Stöhnen geht durch die Reihen, doch Plonk fliegt heran, landet auf dem Schwert, das mit der Spitze im Boden steckt, und krächzt: «Schwe Zau Bär!» – «Bär? Der Rabe bindet uns wieder mal einen Bären auf! Da passiert doch nix!», ruft Rudy laut aus, als ein «Wer da?» von hinten ertönt, gefolgt von einem «Sofort in Gewahrsam nehmen und verhören!»

* * *

«Schöner Schlamassel! Von wegen, da passiert doch nix!», flüstert Leon genervt seinen Freunden zu, die wie er mit gefesselten Händen und Füssen vor einem Hauptmann und vier Söldnern sitzen. Zwischen den beiden Parteien lodert ein grosses Lagerfeuer. Margarethe erkennt auf den bunten Kleidern der Männer das Emblem der Stadt Rapperswil. Zudem leitet sie von der altertümlichen Sprache und der Aufmachung der Personen ab, dass sie womöglich im 14. Jahrhundert gelandet sind – wie gewünscht. Doch wo ist Plonk? Die beiden Pferde indes grasen friedlich neben den Reittieren der Söldner.

«Wo ist der Schatz? Redet! Oder andere Seiten aufziehen wir werden!», brüllt der Hauptmann, und einer seiner Männer stochert grinsend mit einem Schürhaken in der Glut. «Die foltern uns mit dem glühenden Eisen, wenn uns jetzt nicht subito was Schlaues einfällt!», bringt es Leon auf den Punkt und schaut seine Freunde, die alle rechts von ihm sitzen, seitlich an. Dafür muss er sich etwas nach vorne beugen. Margarethe und Rudy sind leichenblass und komplett ausserstande, sich zu äussern. Seraina wirkt gefasst und erwidert Leons Blick, dann schaut sie furchtlos in des Hauptmanns Antlitz und spricht besonnen: «Wir sind ebenfalls auf der Jagd nach dem Dieb! Die Stadt Rapperswil soll jene reichlich belohnen, die ihn erwischen! Wir sind Kopfgeldjäger und auf Eurer Seite!»

Der Hauptmann und seine Männer blicken einander überrascht an, dann prusten sie los, und der eine meint abschätzig: «Zwe Dirn auf Diebesjagd? Welch grossartige Lüge!» Und einer der anderen schaut zum stehenden Hauptmann hoch und bittet: «Gebt sie mir! Ich weiss, wie man 'ne Dirn zum Reden bringt!» In diesem Moment erwacht Rudy aus seiner Schreckstarre und brüllt: «Finger weg! Wer Raina anfasst, stirbt!» Und wieder brechen die Söldner in schallendes Gelächter aus. Der Mann mit dem glühenden Eisen erhebt sich und macht ein paar Schritte auf Rudy zu, das Folterwerkzeug bedrohlich in Rudys Richtung streckend. Es glüht und zischt, während Rudy leer schluckt. Da brüllt Leon vorlaut: «Schon mal was von Menschenrechten gehört, du Grillmeister? Heute nix <tsch, tsch>, heute kannst du was erleben!» Da wendet sich der Folterknecht an Leon und fuchtelt nun vor ihm mit dem glühenden Schürhaken herum.

Als der Söldner einen Schritt an Leons Füssen vorbei gemacht hat, um an Oberkörper oder Gesicht seines Opfers heranzukommen, kickt der Löwe mit seinen gefesselten Beinen gegen des Söldners Fersen. Leons Fussrücken prallen auf die empfindlichen Achillessehnen des Kontrahenten, der so überrascht ist, dass er das Gleichgewicht verliert und dabei droht, auf das lodernde Feuer zu stürzen. Seine Kameraden schaffen es gerade noch, ihn aufzufangen. Dies nutzt Leon, um den Pferden wiehernd eine Botschaft zu übermitteln. Die Tiere wenden sich ab, und weil sie nicht angebunden sind, galoppieren sie einfach los.

Die überrumpelten Söldner zetern und beeilen sich, den Pferden hinterherzurennen. Nur der Hauptmann bleibt bei den Gefangenen. Er grinst und meint eiskalt: «Nun wissen wir, wer als Erster behandelt wird!» Diesmal schluckt Leon leer. Doch der Hauptmann hat nicht mit Plonk gerechnet, der in einer Baumkrone den richtigen Moment abgepasst hat. Mit einem Gegner wird er locker fertig. Wie ein Kampfjet fliegt er einen Angriff nach dem nächsten auf den Hauptmann, der sich zuerst nur schreiend duckt, dann aber das Schwert zieht und damit auf Plonk einzustechen versucht. Der schlaue Rabe vermeidet es, der Waffe zu nahe zu kommen, und begnügt sich damit, den Gegner durch Scheinangriffe abzulenken, während sich die Gefangenen zu befreien versuchen.

Margarethe hat als Erste ihre Fesseln los. Sie hat auch am meisten Erfahrungen als Gefesselte gemacht und kennt daher die Tricks, wie man sich befreit. Sofort hilft sie Rudy, der neben ihr sitzt. Sobald er frei ist, stürzt sie sich zu Leon, während Rudy seine Raina losknüpft.

Von den Fesseln befreit, rennen sie los in eine unbekannte Richtung. Doch in diesem Moment ist es den vieren egal, wohin sie gelangen – Hauptsache, weg von ihren Peinigern! Total erschöpft halten sie unter einer riesigen Eiche inne, keuchend, schwitzend und atemlos. Wie lange sie gerannt sind, wissen sie nicht. Doch scheint es, dass keiner der Söldner ihnen auf den Fersen ist.

Sobald sie sich etwas beruhigt haben, schauen sie sich um. Da zeigt Leon auf einen Weg, der unweit der Eiche durchzugehen scheint. Und tatsächlich, als sich die vier Freunde den vermeintlichen Weg näher anschauen, finden sie Wagenspuren im Boden. «Das ist wirklich ein Weg, sogar eine Strasse! Wenn Wagen hier fahren, dann ist das eine Handelsroute!», stellt die angehende Archäologin fest. Leon nimmt Margarethe in die Arme und küsst sie, dann meint er mit einem dankbaren Blick: «Ich habe mich noch nicht bedankt! Du und dein Rabe haben mir buchstäblich die Haut gerettet, bevor es brenzlig wurde.» – «Wir haben uns alle gegenseitig gerettet», wendet Margarethe bescheiden ein, «Raina mit ihrem beherzten Versuch, uns als Diebesjäger zu outen; Rudy als er die Aufmerksamkeit auf sich lenkte, um Raina zu beschützen; du Leon, mit gezieltem Bein-Kick und Pferde-Geflüster; Plonk durch seinen Angriff und ich, indem ich mich sehr rasch entfesselt habe.» – Leon lächelt verschmitzt: «Stimmt, dich kann man wirklich nicht lange fesseln – kein Knoten hält dir stand…» – «Wie meinst du das, Leo?», fragt Rudy mit einem frechen Grinsen und freut sich schon, jetzt seinerseits Leon als Strafe für die <minus zwölf Zentimeter> in Erklärungsnotstand zu bringen. Und tatsächlich errötet der Löwe leicht, aber auch Margarethe. Weil Rudys ältester Freundin unwohl zu sein scheint, belässt es Rudy galant bei dem einen Giftpfeil und bohrt nicht weiter. Seraina grinst derweil, beugt sich zu Rudy und flüstert ihm ins Ohr: «Wäre doch mal was Neues, was meinst du? Könnten wir auch mal…» Jetzt wird Rudy knallrot und räuspert sich. Da prusten alle vier los.

* * *

Nach einer Stunde erreichen sie ein Wirtshaus. Durstig und hungrig treten sie ein, doch als sie durch die Türe gelangt sind, warnt Rudy die anderen: «Hey, wir haben kein Geld. Franken und Euro nehmen die hier nicht!» Da fällt es auch den anderen wie Schuppen von den Augen. Doch Leon winkt ab und meint: «Lasst mich machen!» So setzen sie sich an den erstbesten freien Tisch und bestellen Bier, Brot, Früchte und Fleisch. Leon braucht natürlich seine obligate Wurst, auch wenn Rudy die Nase darob rümpft. Margarethe freut sich auf die Obstschale, die als Erstes auf den Tisch kommt, und Seraina macht sich über das Brot her, das dem Obst folgt.

Leon steht plötzlich wortlos auf und geht zum Nachbartisch, wo fünf offensichtliche Schluckspechte sitzen und sich schon die ganze Zeit immer wieder zugeprostet haben. Der Löwe scheint sie etwas zu fragen, Margarethe kann es nicht genau verstehen, denn es ist laut im Wirtshaus. Dann sieht sie, wie ihr Freund zum nächsten Tisch geht und dort zwei Paare anspricht. Schliesslich gelangt Leon zu einem kleinen Tisch in der hintersten Ecke, an dem zwei gut gekleidete Männer hocken und irgendein seltsames Spiel spielen – es sieht aus wie Backgammon. Wortlos schaut Leon den beiden zu. Als der eine aufblickt und Leon anspricht, zeigt dieser mit dem Daumen der rechten Hand hinter sich. Dann dreht sich Leon um und winkt Rudy herbei. Der Gewünschte erbleicht, leistet dennoch der Aufforderung Folge und steht auf, um mit einem mulmigen Gefühl zum Spieltisch zu wechseln.

Leon grinst über beide Ohren und erklärt Rudy, der nun neben dem Löwen steht: «Ich habe den Spielern gesagt, dass du sehr gerne Backgammon spielst und steinreich seist. Na los, Ru! Im Casino in Las Vegas hast du es ja auch allen gezeigt!» – «Bist du komplett bescheuert, Leo? Dort konnte ich alles berechnen! Hier muss ich abschätzen, welcher Zug Erfolg verspricht!», jammert Rudy halblaut, und Leon zuckt bloss mit den Achseln und meint: «Deine Schätzungen sind immer noch viel genauer als die Berechnungen der meisten Leute. Komm, das kriegst du hin! Das Spiel basiert auf Logik!» – «Schon, aber die Würfelkomponente ist hier pures Glück…», versucht sich ein verzweifelter Rudy aus der Sache herauszuwinden, doch schon steht einer der Spieler auf, und Leon drückt Rudy auf dessen Platz. Als erster Einsatz kriegt Rudy von Leon einen goldenen Ring zugesteckt. «Wo hast du den her? Bist du verhei…», fragt Rudy erstaunt, doch Leon unterbricht ihn schroff: «Frag nicht, spiel!»

Jetzt gesellen sich auch die Mädchen zum Spieltisch, ebenso die beiden Paare vom Nebentisch, die offensichtlich Geld auf Rudy setzen und so eine Wette gegen den Kumpel von Rudys Gegner eingehen. Selbst der Wirt kommt ab und zu vorbei, um einen Blick auf das Geschehen zu werfen. Margarethe und Seraina schauen sich an und haben beide dieselbe Frage auf den Lippen: Was ist das für ein Ring da auf dem Tisch? Doch sie sprechen es nicht aus, sondern wollen es dann später klären.

Zu Beginn des Spiels kommt Rudy recht ins Schwitzen, doch je länger das Spiel dauert, desto sicherer wird er. Seine grauen Zellen haben bald den Dreh raus, denn das damals als *Wurfzabel* bekannte Spiel ist nur geringfügig anders als das heutige Backgammon. Und so beginnt Rudys Siegesserie. Er zockt sein Gegenüber richtig ab, mehre Dutzend Münzen stapeln sich bald neben dem Ring. Die Paare setzen ihr Geld auf den Gewinner. Sein Spielpartner gibt schliesslich auf, bezahlt mit seinem noch nicht verzockten Geld aus seinem Säckel den Wirt und zieht mit seinem Kumpel, nachdem er den Paaren die Wettschulden bezahlt hat, missgelaunt weiter.

Alle mit Ausnahme der Saufkumpane, die viel zu betrunken sind, um etwas mitzubekommen, beglückwünschen Rudy. Doch dem Sieger ist das Ganze ziemlich peinlich, denn er mag es überhaupt nicht, im Mittelpunkt zu stehen. Dafür strahlt der Wirt umso mehr, als Rudy ihm das Abendessen bezahlt und ein fettes Trinkgeld drauflegt. Den vier Freunden bleiben etliche Münzen übrig, und das Superhirn weiss mit einem Blick, dass der Betrag noch für drei solche Gelage reicht. – «Also spätestens in drei Tagen müssen wir neue Spielpartner für dich finden, Ru», kommentiert Leon Rudys Säckel-Buchhaltung. Derweil räuspert sich Rudy und streckt Leon den Goldring entgegen. Der Löwe erbleicht, als er Margarethes stechenden Blick sieht, beschwichtigt sie mit einer Auf- und Ab-Bewegung der linken Hand und vertröstet alle auf später.

Weil alle nur zu neugierig sind, was es mit Leons Ring auf sich hat, beeilen sich die Mädchen und Rudy nach draussen. Nur Leon trödelt und schwatzt noch mit dem Wirt. Die anderen drei warten vor dem Wirtshaus auf Leon – ungeduldig, genervt, gestresst.

Als er schliesslich im Türrahmen erscheint, fallen sie mit Fragen wie eine Lawine über ihn her. Leon hebt beide Hände und wehrt ab: «Eins nach dem anderen! Bitte! Ganz ruhig. Hey, der Wirt hat mir gesagt, der Schatzkammermeister, der gestern die Stadt Rapperswil beraubt hat, sei hier vorbeigekommen. Der Wirt habe erst danach von den Söldnern erfahren, was geschehen ist, und ihn deshalb nicht aufgehalten. Ich habe ihm einen Teil des Kopfgeldes versprochen… falls wir den Dieb fassen!» – «Wo hast du den Ring her?», will Margarethe jetzt wissen. – Leon verdreht die Augen und seufzt: «Ich rette euch den A…, sorge für die Finanzen und hole Infos ein, und was ist wichtiger: ein goldener Ring, der Ring der Eifersucht!» Mit diesen Worten kramt Leon ihn hervor und wirft ihn Margarethe zu. Sie fängt ihn auf. «Lies, was drin steht!», ermuntert Leon seine Mäg. Weil es schon dämmrig ist, hat sie Mühe damit, die Gravur zu entziffern. Sie stottert: «Ma… Mara… Marga… Margarethe!!!» Das Mädchen blickt ungläubig zu Leon hoch und lässt den Mund vor Staunen offen. Leon grinst über beide Ohren und meint: «Den habe ich im Freistaat Rapperswil in meiner Nachttisch-Schublade gefunden. Erinnerst du dich nicht? Dort waren wir ja verheiratet, also, es stand ja auf dem Briefkasten <Margarethe und Leon Inderbitzin-Gygax>. Weisst du nicht mehr? Gute Nachttischlampen…» – «Wieso <Gute Nacht, die Schlampen?> Hey, was fällt dir ein!!!», entrüstet sich Seraina, da prustet Rudy los, weil er sofort begriffen hat, was seine Raina missverstanden hatte.

Leon weicht einen Schritt vor Seraina zurück und verzieht den Mund. «Urgs, die würd ich an deiner Stelle bloss nicht eifersüchtig machen wollen, Ru! Meine Mäg würde mich ja nur auf kleiner Flamme rösten, aber deine Rai, die frisst dich mit Haut und Haaren, wenn du auch nur den Anschein machst, sie zu hintergehen!» Und er zieht beide Augenbrauen mehrmals hoch und grinst Richtung Seraina, die beide Fäuste in ihre Taille rammt. Schnell klärt Rudy die Mädchen auf: «Lampen für den Nachttisch! Also Gute-Nacht-Tisch-Lampen, nicht Schlampen!» Da fragt er sich aber: «Äh, warum hast du eigentlich die Lampen erwähnt, Leo?» – Der Angesprochene seufzt: «Wenn ihr mich amigs ausreden lassen würdet, dann würdet ihr nicht so blöd fragen müssen.» Jetzt macht Rudy ein saures Gesicht, und seine Augenbrauen ziehen sich über dem Nasenansatz zusammen. – «Ich wollte sagen: Gute Nachttischlampen wie in unserem Haus wären jetzt gut gewesen, um die Gravur im Ring besser lesen zu können. Ich kann mich nämlich erinnern, dass ich im Schein ebendieser Lampe die Inschrift entziffert habe. Weil du schon geschlafen hast, habe ich dich nicht fragen können, ob du auch einen Ring in deiner Schublade hast, Mäg. Und am andern Tag habe ich vergessen, dich danach zu fragen. Und ich hab auch vergessen, den Ring auf den Finger zu stecken. Stattdessen habe ich ihn in der Hosentasche verstaut – man weiss nie, wann man so einen Ring wieder mal brauchen kann.»

Margarethes Gesichtsausdruck entspannt sich, und sie bekommt einen verliebten Blick. Ihr Liebster war also im Freistaat Rapperswil tatsächlich mit ihr verheiratet! Schon die Beschriftung der Briefkästen hat darauf hingewiesen, doch echte Eheringe sind schon etwas Spezielles! – Seraina runzelt die Stirn und fragt: «Wieso hat der Ring mit uns die Zeitsprünge gemacht? Irgendwie schon schampar gschpässig…» – «Ja, sehr seltsam, finde ich auch», doppelt Rudy nach, und Leon zuckt mit den Schultern: «Nicht zu viel darüber grübeln. Manche Dinge passieren einfach…» Die Lässigkeit, mit der Leon dies gesagt hat, trägt dazu bei, dass das Thema nicht weiterverfolgt wird. Stattdessen nehmen sie die Verfolgung des Diebes auf und schlagen jene Richtung ein, die der Wirt Leon verraten hat.

* * *

Als sich die vier Freunde von diesem Abend erholt hatten, suchen sie sich ein stilles Plätzchen für die Nacht. Sie finden einen Heustall etwas abseits des Weges. Von einem dazugehörigen Bauernhaus können die vier in der nächsten Umgebung nichts entdecken – zu dunkel ist es. Sie beschliessen, im Stroh zu schlafen. Vor dem Einnicken erschrickt Margarethe: «Wo ist Plonk?

Wir haben ihn in der ganzen Aufregung komplett vergessen!» – Leon antwortet schlaftrunken: «Wurscht, der taucht schon wieder auf, und die Pferde auch! Schlaf endlich!» Als wäre es Telepathie, krächzt plötzlich ein Rabe. Margarethe ist sich sicher, ihren Plonk erkannt zu haben, und schläft sofort beruhigt ein.

* * *

Am nächsten Morgen werden sie von Wiehern geweckt. Alle vier sind schlagartig wach und horchen mit pochenden Herzen, was sich draussen tut. Sind es die Söldner, die ihre Fährte wiedergefunden haben? Werden sie jetzt doch wieder gefangen und gefoltert? Leon wagt einen Blick zwischen zwei Brettern des Heuschobers hindurch und lacht dann laut auf: «Das sind Blacky und Foxy und die anderen Pferde, aber ohne Söldner!» Die Freunde jauchzen und beeilen sich nach draussen, wo tatsächlich acht Gäule herumstehen und ziemlich zufrieden wirken. Und als Sahnehäubchen hockt Plonk auf dem untersten Ast einer nahen Ulme und krächzt: «Mee PeeÄss!» – «Mehr PS?», fragt sich Rudy, und Leon grinst: «Ja voll! Sogar Raben haben Humor!» Seraina umarmt ihren Blacky und krault das schöne Tier an der Mähne. «Morgentoilette und dann Vollgas hinter dem Dieb her!», bringt sie es auf den Punkt. «Ich hab Hunger!», jammern Margarethe und Leon wie aus einem Mund, da verdreht Rudy die Augen. «Hey, ich kann nicht von Luft und Logik leben wie du, Ru!», beschwert sich Leon, und Margarethe doppelt nach: «Mir wird schlecht, wenn ich ohne was im Magen reiten muss!» – «Und mit etwas im Magen lässt du es dir auch nochmals durch den Kopf gehen!», kontert Rudy entnervt, da jubelt Leon: «Hey, da sind Beeren!» – «Bären?», erschrickt Rudy und beeilt sich, auf seine Foxy aufzusteigen. Leon lacht laut auf: «In letzter Zeit werde ich dauernd missverstanden: Schlampen, Bären…»

Nachdem sie sich ein Beeren-Zmorge aus Brombeeren und Heidelbeeren gegönnt haben, galoppieren die vier Freunde auf je einem Pferd dem flüchtigen Dieb hinterher. Einzig Margarethe, die keine Reiterfahrung hat, abgesehen von den waghalsigen Ritten auf ihrer Glanzenberg-Mission und in London anno 990, ist es nicht wohl auf dem Rücken ihres Rosses. Sie nimmt sich vor, bei Gelegenheit Rudy um private Reitstunden zu bitten – für alle Fälle. Die überzähligen Pferde bleiben zurück. Plonk indes fliegt wieder einmal als lebendiges Navigationsgerät über den Baumwipfeln voran und weist den Kopfgeldjägern den Weg – manchmal auch querfeldein, um abzukürzen, denn sie müssen den Vorsprung des Diebes verringern.

Nach etwas mehr als zwei Stunden schnellem Ritt ermüden die Tiere langsam, aber sicher. Auch die Reiter sind ziemlich erschöpft, doch da ruft Margarethe: «Reiter voraus, mit Pferd und zwei schwer beladenen Maultieren! Das muss er sein!»

Damit der Dieb nicht Lunte riecht, verlassen die Verfolger den Weg und steigen von den Pferden ab. Zu Fuss versuchen sie, unerkannt an den Flüchtigen heranzukommen. Margarethe murrt etwas von Muskelkater an den Bein-Innenseiten wegen des Reitens, was Leon zu einem Grinsen veranlasst. Doch er verkneift sich einen zweideutigen Spruch, aus Sorge, die Aufmerksamkeit des Diebes auf sich zu lenken.

Langsam arbeiten sich die Jäger vor: Margarethe und Leon von rechts, die R-Fraktion von links und Plonk von oben. Da Plonk den besten Überblick hat, erkennt er genau, wann der Überfall optimal wäre. So krächzt er laut, als sich beide Anschleichparteien kurz vor dem Räuber befinden. Da stürzen die vier Freunde aus dem Gebüsch. Der ehemalige Schatzkammermeister zieht sein Schwert blank, doch Plonk landet auf seinem Schwert-Arm und krallt sich fest. Der Dieb schreit vor Schmerz und lässt die Waffe ins Moor fallen. Der Rest ist ein Kinderspiel.

11
Der doppelte Rudy

Der gefangene Schatzkammermeister jammert und bittet um sein Leben. Leon hat ihn mit jenen Stricken, die den Schatz auf den Maultieren festhielten, an Händen und Füssen gefesselt. «Nehmt das Gold! Ich gebe es euch! Aber bitte, bitte, übergebt mich nicht den Herren von Rapperswil! Man wird mich foltern oder gar töten! Erbarmen!», fleht der Gefesselte um Gnade.

Die vier Freunde, umringt vom reichen Staatsschatz von Rapperswil, blicken sich unschlüssig an. Margarethe schüttelt den Kopf: «Wir müssen ihn laufen lassen! Ich kann es nicht verantworten, ihn der grausamen Strafe, die ihn erwartet, auszuliefern.» Leon stimmt ihr nickend zu: «Gefängnis hätte er verdient, aber im Mittelalter gibt es eigentlich keine Kerkerhaft als Strafe. Gefängnis ist in dieser Zeit gleichbedeutend mit Untersuchungshaft.» – Margarethe überlegt: «Die eigentliche Strafe nach einem Schuldspruch ist entweder eine Geld-, eine Körper- oder die Todesstrafe. Manchmal werden Leute auch ins Ausland verbannt.» – «Mäggy hat Recht, lassen wir den armen Kerl laufen! Was haben wir mit der Rechtsprechung im 14. Jahrhundert am Hut? Nichts! Wenn die nicht besser auf ihren Schatz aufpassen können, dann sollen sie sich damit zufriedengeben, dass wir das Gold zurückbringen!», äussert Seraina ihre Meinung, und Rudy meint nachdenklich: «Und wenn wir mit dem Gold erwischt und als Diebe betrachtet werden? Was dann? Dann blühen uns Folter und Tod! Darauf hab ich null Bock!» – Leon seufzt und kratzt sich am Kopf: «Egal, was wir machen, irgend jemand könnte unter die Räder kommen. Der Trick ist, die Beute sicher nach Rapperswil zu bringen. Und ja, ich bin auch dafür, den Jammerlappen da laufen zu lassen! Mein Karma soll sich nicht verschlechtern wegen diesem Weichei!»

Mit diesen Worten steht Leon auf, bittet Rudy um das Geldsäckel aus dem Wirtshaus und tritt vor den Gefesselten hin. «Ru, schneid ihm die Stricke durch!» – «Bin ich dein Lakai?», grummelt der Angesprochene. – «Kleine Retourkutsche für Las Vegas, wo ich deinen Koffer mit den Jetons rumtragen durfte, während du wie James Bond am Roulette-Tisch abgesahnt hast, flankiert von zwei schönen Girls.» – Rudy verzieht das Gesicht, tut dann aber, was ihm befohlen wurde. – «Neiiin!», protestiert Seraina. «Nicht durchschneiden! Das Seil hätten wir doch noch brauchen können!» Aber es ist zu spät.

Als der Dieb frei ist, sich seine Handgelenke reibt und dann zitternd aufsteht, drückt ihm Leon den Geldsäckel in die Hand mit den Worten: «Etwas Wegegeld, damit du mir nicht verhungerst! Geh und starte ein neues Leben weit weg! Aber stehle niemals wieder!» Der Angesprochene verbeugt sich demütig und schnappt sich Leons Hände, um sie zu küssen. Erschrocken zieht Leon seine Hände zurück und verzieht angewidert das Gesicht: «Ich bin doch keine heilige Reliquie!» Rudy grinst süffisant, klopft Leon auf die Schulter und meint: «Du hast jetzt einen richtigen Lakaien! Der würde jetzt alles für dich tun!» Leon verdreht die Augen und wendet sich dem ehemaligen Schatzmeister zu: «Nimm dein Pferd, die beiden Maultiere behalten wir! Und jetzt mach, dass du fortkommst!» Der Dieb verbeugt sich nochmals tief, bevor er sich aufs Pferd schwingt und davonreitet.

Leon seufzt hörbar – einerseits vor Erleichterung, den Gefangenen losgeworden zu sein, andererseits aus dem bedrückenden Gefühl heraus, dass die Rückgabe des Schatzes wohl noch etwas komplizierter sein könnte, als gedacht.

«Und jetzt?», fragt Seraina ungeduldig, «Sollten wir nicht los? Nicht dass die sadistischen Typen uns hier aufgabeln und nochmals verhaften.» – «Zumindest müssten sie uns nicht mehr zum Reden bringen, das Gold haben wir ja dabei!», sinniert Margarethe, ist sich aber nicht sicher, ob die Häscher nicht einfach aus Spass an der Freude foltern. Rudy indes wirkt total abwesend. «Hat das Superhirn einen Plan?», fragt ein ratloser Leon. Der Angesprochen tippt sich mit dem rechten Zeigefinger an den Unterkiefer und meint gedankenverloren: «Irgendwo in der Nähe müsste die Linth sein...» – «Willst du Schokolade futtern? Jetzt?», grunzt Leon, da lacht Margarethe laut heraus: «Rudy meint den Linthkanal, nicht die Lindt-Schoggifabrik!» – «Korrekt!», räuspert sich Rudy, «Wobei die Linth jetzt noch kein Kanal ist, sondern ein mäandrierender Fluss in einer Sumpfebene. Aber wir könnten das Wasser nutzen, um mit dem Gold nach Rappi zu gelangen.» – «Oder im Sumpf verrecken...», stöhnt Leon. – «Du würdest lieber im Suff verrecken, gell!», unkt Rudy, da macht Leon einen provokativen Schritt auf ihn zu. Rudy erbleicht. Seraina geht blitzschnell dazwischen und spricht ein Machtwort: «So, jetzt reicht's, Jungs! Entscheidet euch: Wasserfahrt oder Maultierkarawane?» – «Wenn dieses Kamel von Dieb wenigstens anständig gepackt hätte! Aber diese Säcke drohen jederzeit zu reissen. Und die Tiere sind doch komplett überladen!», stellt Margarethe mit einem Blick auf den Stoff der Goldsäcke fest. – «Die Linth ist zu weit weg. Durch den Sumpf kommen wir nicht bis zum Wasser, die Maultiere saufen doch vorher ab im Morast!», fügt Seraina seufzend hinzu, «Was machen wir da?» – «Schade können wir nicht einfach auf die Rega-App tippen und den Rettungshelikopter abwarten...», tut Margarethe ihren Galgenhumor kund. Sie erntet ein Grinsen von Leon und einen finsteren Blick von Rudy, der sich ohne Internet schnell unwohl fühlt.

«Selbst hundert Raben könnten die Fracht nicht heben», grübelt Seraina und blickt zu Plonk, der vorwitzig um die Goldsäcke herumhopst. – Margarethe jubelt: «Hey, bei den Indianern...» – «Native Americans!», interveniert Seraina. – «Scheiss auf *politi-*

cal correctness, wir sind im Ausnahmezustand! Also, bei den Indianern haben sie doch zwei Baumstämme genommen, je einen an jede Seite eines Pferdes gebunden, das andere Ende schleifte am Boden entlang. Dazwischen haben sie eine Plane befestigt, worauf der ganze Hausrat zu liegen kam. Das ist tierschonend, hilft das Absaufen zu verhindern, und man kommt gut voran, auch bei unebenem Terrain!» Die vier Freunde schauen sich an und finden die Idee grundsätzlich gut, nur Rudy findet schnell heraus, wo der Hund begraben liegt: «Das Seil ist futsch, und woher nehmen wir Baumstämme…» Die anderen drei stöhnen kollektiv auf: «Hast du eine BESSERE Idee, Mister Superschlau?» – «Klar!», frohlockt Rudy und grinst beinahe schon überlegen, «Wir verstecken den Schatz und informieren die Grafen von Rapperswil, wo sie ihn finden können.»

Alle verstummen, der Plan scheint der bisher beste zu sein. Wieso sich abrackern, wenn andere den Job erledigen können. «Noch besser: Wir entsenden einen Boten, die anderen drei bewachen den Schatz!», bringt sich Margarethe ein. – «Einen Boten! Hast du ungewollt oder mit voller Absicht falsch gegendert?», fragt Leon nach und wird bleich. «Es soll also ein Mann nach Rapperswil reiten? Vergiss es, ich gehe nicht! Mich nimmt man nie ernst, wenn ich die Wahrheit sage, man erinnere sich an die Amerikaner auf dem Teufelsberg. Sie glaubten uns erst, als Mäg ihnen die abenteuerliche Lügengeschichte von den vier Doppelagenten aufgetischt hat! Also wenn einer als Bote geht, dann der hier. Der hat mehr Überzeugungskraft und vor allem mehr Schwein!» Und er zeigt mit dem linken Daumen zu Rudy, der leer schluckt. – «Sorry Rudy», entschuldigt sich Margarethe, «aber es muss ein Mann sein. Im 14. Jahrhundert ist eine Frau höchstens als reiche Braut, als Gebärmaschine oder als Nonne etwas wert. Und Leo hat Recht, von euch beiden bist du, Rudy, derjenige, der die beste Falle macht als Bote.»

Nach einer kurzen Überredungsaktion von Seraina willigt Rudy in den Plan ein. Leon händigt ihn des Diebes Trinkflasche aus, die noch fast voll ist. Zudem kriegt er einen Beutel mit Brot mit auf den Weg. Ein weiterer kleiner Trost bleibt Rudy vergönnt, denn er bekommt Plonk als hiebstarken Bodyguard, lebende Navigationshilfe und fliegende Notrufsäule mit auf den Weg. Zudem reitet er auf seiner Foxy nach Rapperswil – zumindest zwei vertraute Tiere begleiten ihn auf seiner Mission.

Als er sich verabschieden will, drückt ihn Seraina schluchzend an sich. «Du wolltest doch auch, dass ich gehe! Warum willst du mich jetzt an Ort und Stelle erdrücken?», röchelt Rudy. – Seraina stottert: «Klar… weil du der Einzige bist… der… der das kann! Leon würde sofort… im Kerker landen. Du… kriegst das… das hin! Mit Links!» – Leon grummelt indigniert: «Na danke fürs Vertrauen! Beide Mädels haben ja eine ganz hohe Meinung von mir!» – Da grinst Rudy, atmet tief ein und spricht mit stolz geschwellter Brust: «Ich komm zurück mit meinem Namensvetter Rudolf von Habsburg! Und das noch vor morgen Mittag!» – Leon verdreht die Augen, da wirft sich Margarethe in seine Arme und flüstert ihm ins Ohr: «Sein Job braucht nur Grips, dein Job Grips und Muckis! Zudem bin ich froh, dass du nicht allein weggehst.» Der Angesprochene senkt leicht den Kopf und lächelt seine Liebste dankbar an. Im Augenwinkel sieht er, wie sich Seraina auf ihr Pferd Blacky schwingt. Alle vier Pferde sind mittlerweile bei den Freunden angelangt.

«Ich reite mit Rudy!», entscheidet Seraina und wartet nicht einmal ab, ob jemand etwas dagegen hat. Margarethe und Leon sind total überrumpelt. Rudy indes lächelt dankbar, denn obwohl er gerne vor seiner Freundin den Helden spielt, mit seiner Freundin zusammen fühlt er sich doch noch etwas wohler.» So winkt die R-Fraktion den Zurückgebliebenen und verschwindet im Wald. Plonk fliegt wieder über den Baumkronen voran.

* * *

Leon schleppt bis zur Dämmerung sämtliche Goldsäcke in eine
kleine Grotte. Margarethe versorgt unterdessen die beiden Pferde
und die zwei Maultiere. Zu fressen finden die Tiere in der Natur,
aber sie müssen gestriegelt werden, denn wenn sie sich nicht
bewegen, könnten sie sich erkälten, weil sie nassgeschwitzt sind.
Margarethe nutzt Moospolster, um die Tiere abzutrocknen.

Als die Nacht hereinbricht, sind beide erschöpft und kuscheln
sich aneinander, um sich gegenseitig zu wärmen. In einer Tasche
des Diebes finden sie zu ihrer Überraschung einen weiteren Brot-
laib und eine zweite, volle Trinkflasche. Sie sind entzückt, denn
sie waren der Meinung, den ganzen Proviant an Rudy und Seraina abgegeben zu haben. Das Liebespaar isst sich satt und löscht
seinen Durst – für morgen ist auch noch etwas übrig. Dann legen
sie sich in der Grotte schlafen. Die Pferde und Maultiere sollen
als lebende Alarmanlagen draussen Wache halten. Leon hat das
telepathisch mit den Tieren so abgemacht.

* * *

Der nächste Morgen beginnt sehr neblig. Margarethe und Leon
frieren. Und sie fragen sich, wie wohl ihre Freunde die Nacht
verbracht haben. Solange Plonk nicht auftaucht, sind sie sich
sicher, dass alles optimal läuft. Das Frühstück ist so karg wie das
Abendessen: Brot und Bier. Doch da entdeckt Leon einen Beutel
Trockenfleisch zwischen dem Gold. Er jubelt und beisst herzhaft
in ein Stück Trockenfleisch, wohl wissend, dass seine Mäg nicht
sehr viel davon hält und es ihm nicht streitig macht. Sie ist zwar
der Fleischeslust nicht abgeneigt, doch bevorzugt sie frisches
Fleisch. «Wenigstens fragen hättest du können», murrt das Mäd-

chen. Schuldbewusst meint Leon zerknirscht: «Du nimmst doch sonst nie Wurst oder Trockenfleisch – wozu fragen?» – «Einfach um gefragt zu haben, aus Prinzip!» – «Ok, sorry, Mäg.» – «Ach egal. Ich bin nur grad so in Sorge, darum dünnhäutig!» Wortlos nimmt er sie in die Arme.

Den ganzen Vormittag bleibt es ruhig. Gegen Mittag werden die Tiere scheu, die Pferde zuerst, dann die Maultiere. Sie zucken mit den Hälsen und fletschen die Zähne. Und plötzlich hören es auch die Schatzwächter: ein Knacken und Trampeln von Pferdehufen im Unterholz. Leon bittet Margarethe, sich zu verstecken, doch sie weigert sich: «Wenn wir geschnappt werden, dann gemeinsam.» – Leons dankbarer Blick bleibt kurz in ihren Augen haften, dann schaut er wieder zur Geräuschquelle.

Schliesslich erscheint vor ihnen ein Tross von Söldnern, angeführt von einem sehr edel gekleideten Herrn. «Ihr seid verhaftet!», brüllt er, da brüllt Leon mutig zurück: «Weshalb und in welchem Namen?» – «Ihr wollt euch Graf Rudolf von Habsburg widersetzen?», lacht der edle Herr hämisch. In diesem Moment tänzelt eine fuchsbraune Stute aus dem Schatten des Waldes hervor, und Margarethe wie Leon erkennen Rudy auf Foxy. Beiden fällt ein grosser Stein vom Herzen. Rudy grinst über beide Ohren und meint: «Sorry, der Graf und ich fanden, ein kleiner Scherz sei das Sahnehäubchen auf einem gelungenen Geschäft! Der Schatz von Rapperswil für den Grafen, und für uns die volle Bewegungsfreiheit! Guter Tausch, oder?» Und hinter Rudy erscheint nun Seraina auf Blacky. Plonk dreht über den Baumwipfeln seine Runden. Margarethe wird leicht ums Herz, und Leon entspannt sich merklich. Insgeheim aber weiss er schon, dass er sich für diese kleine Quälerei unter Freunden schon bald gebührend rächen wird.

Als die Schätze zum Abtransport bereit sind, stecken die beiden Rudolfs noch einmal die Köpfe zusammen. Dann überreicht der Graf dem Superhirn ein edles Schwert mit den Worten: «Von

Rudolf zu Rudolf! Möge es meinem Namensvetter Glück bringen!» Rudy bedankt sich gebührend für das grandiose Geschenk, bevor der Graf mit seinem Tross im Wald verschwindet.

«Wow, was war das? Von Rudolf zu Rudolf!», äfft Leon den Grafen nach und erntet einen Rudy-Blick, der töten könnte. – «Schluss mit lustig! Lasst uns den Zeitsprung wagen! Nichts wie weg hier!», spricht Seraina ein Machtwort, doch Rudy protestiert: «Aber nicht mit meinem neuen Schwert, nehmt dasjenige vom Dieb!» – «Das ist irgendwo im Sumpf abgesoffen, wir haben kein anderes…», entschuldigt sich Margarethe. Und bevor Rudy weiter protestieren kann, landet Plonk auf Foxy und legt einen Fuss an den Schwertgriff.

* * *

Margarethe wacht in ihrem eigenen Bett auf, zuhause im Haus ihrer Mutter. Beim Aufstehen hat sie Mühe, denn die Matratze wackelt bedrohlich. Als sie von der Toilette zurückkommt, sieht sie, dass nacheinander Leon, Seraina und Rudy versucht haben, sie auf dem Smartiefon zu erreichen. Bevor sie ihre Freunde anruft, schaut sie sich in ihrem Zimmer um: Nochmals ist sie sehr verwirrt, denn rosa Tapeten hatte sie noch nie. Und als sie das komische Bett näher begutachtet, merkt sie, dass es ein Wasserbett ist. So etwas hatte sie auch noch nie, sie kennt das nur aus der Werbung… «In was für eine Parallelwelt sind wir diesmal gelandet?», jammert Margarethe, und ihr schwant Übles.

12
Vom Regen in die Traufe

Unschlüssig, welche Nachricht im Viererchat sie zuerst lesen soll – in chronologischer Reihenfolge oder zuerst die neuste –, starrt Margarethe auf ihr Gerät. «39 neue Nachrichten! Ich möchte gar nicht wissen, welches Katastrophenszenario wir jetzt wieder erleben», seufzt sie resigniert und beschliesst, chronologisch vorzugehen. «Ich glaub, ich spinne», fängt Seraina an. – «Vom Regen in die Traufe!», reagiert Leon. «Ist ja voll der Wahnsinn! Habt ihr in die heutige Zeitung geschaut?» – «Ich hab das alles online gecheckt – und Mäggy pennt wieder», äussert sich Rudy. – «Wieso?», fragt Seraina. «Weil sie sich noch nicht aufgeregt hat?» – «Also das mit den Doppeltgeimpften, die sich angesteckt haben, finde ich schon sehr besorgniserregend!», findet Rudy. «Ich sagte doch, das bringt nix mit der Impferei!» – «Doch, denn diese Impfung ist schlichtweg genial!», widerspricht Leon. «Total durchdacht und dabei minialinvasiv. Wenn der Impfschutz nicht 100% ist – was keine Impfung gewährleisten kann – kann es halt da und dort Impfdurchbrüche geben.» – «Da und dort! Von wegen!», beschwert sich Seraina. «Rundherum jammern alle, die ich kenne, sie seien trotz Impfung positiv und stecken in Quarantäne! Und die Spitäler quellen über, und auf den Intensivstationen sind sie völlig überlastet. Der Wahnsinn!» – «Aber auf der Intensivstation liegen zu 99% nur Ungeimpfte», berichtigt Leon umgehend. – «Wenn das denn auch wirklich stimmt!», bemerkt Rudy misstrauisch. – «Wieso sollten Ärzte lügen?», wendet Seraina ein, und Margarethe ist sich sicher, dass die Ärztin *in spe* diktiert hat, angesichts ihres Redeflusses, «Ich lass mich ja auch nicht impfen, dennoch finde ich es gut, dass die Impfung angeboten wird. Und sicherlich hilft sie in vielen Fällen, dass Menschen weniger schwer erkranken oder sogar dem

Tod entrinnen, weil sie ohne Impfung dem Doppelangriff der beiden Erreger – Virus und Bakterium – nicht standhalten könnten. Also hören wir auf, uns gegenseitig wahnsinnig zu machen!» – «Stimmt, sonst gibt es nur Streit», beendet Rudy die Diskussion, und Margarethe staunt, dass er nicht widerspricht.

Margarethe liest eine Nachricht nach der anderen und wähnt sich im falschen Film. «Was ist denn mit unserem Heilmittel?», schreibt sie, während die drei anderen bereits wieder fünf Nachrichten gepostet haben. – «Mäg ist wach!», bemerkt Leon. «Hallo, Sweetheart!» – «Mäggy, unser Heilmittel existiert nicht», erklärt Rudy. – «Aber ein Cyborg bist du immer noch, oder was?», stellt sie die Frage, welche sie viel mehr beschäftigt. Sie möchte eine Gesetzmässigkeit herausfinden, wie diese Parallelwelten funktionieren und was dabei passiert, wo sie landen und warum. «Wir haben etwas in Ordnung gebracht, also vor allem du, Rudy. Und darum könnte ich mir vorstellen, dass zumindest einer deiner Wünsche in Erfüllung gegangen ist», schlussfolgert Margarethe. – «Und der Herzenswunsch meines Herzbuben ist, unbedingt wieder Implantate an den Schläfen zu tragen? Dinger, die ihn über kurz oder lang wahnsinnig machen?», protestiert Seraina.

Rudy äussert sich nicht. Das wertet Margarethe als Nein – keine Implantate mehr. Ihr kommt es langsam vor, als würde sich ihre Lage von Parallelwelt zu Parallelwelt verschlimmern statt verbessern – fast so, als wären diese Alptraum-Welten als Motivation für die vier Freunde gedacht, damit sie sich auch wirklich den drei Prüfungen stellen. Steckt ihr Urahne hinter dem fiesen Spiel, oder ist es einfach ein zufälliger Nebeneffekt des Fluchs der Münze? Margarethe verabredet sich für den Nachmittag mit ihren Freunden am See, dann legt sie das Smartiefon beiseite.

Als das Mädchen in die Küche geht, um sich einen Tee und ein Müesli zuzubereiten, findet sie dort ihre Mutter vor, die gerade eine Schmerztablette zu sich nimmt. «Mama, alles ok?», fragt

Margarethe ihre Mutter, die erschrocken zusammenzuckt und ihre Tochter sofort auffordert, nicht näher zu kommen. «Bin doch in Isolation, weisst du das nicht mehr?», spricht sie mit belegter Stimme und legt schnell wieder ihren Mund- und Nasenschutz auf, eine FFP2-Maske, die besonders wirkungsvoll sich und andere vor einer Ansteckung schützen soll. Dann meint Marianne: «Mäggy, lüfte gut, wasch dir die Hände. Ich gehe wieder zurück in mein Zimmer. Und benutze das Bad, nicht das Gäste-WC. Ich gehe nur aufs Gäste-WC. Ich dachte, du schläfst noch. Und weil ich tierische Kopfschmerzen hatte, wollte ich eine neue Packung Tafalgar holen.» – Margarethe ist baff. Ihre Mutter hat MAE-CD-20! So ein Mist, denkt sich das Mädchen, während sie ein paar Schritte zurückweicht, um ihrer Mutter den Rückzug in ihr Zimmer zu ermöglichen.

Die Küche ist nach dem Lüften recht kühl. Margarethe schlürft jetzt ihren Tee und überlegt sich, ob sie sich Sorgen machen muss. Sie schüttelt den Kopf, andererseits beschleicht sie das unangenehme Gefühl, dass sie vielleicht ein bisschen zu wenig Respekt vor der Krankheit hat. Möglicherweise liegt es daran, dass sie in ihrem pandemischen Abenteuer von Seuche zu Seuche gehopst ist, ohne sich anzustecken. Wiegt sie sich in falscher Sicherheit? Könnte sich das rächen? Sollte sie sich auch impfen lassen wie Leon? Andererseits hat ihr Plonk versichert, dass sie sich nicht fürchten muss – allerdings war das in der letzten Parallelwelt.

Als sich Margarethe, nachdem sie ihrer Mutter wie einer Gefangenen das Mittagessen vor die Zimmertür gestellt hat, von ihrer Mama verabschieden will, brüllt diese aus ihrer Isolation: «Du gehst nirgendwo hin, du bist in Quarantäne, Mäggy!» Was für ein Schock!

«Rudy hatte Recht: Vom Regen in die Traufe!», stöhnt Margarethe und geht in ihr Zimmer, um den anderen per Smartiefon mitzuteilen, dass sie sich in Quarantäne befindet. Die R-Fraktion scheint seltsamerweise gerade nicht online zu sein, aber Leon meldet sich: «Sag mir, wenn du was brauchst. Ich bin heute Morgen sicherheitshalber nochmals impfen gegangen. Wer weiss, ob die Impfung in der letzten Parallelwelt nicht sozusagen ausradiert ist mit dem Zeitsprung. Zudem wird sie hier sowieso nicht anerkannt. Ich kann dir jetzt holen, was du brauchst, einfach sagen, Liebste.» – «Du Impf-Junkie!», spöttelt Margarethe kopfschüttelnd und wünscht sich gleichzeitig, so cool wie Leon zu sein. Ihn stresst nur, wenn er mehrere Dinge gleichzeitig erledigen muss. Wenn aber die Welt um ihn herum zusammenbricht, ist er die Ruhe selbst – ein Berg im tobenden Orkan! Deshalb tut er ihr gut, er kann sie runterholen… Margarethe muss grinsen und stellt sich dabei Leons zweideutigen Spruch vor, den er bei solchen Sätzen immer zum Besten gibt. Irgendwie ist er trotz seiner zwanzig Jahre der grösste Kindskopf von allen vieren, aber irgendwie auch der Gechillteste – vielleicht deshalb: Humor entschärft viele Situationen.

Nach einer Weile, während dieser Margarethe und Leon bilateral gechattet haben, melden sich auch Seraina und Rudy zu Wort. «Quarantäne! Meine Eltern sind in Quarantäne! Und ich mit ihnen! Mein Dad hat vor zwei Tagen einen Selbsttest gemacht – positiv! Jetzt warten wir auf den Bescheid vom Labor. Er hat heute früh im Test-Zentrum einen PCR-Test machen lassen. Bis das Ergebnis da ist, hat er uns Quarantäne verordnet! Jetzt komm ich da nicht weg, und falls der offizielle Test auch positiv ist, heisst das zehn volle Tage Hausarrest!», schreibt Rudy, und Leon flachst: «Ich sehe keinen Unterschied zu vorher: Du bist doch eh immer zuhause vor deinem Compi!» – Die darauffolgende Sendepause wertet Leon als Zustimmung, da meint Seraina: «Blöd ist nur, dass ich jetzt nicht zu Rudy in die Selbstisolation kann wie in der letzten Parallelwelt. Das war wenigstens noch…» – «Befriedigend?», beendet Leon den Satz und erntet eine weitere Sendepause, was er ebenfalls als Volltreffer seinerseits wertet. Um nicht noch mehr Unmut auf sich zu lenken, schreibt Leon: «Da Mäg in Quarantäne ist, geht es mir auch nicht viel besser... Darum muss ich das mit Galgenhumor würzen! Sorry Leute!» – «Du hast gut reden, du kannst dich frei bewegen!», grummelt Margarethe, «Und du hast nix Besseres zu tun, als dich gleich stechen zu lassen, du Junkie!» – Leon wird ausnahmsweise richtig philosophisch: «Freiheit ist, wenn du alle Widrigkeiten gelassen annimmst als Teil deiner geistigen Entwicklung.» – «Scheisskarma», postet Margarethe, und Rudy protestiert: «He! Das ist MEIN Spruch!» – Leon lässt sich nicht beirren und meint: «Ich liebe das Zitat vom tschechoslowakischen Regimekritiker Vaclav Havel, der sowas gesagt hat wie: Freiheit ist, mit lässig offenem Hemd zur Hinrichtung zu schreiten!» – «Maso!», kontert Seraina. Leon schickt ein augenzwinkerndes Emoji. Margarethe seufzt und denkt, es wäre schön, wäre es so einfach. Im Innersten weiss sie, dass Leon Recht hat. Nur ist es schwierig, diese Gelassenheit im Alltag hinzubekommen.

«Leute, wir müssen was tun! Die zweite Prüfung! Wahlkampf, also buchstäblich, hiess es! Mäggy, was könnte das sein?», unterbricht Seraina den Chat, der nach hoher Philosophie dann doch ins Belanglose abgedriftet ist. – «Keine Ahnung, ich sollte recherchieren, darf aber nicht aus dem Haus. Wie soll ich da an Bücher kommen!», schreibt Margarethe und setzt mindestens ein Dutzend Emojis, die herzzerreissend zu jammern scheinen. – «Internet?», kommt prompt Rudys Vorschlag, und Seraina postet eine Dart-Scheibe mit einem Pfeil, der ins Schwarze getroffen hat. Margarethe verdreht die Augen.

* * *

Am nächsten Morgen sieht die Welt wieder etwas anders aus. Rudy schreibt euphorisch: «PCR-Test negativ! Unglaublich! Logisch gesehen ist das gar nicht möglich, falsch-positive Resultate gibt es normalerweise beim Selbsttest keine, nur falschnegative!» – «Hä?», antwortet Margarethe, aber Rudy kommt nicht mehr zum Erklären, da meint Seraina: «Egal, vermutlich hatte dein Vater einen sehr milden Verlauf, und anlässlich des PCR-Tests war er schon wieder genesen. Es sind ja auch 48 Stunden verstrichen seit dem Selbsttest…» – «Leute, wir sollten uns treffen und den Zeitsprung machen! Ich habe mir die Statistiken zu MAE-CD-20 angeschaut, das sieht gar nicht gut aus. Im Gegensatz zur letzten Parallelwelt ist die Mortalitätsrate weiter gestiegen, auch bei jüngeren Leuten. Langsam überlege ich mir ernsthaft, mich impfen zu lassen…», unterbricht Rudy seine Freundin. – «Und was ist mit deinem Aufschrei wegen Körperverletzung?», wendet Margarethe ein. – «Man darf seine Meinung auch ändern, wenn es die Situation erfordert», findet Rudy, und Seraina postet einen hochgestellten Daumen. Margarethe ist mulmig zumute, denn ihr ist die Impfung nicht geheuer. Leon ahnt, was seine Liebste denkt und schreibt: «Mäggy lebt mit ihrer erkrankten Mutter zusammen und hat's noch nicht erwischt. Also ist sie wohl ziemlich robust. Aber Hut ab, Ru, eine solche Kehrtwende zeugt von echter Grösse!» So viel Lob aus Leons Mund ist Rudy nicht geheuer, doch er kommt nicht dazu, etwas zu antworten – vermutlich hätte er es auch nicht getan. Stattdessen erklärt Seraina: «Ok, da ausser einer alle mobil sind, treffen wir uns einfach bei Mäggy vor ihrem Zimmerfenster. Sie bleibt drinnen, wir stehen draussen. Alles klar? Heute vier Uhr?» – Drei Daumen hoch.

* * *

«Ich habe hier ein hochspannendes Buch gefunden!», jubelt Margarethe, als sie ihre Freunde draussen vor ihrem Fenster vorfindet. – «Wie das, du bist doch in Quarantäne?!?», kontert Seraina erstaunt und erschreckt zugleich. – «Internet! Ich hab es mir per Express aus der Bibliothek bestellt, kam vor zwei Stunden an. Nicht nur Rudy kann seine Meinung ändern, wenn die Situation es erfordert!», grinst Margarethe und verschränkt in stolzer Pose die Arme vor der Brust. Die Freunde im Freien setzen anerkennende Gesichter auf.

«Lass hören!», fordert sie Rudy auf. – «Ich verstehe nicht, dass ich das nicht schon früher in der Bibliothek entdeckt habe! Ich meine, in der letzten Parallelwelt, als ich noch raus durfte dank Stäbchenfolter», wundert sich die Bibliophile. «Hm!», macht Seraina, als wäre ihr alles klar: «In der anderen Parallelwelt hat das Buch vielleicht gar nicht existiert!» – «Denk ich auch», stimmt ihr Leon zu. «Mägs Sperberaugen entgeht doch kein Titel, wenn sie auf Beute aus ist!» Die Angesprochene räuspert sich: «Hört mal zu, das ist wahnsinnig aufschlussreich und könnte uns die Zeit der nächsten Prüfung anzeigen!» Leon jubelt übertrieben enthusiastisch: «Yiiipiiieh!!! Na dann schiess mal los!» Rudy fügt hinzu: «Bin ja echt gespannt, was du da aufgetrieben hast!» Seraina kann es nicht lassen, zu ergänzen: «Wenn unsere Mäggy was findet, muss es einfach gut sein!» Rudy grinst: «Und historisch seeeehr fundiert!» – «Besonders, wenn sie es mit dem hübschen jungen Historiker vertieft hat!», kichert Seraina und klappert lasziv mit den Augenbrauen, während Leon eine Augenbraue hebt und die andere senkt, um sein Misstrauen auszudrücken.

«Schnauze halten und zuhören!», brummt Margarethe entnervt, und die anderen drei zucken erschrocken zusammen. «Folgendes: Ich hab hier ein Tagebuch...» – «Das sicher pikante Einblicke gewährt», unterbricht Leon. Der Blick, den ihm seine Freundin schickt, gleicht einem spitzen Messer. – «...und das einen vorwitzigen Schwätzer vorzeitig ins Grab befördert – Münze hin oder her», beendet Rudy den Satz lakonisch. – «Genau!», bestätigt Margarethe mit finsterem Gesichtsausdruck. «Und wenn es keinen interessiert, dann muss ich ja nichts erzählen!» Mit diesen Worten verschränkt sie ihre Arme vor ihrer Brust. – «Nun schmoll doch nicht, liebstes Schwesterherz!», muntert sie Seraina scherzhaft auf. – «Schwesterherz?», wundert sich Rudy. – «Na ja, wir sind verwandt und ausserdem Seelenschwestern.»

Derart versöhnt, zieht Margarethe das Buch aus ihrer Tasche und zeigt den anderen die Titelseite: «Das Tagebuch des Stadtschreibers von Rapperswil… Da ging es um die Belagerung durch den Zürcher General Johann Rudolf Werdmüller.» – «Der hiess ja auch wie ich!», jubiliert Rudy. – «Waas? Schon wieder ein Rudolf?», brummt Leon. «Da muss irgendwo ein Nest sein!» Margarethe schweigt so beredt, dass die andern drei schlagartig verstummen und sie besorgt ansehen. Seraina greift schlichtend ein, bevor das Pulverfass explodiert: «Okay, okay, Mäggy, wir hören ja schon zu! Erzähl bitte!»

Etwas verstimmt nimmt die Hobby-Historikerin wieder den Faden auf: «Das Tagebuch hat der Stadtschreiber von Rapperswil geschrieben, Johann Peter Dietrich, im Jahr 1656. Über die Belagerung der Stadt.» – «Wer hat denn wen belagert?», möchte Seraina wissen. – «Eben die Zürcher die Rapperswiler, hat Mäggy doch gesagt», wirft Rudy ein, der bereits sein Smartiefon in der Hand hält wie einen schussbereiten Revolver. Seraina legt ihre Stirne in Falten: «Das war im Alten Zürichkrieg, oder?» – Rudy schnaubt verächtlich: «Was erzählst du für einen Quatsch! Der Alte Zürichkrieg war im 15. Jahrhundert!» – «Na und? Brauchst mich ja nicht so abzukanzeln!», fährt ihn seine Freundin an. – «Sorry, ich muss das ja auch erst wieder nachschlagen», erwidert Rudy kleinlaut. «Der Alte Zürichkrieg oder Toggenburger Erbschaftskrieg zwischen 1440 und 1450 tangierte natürlich auch Rapperswil, weil es um die Vorherrschaft rund um den Zürichsee und im Linthgebiet ging.» – «Drehte es sich da nicht auch um die Habsburger?», fragt Leon. – «Genau, weil die Stadt Zürich ein Bündnis einging mit dem Habsburger – übrigens kein Rudolf diesmal.» Ein Knurren reisst die drei aus ihrer Diskussion. «Hört mir eigentlich keine Sau zu, Gopfriedstutz?!?», faucht Margarethe ungewohnt laut für ihre Verhältnisse. «Da reisse ich mir den A… auf, um Informationen zu finden…» – «Moment mal, den hast du dir jetzt nur virtuell aufgerissen, das zählt nicht…», unterbricht sie Rudy und zieht sogleich seinen Kopf ein, weil das Gewitter sich über ihm zu entladen droht. – «LASST MICH ENDLICH AUSREDEN!!!», brüllt Margarethe, und ihre drei Freunde verstummen schlagartig und starren sie entsetzt an. Verblüfft über die Wirkung, die ihr Wutausbruch erzielt hat, stutzt die Enervierte zuerst, dann fährt sie versöhnlicher, aber immer noch eingeschnappt, fort: «Aber ehrlich, immer reden mir alle drein, als interessiere es kein Schwein, was ich sage… ihr wisst immer alles besser, dabei wisst ihr gar nicht, wovon ich spreche. Ihr glaubt immer, die Mäggy hat ja eh von Tuten und Blasen keine Ahnung!» Als Leons Mundwinkel zu zucken beginnen, baut sich seine Freundin vor ihm auf. «Und DUU!! Wag es ja nicht, einen blöden Spruch zu klopfen!» Seraina kann es sich nicht verkneifen, herauszuprusten, und presst sich beide Hände vor ihren Mund. Rudy klopft seiner ältesten Freundin durchs offene Fenster auf die Schulter: «Liebe Mäggy, du hast Recht, wir sind unmöglich – wir hören nicht zu, schwatzen drein, wissen alles besser…» – «…und keiner von uns spielt Trompete, was das Tuten betrifft, und auf das andere Thema möchte ich lieber nicht eingehen!», ergänzt Seraina. Jetzt muss auch Margarethe schmunzeln, und alle vier brechen in befreiendes Lachen aus.

Als sich alle beruhigt haben, nimmt die Hobby-Historikerin einen erneuten Anlauf: «Nächster Versuch: Bei der Belagerung von Rapperswil 1656 ging es um eine militärische Auseinandersetzung zwischen der reformierten Stadt Zürich und den katholischen Orten der Eidgenossenschaft. Das war 200 Jahre NACH dem Alten Zürichkrieg.» – «Während des Ersten Villmergerkriegs», weiss Rudy auch ohne digitale Unterstützung. – «Das wird wohl so sein; ich habe noch nicht das ganze Büchlein zu Ende gelesen. Aber feststeht, dass auf der einen Seite unsere liebe Stadt Zürich stand und auf der anderen Rapperswil, Kanton St. Gallen, Schwyz und Unterwalden. Die Katholischen.» – «Das war noch während der Reformation, oder was?», rätselt Seraina, und Rudy wirft ein: «Nein, die war nochmals hundert Jahre früher… also fast 150.» – «Seid ihr fertig?», knurrt Margarethe bedrohlich, und das Paar zuckt zusammen. – «Sag mal, Mäg, du wirst ja langsam zur furchterregenden Domina!», flachst Leon und geht vorsorglicherweise in Deckung. – «Warte nur, wenn sie mal loslegt!», warnt Seraina scherzhaft. «Dann wird sie richtig rabiat!» – Leon seufzt versonnen: «Ich kann's kaum erwarten!» – «Maso!», zischt Seraina. «Das glaube ich dir sofort!» Margarethe verdreht ihre Augen und zieht das Büchlein an ihre Brust, wendet sich ab und gebärdet sich, als würde sie den Raum verlassen. Leon wirft sich auf die Knie und macht beschwörende Handbewegungen. «Geh nicht, Liebste!», fleht er sie theatralisch an. Sie zögert, wendet sich dann wieder um mit finsterem Blick. – «Jetzt hat sie wieder diesen Killerblick!», bemerkt Rudy halblaut, und die Angesprochene zieht eine Augenbraue hoch. «Euch muss man erst umbringen, bevor man euch etwas über diesen verr… ich meine Villmergerkrieg berichten kann!»

13
Die Belagerung von Rapperswil

Seraina, Rudy und Leon schweigen so feierlich, dass es der Erzählerin fast mulmig zumute wird. «Mitte des 17. Jahrhunderts war der Glaubensstreit sogar akut, weil die Innerschweiz katholisch geblieben war und Zürich die Reformation angenommen hat», referiert Margarethe. «Rapperswil war katholisch geblieben unter Druck seiner Schirmorte Uri, Schwyz und Unterwalden. Und ich will jetzt keinen faulen Spruch hören von wegen Schirm…» – «Was schaust du mich an?», wehrt Leon mit unschuldig aufgerissenen Augen ab. «Zum Schirm fällt mir kein zweideutiger Spruch ein; das ist witzlos!» Seufzend nimmt Margarethe wieder ihren Erzählfaden auf. «Jetzt kommt dann gleich der Spruch, weil der Zürcher General Rudolf hiess – also eigentlich Johann Rudolf Werdmüller.» – «Der kommt mir irgendwie bekannt vor», sinniert Leon. «Kam der nicht in dem Kuss von der Schanze oder so vor?» Seraina kichert: «Ich weiss, was du meinst… der Schuss von der Kanzel, ein Klassiker, den wir in der Schule gelesen haben. Unsere Deutschlehrerin hat dann heimlich einen Ballon platzen lassen, als die Stelle vorgelesen wurde. Da knallte es, wisst ihr noch?» – «Na klar!», lacht Rudy. «Und mein Smartiefon bestätigt, dass es sich um den gleichen General handelt. Der lebte tatsächlich auf der Halbinsel Au und sass im Kleinen Rat von Zürich. Er kämpfte im Bauernkrieg von 1653 und befehligte die Zürcher Truppen bei der – übrigens erfolglosen – Belagerung von Rapperswil.» – «Also ein alter Bekannter», grinst Leon. «Und der hiess eben Rudolf. Irgendwie fühle ich mich marginalisiert!» – «Jetzt lass doch Rudy seinen Ruhm!», raunt Seraina und stösst Leon in die Seite. – «RIVALITÄT», fängt Margarethe mit lauter Stimme an und lässt die anderen aufhorchen. – «Was? Wie? Sooo schlimm sind wir doch gar nicht!», entgegnet Rudy scheinheilig. – «Rivalität herrschte schon immer zwischen Zürich und Rapperswil. Zankapfel war die Hochzeit… äh, falsch, ich meinte… die Hoheit am See; Zürich war stärker positioniert. Und der Glaube der einen war jeweils den anderen ein Dorn im Auge.» – «Und für Zürich war Rapperswil buchstäblich im Weg für den Übergang nach Schwyz und Graubünden», flicht Rudy ein. Margarethe nickt: «Ja, nicht umsonst baute Rapperswil Stadtmauern und Schanzen, und der Hafen wurde 1610 in die Ummauerung miteinbezogen. Aber es gab auch Abtrünnige, Glaubensflüchtlinge, die nach Zürich flohen. Wer erwischt wurde, wurde hingerichtet.»

«Uiuiui, das sind brutale Sitten!», bemerkt Leon und schüttelt seine Hand, als hätte er sich die Finger verbrannt. – «Die Zürcher jedenfalls fanden das uncool, dass die Flüchtlinge abgemurkst wurden, und schickten den General Werdmüller mit seinen Truppen vor die Tore Rapperswils. 18'000 Mann – dünkt mich ziemlich viel. Rudy, findest du in deinen Online-Quellen Bestätigung?», erkundigt sich Margarethe. – «Äh, positiv! 48 Geschütze und 80 Munitionswagen hatte er auch dabei. Und hier sind Abbildungen von Schwertern…», antwortet Rudy mit Blick auf sein Smartiefon, dann zeigt er einige der Schwert-Fotos den anderen.

Ein Klopfen am noch geschlossenen Fensterflügel lenkt Margarethe ab, und sie gewahrt ihren Raben und lässt Plonk herein. Sofort klettert er auf ihre Schulter und gurrt behaglich, als wolle er seine Ziehmutter beruhigen.

Rudy nimmt sein liebstes Arbeitsgerät wieder an sich, aber noch bevor er mit dem Finger aufs Display tippen kann, verschwimmt der Bildschirm vor den Augen der vier Freunde und fängt plötzlich ein seltsames Farbenspiel an, welches sich wie grüne Wolken zusammenballt und dreidimensional wird. «Ru, was macht dein Ding da?», fragt Leon besorgt. «Was ist das für eine verrückte Light-Show?» Sprachlos beobachtet der Smartiefonbesitzer, wie das Gerät in seiner Hand vibriert und seltsame Töne von sich gibt. – «Wirf es weg!», rät Seraina mit schriller Stimme und macht Anstalten, in Deckung zu gehen. Leon wendet seinen Blick vom leuchtenden Telefon ab und dem Kolkraben zu mit wissendem Blick: «Plonk weiss Bescheid!», übersetzt er, was ihm der Vogel telepathisch mitteilt. Margarethe seufzt: «Na, dann auf ins Getümmel!»

* * *

Unbeschreiblicher Lärm weckt die vier Freunde, welche am Boden liegen – offenbar in einer schmalen Gasse. Sie beeilen sich, wieder auf die Beine zu kommen, um nachzusehen, was los ist. Grosser Tumult, Schreie, herumrennende Menschen – «Getroffen ist der Halsturm!», brüllt ein Mann, und eine Frau jammert laut. Vor ihren Augen liegt die Kugel, welche den Turm nicht zerstören konnte. Eine Gruppe Männer ist damit beschäftigt, einen Leiterwagen herbeizuschaffen, offensichtlich in der Absicht, das Geschoss darauf zu befördern. «Was wollt ihr mit der Kugel?», fragt Leon die Leute verwundert. – «Wir bringen sie ins Kapuzinerkloster», gibt ein älterer, fast zahnloser Mann bereitwillig Auskunft. – «Wozu das denn?», wundert sich Seraina. – «Um sie zu segnen!», erklärt eine haubentragende Frau, welche neugierig zusieht, wie sich die Männer mit der schweren Kanonenkugel abmühen. Ein Schrei lenkt alle ab, und ein Knall erschüttert den Boden, auf welchem sie stehen, als eine zweite Kugel die Uhr des Turmes trifft, welcher als Halsturm bezeichnet wurde. Krachend fällt das Geschoss zu Boden. «Auf fünf Uhr ist die Kugel gelandet!», kommentiert eine junge Frau, deren wirres Haar unter ihrer Haube hervorquillt. Die Fünf auf dem Ziffernblatt sieht ziemlich ramponiert aus, der Zeiger ist abgebrochen und fällt auch zu Boden. Menschen halten ihre Arme über den Kopf und bringen sich in Deckung. Ein Junge greift nach dem kaputten Zeiger, als erwäge er, diesen als Waffe zu gebrauchen. Jemand brüllt: «Bringet auch diese Kugel zu den Kapuzinern!»

Kopfschüttelnd kommentiert Rudy: «Als hätten wir keine anderen Sorgen, als Kugeln herumzuschieben!» Leon grinst: «Offenbar lieben die hier Bowling – oder wollen eine ruhige Kugel schieben!» Margarethe legt ihre Stirne in Falten: «Leute, mit dem zweiten Zeitsprung sind wir sicher mitten in der Belagerung der Stadt Rapperswil gelandet, darauf wett' ich meinen Kopf!» – «Welcher Tag ist heute?», fragt Seraina die junge Frau, die neben den Kugelstossern steht. «Heute ist der 8. Jänner, und um neun Uhr früh begann die Beschiessung unserer Stadt!» – «Ja, aber welches Jahr haben wir?» Fassungslos sieht die Frau die Fragende an. «Soeben begonnen hat das Jahr 1656. Was fräget Ihr dero seltsamer Dinge!»

Ein lauter Knall, gefolgt von einem kollektiven Schrei, lenkt alle Anwesenden ab, und fassungslos sehen sie zu, wie eine Kugel den grossen Kirchturm auf dem Burgwall trifft und weitere das Schloss beschiessen. «Getroffen ist der Zytturm!», brüllt ein Junge, der in Windeseile herbeigerannt kommt vom Schlosshügel her. Weitere Menschen kommen herbeigeeilt und werden von den Anwesenden gefragt, was passiert ist und was zerstört wurde. «…aber alles ohne Schaden!», versichert ein Mann den anderen, welche sichtbar aufatmen, dass die wichtigsten Gebäude noch intakt sind. «Aber der süsse Winkel wird beschossen!», jammert eine Frau, und eine andere reagiert: «Weil dort die Mauern am schwächsten sind!»

«Was für ein süsser Winkel?», wundert sich Leon. «Gibt es dort etwa Süssigkeiten?» – «Vergiss es!», winkt Rudy ab. «Wir werden belagert und wohl bald am Hungertuch nagen!» Margarethe überlegt: «Der süsse Winkel… wenn ich nur meinen Historiker löchern könnte! Wir müssen jemanden von hier fragen.» – «Besser nicht, denn wenn dort die Mauern schwach sind, wollen wir uns besser nicht dort aufhalten!», gibt Seraina zu bedenken. Innerhalb der Stadtmauern herrscht ein heilloses Durcheinander; wie aufgescheuchte Hühner rennen die Leute durcheinander, ohne Plan, wie sie sich verteidigen oder wo sie sich verbergen sollen. Margarethe versucht sich zu orientieren. «Halsturm… dann sind wir auf dem Engelsplatz!», stellt sie fest, sich an die Stadtführung mit dem Historiker Robin erinnernd. «Von dort aus blickt man hinauf zur Kirche und zum Schloss… das scheint alles viel näher, als ich mich erinnere…» Leon packt seine Freundin am Arm und zieht sie mit sich: «Los, Mäg, wir stehen hier viel zu nahe bei den Geschützen!»

In diesem Gewimmel fällt es den vier Freunden schwer, einen Ort zu finden, wo sie in Sicherheit sind, und ihre grösste Sorge ist es im Augenblick, einander nicht aus den Augen zu verlieren. In einem Winkel zwischen zwei Gebäuden halten sie kurz inne und versammeln sich. «Also, wir sind offensichtlich in Rapperswil und werden gerade belagert!», stellt Seraina trocken fest. «Irgendwelche Vorschläge?» – «Die soll Rudy machen», bemerkt Leon lakonisch. «Vor den Toren steht immerhin sein Namensvetter mit 18'000 Mann!»

Der Angesprochene legt seine Stirne in Falten: «Und mit 48 Geschützen und 80 Munitionswagen. Wüsste gern, wie viel Mann wir zu bieten haben; weisst du das, Mäggy? Stand das in deinem schlauen Buch?»

Weniger als die Truppenstärke des Zürcher Generals Werdmüller oder die aktuelle Bevölkerung von Rapperswil beschäftigt Margarethe jedoch die Tatsache, dass der Rabe nicht bei ihnen ist. Sie ignoriert Rudys Frage vollkommen und jammert: «Wo ist Plonk?» Mit ihren Augen sucht die Vogelmutter nach ihrem Schützling, scannt die Dächer und Zinnen nach ihm ab. Beruhigend redet Seraina auf Margarethe ein: «Plonk ist sicher da, er wird wohl auskundschaften.» – «Wenn er nur nicht von einer

Kanonenkugel getroffen wird!», tut diese angstvoll ihre Sorgen kund.

Als sie ihren Blick gen Himmel wendet, sieht sie, wie hoch die Sonne am Himmel steht – für einen Wintertag. Könnte es Mittag sein? Lauter Trommelwirbel ertönt. «Was ist das?», wundert sich Seraina. Sie folgen dem Tumult, und auch andere Leute strömen in die Richtung, aus der das Trommeln erschallt. Vor dem Halstor werden die Trommeln lauter. Rufe erschallen von beiden Seiten. Nach einiger Zeit und Beratungen unter den Torwächtern wird ein kleines Tor geöffnet, und ein Mann, der eine Trommel schlägt, wird eingelassen. Dieser diskutiert mit dem Mann am Tor, offenbar ist er nicht einverstanden, dass seine Begleiter nicht in die Stadt hineindürfen. Dann murmelt er verstimmt etwas vor sich hin und schlägt erneut die Trommel. Mitten auf dem Halsplatz bleibt er stehen und brüllt: «Lange währte gute und friedliche Nachbarschaft zwischen den Städten Rapperswil und Zürich!» Diese Aussage unterstreicht er durch erneuten Trommelschlag, so dass wirklich alle Umstehenden verstummen und seinen Worten lauschen. «Verletzt hat Rapperswil die friedliche Nachbarschaft durch die Aufnahme von *Kriegs Volck*!», ruft der Trommler tadelnd. Leid wäre es ihm aber, wenn die Stadt zu Schaden kommen würde, und deshalb ermahnt er die Rapperswiler, jemanden zu ihm und zum Zürcher Bürgermeister Waser, Landvogt von Kyburg zu entsenden, um nochmals eine gütliche Einigung zu versuchen. Andernfalls würde die «Gewalt in verstärktem Masse angewendet, und verantworten für Schaden und Blutvergiessen muss sich die Stadt Rapperswil!»

Auf diese Rede reagieren die versammelten Bürger mit Protestrufen, und ein Tumult entsteht. «Was geht ab?», wundert sich Seraina, als eine Gruppe Bewaffneter davoneilt, vom Halstor weg. «Wieso laufen die davon?» – «Der Trommler steht noch da, als warte er», sinniert Rudy. – «Worauf?», flachst Leon, «Dass er verhauen wird?» – «Auf eine Antwort der Stadt, du Dödel!»

Margarethe nickt: «Vermutlich geht die Wachmannschaft die Stadtregierung holen, die haben sich vielleicht im Rathaus verschanzt; Die Richtung könnte stimmen.» Tatsächlich taucht nach einiger Zeit die bewaffnete Truppe wieder auf, und sie eskortiert mehrere Männer, die ihrer Kleidung nach bessergestellt sind, darunter auch Offiziere in Uniform und mit Perücke. «Die sehen aus wie die Musketiere in den Mantel-und-Degen-Filmen», konstatiert Margarethe.

Die Männer versammeln sich auf dem Halsplatz, bewacht von den Bewaffneten, und ihnen gegenüber steht allein der Trommler und wiederholt seine Rede. Margarethe bewundert seinen Mut: «Der hat auch noch Mumm, ganz allein in der belagerten Stadt sein unverschämtes Angebot zu machen!», bemerkt sie. Leon murmelt: «Stimmt, woanders wär' der schon längst abgemurkst worden, oder man hätte ihm die Zunge herausgerissen!» Seraina starrt ihn an und schluckt leer.

Einer der gutbetuchten Männer spricht den Gesandten der Belagerer an: «Keine Zugeständnisse machen werden wir, teilt das dem General Werdmüller mit!» Einer der Offiziere fügt hinzu: «Der Herr Schultheiss hat verkündet, dass Rapperswil festhält am gestern gefassten Beschluss, und verteidigen werden wir unsere Stadt mit Leib, Gut und Blut!» – «Keinen Trommelschläger mehr werden wir Gehör bieten!», ergreift der als Schultheiss bezeichnete Herr erneut das Wort. «Bewusst sind wir uns des althergebrachten Vertrauuens gegenüber Burgermaister und Rat der Stadt Zürich, protestieren aber in höchster Form gegen alles unschuldige Blut, so es Werdmüller zu vergiessen bereit ist.»

Der Trommler insistiert erneut und verlangt eine schriftliche Bestätigung der Stadt, was ihm jedoch verwehrt wird. Offenbar ist er bereits zum zweiten Mal hier mit seinen Forderungen, und die feindselige Haltung der Rapperswiler Bürger und Amtsmänner ist offenkundig. Nun scheint es dem Trommler doch mulmig zumute zu werden, denn eilig strebt er dem Stadttor zu und tritt hinaus, und nach kurzer Zeit ertönt von Neuem Kanonendonner. Geschossen wird auch mit Mörsern, und den vier Freunden aus der Neuzeit, die nahe beim Stadttor stehen, ist es nicht mehr geheuer in unmittelbarer Nähe der Geschosse. Sie weichen zurück in Richtung Rathaus, welches zwar am Fusse der Burg und der Kirche steht, aber durch die umstehenden Gebäude besser geschützt ist als die exponierte Festung auf der Stadtmauer. «Wo sollen wir hin?», fragt Seraina, und die Angst steht ihr in den Augen geschrieben. Rudy ist sehr blass und scheint von der Situation auch heillos überfordert zu sein, und sogar Leon ist ungewohnt schweigsam geworden. Einzig Margarethe wirkt gefasst; als könnte sie die bedrängte Lage nicht erschüttern. «Der Historiker hat mir einen Geheimgang gezeigt. Gar nicht weit vom Rathaus, an der Hintergasse. Man sieht zwar nicht mehr viel davon in der Gegenwart, nur einen Dohlendeckel, aber ich sollte den noch finden... dort könnten wir uns vielleicht verbergen!», schlägt sie vor. – «Dann mal los!», drängt Leon. Die Ortskundige hält einen Augenblick inne, um sich zu orientieren. «Wir müssen zum Rathaus, von dort aus sollte ich den Geheimgang finden. Wir müssen dann in Richtung Schloss, bleiben aber am Fusse des Schlossberges. Hoffentlich gab's den Geheimgang bereits im Jahr 1656», murmelt sie vor sich hin und eilt dann voraus. Ihre drei Freunde folgen ihr, bis sie vor einem unordentlichen Haufen Mauergeröll stehenbleibt. Eine Gruppe Männer ist beschäftigt damit, die Mauern zu verstärken, welche offensichtlich von Kanonenkugeln getroffen wurden. «Der süess Winkel ist zu schwach», jammert eine Frau, welche Steine schleppt. Auch andere Frauen packen mit an, und von draussen ertönt Kanonendonner und Geschrei, was zeigt, dass der Feind direkt an der Mauer steht. «Mist! Sackgasse!» – «Vielleicht können wir über die Brocken drüberklettern», schlägt Leon vor. – «Oder einen anderen Weg wählen!», entgegnet Rudy. – «Lasst mich überlegen!», wehrt Margarethe ab.

Ein Knall, und vor ihren Augen fliegt eine Kanonenkugel durch ein Fenster. Vor Entsetzen schreien die vier Freude auf, und aus dem Inneren des Hauses dringt ein gellender Schrei. Fassungslos stehen die vier Zuschauer draussen und überlegen, was sie tun sollen. Leute eilen schreiend davon und rennen die vier Freunde fast über den Haufen. Leon will dem Impuls folgen, ins Gebäude zu gelangen, aber Margarethe hält ihn zurück. «Nein, bleib' hier, das ist zu gefährlich!» – «Da ist jemand verletzt, eine Frau!» Seraina zeigt auf den Eingang: «Da ist sie!» Aus dem Haus schwankt benommen eine nackte Frau. Rudy hält sich seine Augen zu, die Mädchen starren wie erstarrt. Instinktiv zieht Leon seine warme Winterjacke aus und eilt zu der Beklagenswerten, um ihre Blösse zu bedecken. Sie nimmt die Hilfe dankbar an und sieht Leon aus schreckgeweiteten Augen an. «D-di-die ... Kugel...», stammelt sie, während Leon die Frau in seine Arme nimmt, um sie zu beruhigen. *«Mir die Kleider vom Leyb ledig gemacht und angezündt hat mir das Geschoss, allso ich entlösst stuonde!»*, fügt sie fast entschuldigend hinzu. Leon redet ihr beruhigend zu, und es stellt sich heraus, dass die Magd, welche den Ofen anfeuern wollte, unverletzt ist. Margarethe fasst sich ein Herz, nach dem Geheimgang zu fragen, und die junge Frau erklärt sich bereit, ihnen den Weg zu zeigen, selbst auch entschlossen, dort Zuflucht zu suchen. Sie hat nur noch Augen für Leon und sieht ihn dankbar an. – «Der galante Ritter hat eine neue Verehrerin!», flüstert Seraina ihrer Freundin belustigt zu.

Vor lauter Schreck ist die ortskundige Magd jedoch verwirrt, und Margarethe übernimmt wieder die Führung. Sie hält sich rechts, um bei der nächsten Hausecke wieder links einzubiegen. Ein Junge kommt ihnen entgegengerannt, und Margarethe hält ihn an, um ihn nach dem Weg zu fragen: «Das Rathaus ist dort vorne, oder?» Der Junge nickt eifrig: «Dort weiter, durch die Herrengasse und dann in die Eiergasse.» Leon muss ein Prusten unterdrücken. Margarethe knufft ihren Freund in den Oberarm. «Durch die EIERgasse, danke!», wiederholt sie betont. Mit grossen Augen starrt der Junge die Frau an, die Leon in seine Jacke gewickelt hat. Sie ertrinkt fast in dem Kleidungsstück, das ihr viel zu gross ist. Ihre russigen, nackten Beine verraten, was passiert ist. «Wart Ihr im Haus am süssen Winkel, das von der Kugel getroffen wurde?», fragt er sie atemlos. Die Frau nickt, und Leon zieht sie mit sich fort, den anderen nach.

Unablässig donnern die Kanonen, und automatisch zählt Rudy mit: «Das war jetzt der 35. Kanonenschuss!» Seraina reisst ihre Augen weit auf: «Echt jetzt? Das ist ja krass!» – «Voll krass, Mann!», pflichtet ihr Leon bei. – «Mann? Seit wann?» – «Egal jetzt, wir haben andere Probleme!» Mittlerweile sind sie beim Rathaus angelangt, und die Anführerin späht nach rechts. Sie blicken hinauf zur Kirche auf dem Schlosshügel. «Dort vorne links, das müsste die Hintergasse sein!»

Als sie sich an zerstörten Häusermauern vorbei durch Schutt kämpfen, den die Kanonen hinterlassen haben, hören sie ein Gespräch und halten inne. Zwei Männer, der eine offensichtlich ein Offizier, unterhalten sich. «…*davon aber in der Statt niemand geschädiget alss ein ehrlicher Mann uss der March, demme uf der Schantz ein Schenckhel weckhgeschossen und gleich todt eingebracht worden*», hören sie den Mann in Zivil erzählen. – «Ihr werdt dies festhalten in Eurem Bericht, als Stadtschryber, Johann Peter Dietrich», erwidert der General und klopft dem anderen auf die Schulter. Margarethe wird ganz aufgeregt: «Das ist der Tagebuchverfasser, der Stadtschreiber!» – «Pssst!», versucht Rudy sie zu beruhigen. Er ist ziemlich blass. «Der arme Kerl!» – «Du meinst den mit dem Schenkel… uaaahh!» Leon verzieht sein Gesicht. Erneut spricht der General und berichtet, dass der Feind auf zwei grossen Schiffen Lebensmittel und Munition in den Kempratner Winkel führte. «Auf diese Schiffe wird vom Blockhaus im Kapuzinergarten Feuer gegeben. Saget mir, Dietrich, wie viel Mann habet Ihr gezählet in unsrer Stadt?» Wie aus der Pistole geschossen, präsentiert der Stadtschreiber seine

Zahlen: «Tausend Einwohner zählte ich, darunter wehrfähiger Männer zweyhundert.» – «Zu wenig!», brummt der General. – «Dreyhundert, wenn wir junger und älter Männer ausrüsten, und auch Frouwen werden kämpfen können.» Über diese Antwort wirkt der Kriegsmann keineswegs glücklich und murmelt etwas Unverständliches in seinen Bart. Die vier Lauschenden strengen ihre Ohren an, und Leon äussert gedämpft: «Hat der was von den drei Alten Orten gesagt?» – «Ja», flüstert Margarethe. «Denn die Hauptlast der Verteidigung lag bei den Truppen der Schirmorte, hatte ich gelesen, also bei Uri, Schwyz und Unterwalden.»

Wild gestikulierend holt sie die Magd in die Gegenwart zurück, die ja im Grunde genommen Vergangenheit ist: «Rasch, kommet! Sehet den Eingang, hinter dieser Hausecke.» Als sie um die Ecke biegen, vernehmen sie seltsame Geräusche, als rufe jemand um Hilfe. Die Stimme klingt rau und heiser, ganz dumpf, und die Magd begreift: «Als wäre ein Gefangner in dem geheymen Gang!» Schnell räumt sie die Steine von dem hölzernen Deckel weg, und die vier Freunde helfen ihr dabei. Kaum haben sie die Abdeckung weggehoben, flattert ihnen ein grosser Rabe entgegen. Vor lauter Schrecken lassen die Menschen den Deckel fallen und kippen um wie Dominosteine, fallen übereinander, und um ein Haar hätte die schwere Abdeckung Rudys Füsse zerdrückt. Margarethe begreift als Erste: «Plonk!» – «Grrrita!», antwortet der Vogel und fliegt zu seiner Ziehmutter. Zärtlich reibt er sein Köpfchen an ihrem Hals.

Kanonendonner erschüttert die Mauern des nahestehenden Hauses, und alle erschrecken. «Gefahr!», krächzt Plonk. «Gecheim! Doot!» Die Botschaft ist klar, und die Zürcher beeilen sich mit der Magd und dem Raben in den Geheimgang zu gelangen, aus welchem der Rabe geflogen ist.

* * *

Erleichtert, ihren Plonk wiedergefunden zu haben, versucht Margarethe, herauszufinden, was dem Raben unterdessen widerfahren ist. Hilfreich ist, dass Leon mit Tieren direkt kommunizieren kann. So erfahren sie, wie es Plonk inzwischen ergangen ist.

Plonk ist sehr schreckhaft. So hat sich der Rabe, als er und seine Menschenfreunde in Rapperswil landeten, schnell in Sicherheit gebracht. Ob Menschen oder Kanonenkugeln, beides war ihm nicht geheuer. So hat er seine Begleiter aus den Augen verloren. Doch klug, wie er ist, hat er sich bis zu den Pferdeställen durchgekämpft, um an Nahrung und Wasser zu gelangen. Er vermied es, in Kontakt mit den Stallburschen zu kommen, doch die Pferde waren freundlich zu ihm und gewährten ihm Asyl.

In den Feuerpausen suchte Plonk nach seinen Menschenfreunden. Doch weil auch diese ständig ihren Aufenthaltsort wechselten, verpasste er sie stets. Als dann das Geschoss eingeschlagen war, welcher der armen Magd die Kleider vom Leibe riss, geriet der arme Kolkrabe in Panik und verschanzte sich im erstbesten Loch, das er finden konnte. Und das war der Eingang zum Geheimgang. Dummerweise war er nur geöffnet worden, weil die Bewohner von Rapperswil nachschauen wollten, ob er eingestürzt war, und Plonk flog genau zu dem Zeitpunkt hinein, als der Geheimgang-Wächter von einem besorgten Anwohner davon abgehalten wurde, den Eingang nach erfolgter Inspektion wieder abzusperren. So bemerkte der Mann nicht, dass der Rabe hineingeraten war. Er verschloss den Tunnel, nachdem er den Nachbarn beruhigen konnte, und begrub Plonk bei lebendigem Leib.

Und so kam Plonk erst frei, als die aufmerksame Magd Plonks verzweifelte Rufe aus der Versenkung vernommen hatte.

* * *

«Die Kälte ist grausam!», jammert Seraina. – «Ist ja auch Januar», bemerkt Rudy ungerührt. «Gut, haben wir unsere warmen Winterkleider an.» Margarethe lässt ihren Blick über die warmen Jacken der Freunde schweifen: «Bisschen auffällig sind unsere Klamotten schon», gibt sie zu bedenken. «Ist nur eine Frage der Zeit, bis die merken, dass wir Fremde sind.» – «Stimmt, wir passen nicht so ganz ins Bild der Zeit», pflichtet ihr Leon bei. «Aber frieren finde ich nicht so knorke, würde der Hamburger sagen!» – Rudy winkt ab: «Dein Hamburger ist mir wurscht, aber frieren kommt gar nicht in Frage! Wir verbergen uns einfach in dem Geheimgang, dann fallen wir nicht auf.» Leon schüttelt seinen Kopf: «Nee, das fliegt nicht. Wir verhungern, wenn wir nicht rausgehen und uns um Nahrungsmittel bemühen.» – «Und wie sollen wir die bezahlen?», wirft Seraina die naheliegende Frage auf. Bei diesen Worten hellt sich Leons Gesicht auf, und er lacht leise. – «Was grinst du, Löwe?» – «Na, ich erinnere mich nur, wie ich jeweils an Nahrung gelangt bin. Kein Problem!» – «Jetzt bin ich aber neugierig!», horcht Rudy auf. – «Anpacken! Das gibt Futter als Lohn!» – «Ach nee!», winkt Rudy ab. «Das ist nix für mich!» – «Faulpelz! Die Stadt Rapperswil braucht sicher Leute, die dabei helfen, die Mauern zu verstärken und zerstörte Gebäude zu flicken. Da ist jede Hand gefragt. Auch deine, du Schwächling!» – Jetzt baut sich Seraina vor Leon auf: «Mooo-ment mal? Hörte ich Schwächling?» – «Nicht du, Rai, sondern dein Herzensbube, der Cyborg!», kontert Leon. – «Der ist aber auch nicht von Pappe, Rudolfino hat ziemlich an Muskeln zugelegt! Glaub ja nicht, dass du hier das Monopol hast, der Muskelprotz zu sein!» Leon grinst: «Würde ich mir nie einbilden! Ich weiss ja, dass wir hier zwei Powerfrauen dabeihaben! Mäg ist ein Kraftpaket, und du bist eine Geheimwaffe!» Geschmeichelt lächelt Seraina und fügt hinzu: «Und darum werden wir alle vier unsere Hilfe anbieten, Mauern instand zu setzen.» Margarethe stöhnt: «Das ist ja Schwerarbeit, wie im Steinbruch! Muss echt nicht sein!» Rudy nickt: «Nix für mich; das überlassen wir den beiden Arbeitstieren!» Die Genannten schicken den beiden misstrauische Blicke, nicht sicher, wie sie diese Aussage einordnen sollen – ob als Kompliment, oder als Beleidigung.

«Wir müssen dringend herausfinden, was wir hier eigentlich sollen!», ermahnt Margarethe ihre Freunde. – «Eine Wahl treffen, irgendsowas», versucht sich Leon zu erinnern. «Aber augenblicklich haben wir total andere Probleme; es geht ums nackte Überleben!» – «Ja, aber wenn wir unseren Auftrag schnell erledigen, überleben wir eher, als wenn wir hier endlos ausharren!», gibt Seraina zu bedenken. Rudy verhält sich zuerst schweigsam, dann spricht er achtsam: «Vielleicht müssen wir geduldig sein!»

Am nächsten Tag beschliessen die vier Freunde, die Magd, der sie in ihrer peinlichen Situation beigestanden sind, ihrerseits um Hilfe zu bitten. Mit den Männerkleidern, die ihnen die dankbare Mathilde verschafft hat, fallen sie weniger auf als in ihren Mikrofaser-Winterkleidern aus dem Jahr 2022, frieren allerdings. «Brr, dieser altmodische Fummel hält kein bisschen warm!», beschwert sich Seraina, und Margarethe zischt: «Dann pack mal tüchtig an, das gibt warm!» Während sie mitanpacken, zerstörtes Mauerwerk flicken helfen, Bruchstücke wegräumen oder als Baumaterial nutzen, kommen sie ins Gespräch mit Einheimischen. So erfahren sie, dass die Zürcher Feinde mit Schiffen nach Pfäffikon übersetzten, als der Nebel so dicht war, «*dass mann kaum einen Pistolen Schutz weit sehen möchte!*», wie ein Mann erzählt. – «Schutz?», stutzt Leon. – «Schuss», vermutet Seraina. Der Erzähler fährt fort: «*Die Zürcher Truppen sind aber dorten von wenig allso emfangen worden, dass er mit Verlurst ettlicher Soldaten denn Spott mit Schaden wegckhgefüert, andererseits aber keiner verletzten worden.*» Der Berichterstatter erweist sich als der Stadtschreiber Johann Peter Dietrich, und voller Ehrfurcht lauscht Margarethe seinen Worten. Leon neckt sie: «Willst du etwa sein Autogramm, du Historiker-Groupie?» Plonk krächzt spöttisch: «Grrruuupi!»

Der Stadtschreiber betont auch, wie wichtig während der Belagerung das Gebet ist, dass die Priesterschaft und das Volk Prozessionen und Rosenkranzgebete und Gottesdienste abhalten, um Schutz und Verschonung zu erflehen. – «Das erklärt den ganzen Klamauk!», begreift Rudy. «Hatte mich schon gefragt, warum sie Fasnachtsumzüge während der Belagerung durchführen – als hätten sie keine grösseren Probleme!» – «Nicht so respektlos!», tadelt ihn Margarethe. «Unterschätz nicht die Macht des Glaubens!» Respektvoll verbeugt sich Leon vor seiner Freundin: «Unsre ehemalige Klosterfrau weiss, wovon sie spricht. Und ich meine das jetzt nicht ironisch – nicht nur! Der Glaube gibt Halt in bedrängten Zeiten!» – «Na ja…», brummt Seraina und wirkt nicht überzeugt. Sie hatte schon seit jeher ein gespaltenes Verhältnis zur Religion, welches vielleicht im frühen Verlust ihrer Eltern wurzelt: Vertrauen ist ein schwieriges Thema für die junge Frau.

Mit Vergnügen löchern die vier Freunde den Stadtschreiber, wann immer sie ihm begegnen. Triumphierend strahlt Rudy: «60 Schuss! Hatte ich mir doch gedacht, aber ich war abgelenkt worden!» Mit fragendem Blick starrt ihn Leon an: «Was faselst du da?» – «An jenem Tag, als wir die nackte Mathilda fanden, fielen besonders viele Kanonenschüsse.» – «Stimmt, du hast doch 35 gezählt oder so», erinnert sich Margarethe. – «60 oder mehr waren es, hat mir Bechtold soeben mitgeteilt», berichtet Rudy, und ein Bärtiger mit karierter Mütze nickt eifrig: «3, 4, 5 und 26 Pfund wogen die Kugeln!», erzählt er begeistert. «Davon geschädigt wurde ein einziger Mann, namens Jacob Nagel.» Rudy wird blass: «Das ist der mit dem Schenkel!» Dank dem Stadtschreiber verlieren die Gesandten aus der Zukunft ihr Zeitgefühl nicht, und sie erfahren, wie am 10. Januar sechzig Musketiere als Spione ausgesandt wurden, um den Feind auszukundschaften. Margarethe sieht es Leon an, dass es ihn in den Fingern juckt, an Stelle der Kundschafter zu sein. «Keine gefährlichen Stunts,

146

Liebster!», warnt sie ihn. Er seufzt: «Ich krieg langsam Platzangst in dieser Stadt!» Die anderen pflichten ihm nickend bei.

Die folgende Zeit nächtigen sie in dem Geheimgang, und Mathilde bringt ihnen Esswaren. Ihre Herrschaft bewohnt den nicht zerstörten Teil des Hauses, welches von der Kanonenkugel getroffen wurde, und sie hat wieder Arbeit und ist ihren neuen Freunden dankbar. Tagsüber helfen sie Mathilde, soweit sie Unterstützung braucht, und packen ansonsten an in der Stadt, wo immer Not am Manne ist.

* * *

Als Gefangene von den Kundschaftern zurückgebracht werden, sind die vier Freunde froh, dass sie nicht an dieser Mission teilgenommen hatten. Die Beklagenswerten werden öffentlich zur Schau gestellt, was Margarethe und Leon unangenehm an ihren Abstecher ins Mittelalter erinnert, wo ihnen Ähnliches widerfahren war, bis ihnen Plonk zu Hilfe kam und sie in die Zukunft katapultierte.

Laut Bericht der Kundschafter ist der Feind offenbar dabei, Häuser und Scheunen abzubrechen. «Die Zürcher wüten wie der Teufel!», entsetzt sich Rudy. – «Tooifel», bekräftigt Plonk.

Zwar fügen sich die vier Inkognito-Zürcher durch ihre Tatkraft und Hilfsbereitschaft gut in die Stadtbevölkerung ein, jedoch passen ihre Frisuren nicht in die Zeit, und sie verbergen ihr Haar unter Kappen und Mützen. Stets haben sie Angst, entlarvt zu werden.

14

Der Spezialauftrag

«Muss das sein?», seufzt Seraina. – «Ich fürchte schon», erwidert Margarethe. «Wir fallen zu sehr auf als Frauen. Wir müssten uns die richtigen Kleider besorgen… und uns entsprechend benehmen.» – «Was euch wilden Weibern besonders schwerfallen dürfte!», wiehert Rudy, und Leon fällt in das Gelächter ein. – «Ich finde das gar nicht lustig!», protestiert Seraina. «Ich mag mein Haar lang!» – «Dabei stand dir der Kurzhaarschnitt so gut, als du mein Knappe warst!», gibt Leon zu bedenken mit versonnenem Blick. Margarethe versetzt ihm einen Knuff in den Oberarm: «Dieser Phase deines Lebens trauerst du wohl auf ewig nach, nicht wahr, du Macho?» – «Was heisst Macho? Ich war der Ritter und Rai war mein Knappe. Fand ich geil!» – «Das glaub ich dir aufs Wort!», murrt Seraina und wirft ihr langes dunkles Haar in den Nacken. Leon zückt sein Taschenmesser, jedoch Margarethe hat ihres bereits aufgeklappt: «Na, dann mal los! Mein Messer ist schärfer!»

Die nächste halbe Stunde überlegen und beraten sie, wie sie einander die Haare so weit stutzen, dass sie der aktuellen Mode der Bürger des Jahres 1656 entsprechen – zwar trugen besonders die höhergestellten Bürger ihr Haar relativ lang; auch Männer hatten fast schulterlanges Haar, während Frauen ihre Haare ohnehin unter einer Haube oder einem Schleier verbargen. «Das Problem ist, dass wir Rudys Haare nicht verlängern können!», bemerkt Leon kopfschüttelnd. – «Dafür sind deine viel zu lang und zu wild!», kommt prompt Rudys Retourkutsche. Leon schüttelt seinen Kopf erneut: «Nein, ich meine das rein sachlich. – «Na, und was jetzt?», wirft Seraina ein, «Wie soll das gehen?» – Margarethe seufzt: «Ich fürchte, wir anderen drei müssen so viel Haar lassen, dass wir zwar noch im Rahmen der üblichen Haartracht verbleiben, aber mit unseren Strähnen Rudy eine Perücke basteln können!» Leon, Seraina und Rudy starren Margarethe mit weit aufgerissenen Augen an und protestieren im Chor: «Das ist jetzt aber nicht dein Ernst?»

Plonk sitzt in der Nähe auf einem Stein und sieht belustigt zu. Er versteht zwar nicht so ganz, was seine Menschen da treiben, aber er nimmt an, es habe etwas mit der Mauser zu tun, die er am eigenen Leib kennt: Auch Raben müssen manchmal Federn lassen. «Vergiss nicht, es soll ordentlich genug aussehen», ermahnt Margarethe Leon, als er sich an ihren Haaren zu schaffenmacht: «Nicht so, wie du in London wüten wolltest! Wenn wir aussehen wie gerupfte Hühner, spiessen sie unsere Köpfe gleich auf der Stadtmauer auf.» – «Nein, nicht mal mehr das, wenn es zu hässlich aussieht!», tut Rudy seinen Galgenhumor kund, während er als Einziger unbehelligt bleibt, dafür süffisant kommentiert: «Aber Leo muss auch Haare lassen, der sieht aus wie eine verrückte Hexe!» – «Na warte!», knurrt dieser, kann aber nicht auf Rudy losgehen, weil Margarethe laut protestiert: «Fokussier dich auf das, was du tust – wehe, wenn du meine Frisur ruinierst!» – «Dann gibt's Kahlschlag bei dir als Retourkutsche!», prophezeit ihm Seraina. «Darf ich den Löwen scheren? Bittebitte!» Margarethe nickt: «Klar, mir tut's eh in der Seele weh… aber bitte schneide seine Locken nicht zu kurz!» Seraina hingegen scheint es zu geniessen: «Du bist wie ein Schaf, aus deinen Locken könnte man einen Wollpullover stricken!», flachst sie, während er scheinbar gelassen, aber nicht besonders glücklich zusieht, wie Locke um Locke auf den lehmigen Boden fällt. – «Ich kann das nicht mitansehen!», klagt Margarethe und seufzt noch lauter, als sie sich durch ihr eigenes Haar fährt: «Und wie ich aussehe, will ich erst gar nicht wissen!» – «Süss siehst du aus!», gurrt Leon und schickt seiner Freundin einen tiefen Blick unter einer langen Locke hervor, welche ihm ins Gesicht hängt und welche Seraina sofort unbarmherzig abschneidet. «Mit deiner unbändigen Haarfülle muss ich mehr schneiden, um das Volumen zu reduzieren», erklärt die Coiffeuse trocken.

Schliesslich ist nur noch Seraina «ungeschoren», und sie wehrt sich heftig dagegen, ihre Haare abzuschneiden. *«Been there, done that.* Ich will nicht! Lasst mich! Ich kann sie ja hochstecken!» – «Vergiss es!», lehnt Rudy ab. «Dann müsstest du so ein Häubchen tragen und eine Schürze und solltest dich sowieso nicht auf der Strasse herumtreiben. Das fliegt nicht!» – «Ru, ich halte sie fest, und du schneidest, okay?», schlägt Leon mit süffisantem Grinsen vor. Seraina wehrt sich wie ein wildes Tier, aber der starke Leon hält sie fest umklammert, und Margarethe versucht, ihre Freundin zu beruhigen: «Rai, das wächst wieder, ganz sicher!» Diese brüllt wie eine Löwin und schüttelt ihren Kopf wie eine Furie, und für einen Augenblick sind die Rollen vertauscht. Leon nimmt es amüsiert zur Kenntnis und scheint es richtiggehend zu geniessen, dass er Seraina fest an sich drücken darf. Sie sträubt sich heftig gegen die Umklammerung, während Rudy sich an ihren Haaren zu schaffen macht. «Raina, bitte, je wilder du zappelst, desto bescheuerter sieht es nachher aus!», gibt er zu bedenken. «Und ich will dich nicht mit dem Messer verletzen!» – «Wir sollten die Wildkatze vielleicht festbinden», schlägt Leon vor, was diese mit wütendem Fauchen quittiert. Damit sie Rudy und ihn nicht kratzt, muss Leon ihre Handgelenke festhalten. Endlich hat auch Seraina die passende Frisur, aber sie zieht sich schnaubend und beleidigt zurück in eine Nische, nicht, bevor sie Leon eine saftige Ohrfeige verpasst hat. Rudy hält es für ratsam, das Raubtier in Ruhe zu lassen, und Margarethe widersteht ihrem Impuls, ihre Freundin zu trösten. Zu einem erzürnten Skorpion hält man besser Abstand.

Als Margarethe und Leon versuchen, aus den abgeschnittenen Haaren eine Art Perücke für Rudy zu basteln, vergisst Seraina ihren Ärger und ist zur Stelle, als es darum geht, die «neue Frisur» auf dem Kopf ihres Allerliebsten zu montieren: «Ich versuche dich nicht allzu sehr zu verunstalten, Rudolfino», bemerkt sie entschuldigend, und er murrt: «Ich will gar nicht sehen, wie doof ich aussehe!» Das Prusten von Leon ist ihm Kommentar genug.

* * *

In dem Getümmel verlieren die Freunde jegliches Zeitgefühl, darum besteht Leon darauf, Striche in die Wand des Geheimgangs zu ritzen für jeden Tag, den sie im alten Rapperswil erlebt haben. Die Zeit und vor allem die Zeitrechnung ist sogar im doppelten Sinne ein Thema, weil die Rapperswiler den gregorianischen Kalender benutzten – anders als die protestantischen Zürcher.

Trompeten und Schalmeienklang bereits am Morgen früh irritieren die Bewohner des belagerten Rapperswils an einem besonders kalten Januartag, Plonk krächzt irritiert «Noojaaar!», und die Inkognito-Zürcher nehmen es verwundert zur Kenntnis. «Was geht ab?», rätselt Leon. «Ist ja noch groovig, so geweckt zu werden – mal was anderes als der Kanonendonner!» Seraina schlägt sich mit der flachen Hand an die Stirne: «Ich werd wahnsinnig, die singen doch tatsächlich Psalmen! Und sie springen wie wild umher und tanzen!» – «Würd mich nicht wundern, dass die herumhopsen, weil sie frieren», mutmasst Margarethe kopfschüttelnd, denn die Kälte an diesem Tag ist fast unerträglich. – «Wenigstens ruhen heute die Waffen», bemerkt Rudy lakonisch. Die verkappten Zürcher erfahren, dass <diese vermaledeyten Zürcher> am 11. Januar ihre Neujahrsfeier abhalten, im Heereslager, mit Musik und Predigten, was man in der belagerten Stadt gut hören kann. Stadtschreiber Dietrich gibt einen aktuellen Lagebericht: «*Sind aber von der Statt durch warme Kugeln ettliche bald erkhalltet und dem todten Dantz ein anfang, deem Springen aber ein endt gemacht worden!»* Leon grinst: «Totentanz in der Tat – der Kerl hat einen fiesen Humor!»

Die Tage plätschern dahin, und trotz ihrer bedrängten Lage stellt sich Ermüdung und Lethargie ein. An manchen Tagen wird die Stadt besonders heftig beschossen; Plonk verzieht sich dann jeweils verängstigt in einen geschützten Winkel im Geheimgang. Die Zürcher brechen Gebäude ab, die Wache wird neu organisiert, und allgegenwärtig ist die Sorge um die Versorgung mit Lebensmitteln, da die Mühle stillsteht, weil die Zürcher den Stadtbach abgeleitet haben. Hundert Mann wagen einen Ausfall, welcher offenbar keine Menschenleben auf Seiten der Rapperswiler fordert, jedoch auf Zürcher Seite Tote verursacht. Rudy rätselt: «Ist das nur Kriegspropaganda, oder kämpfen die Rapperswiler geschickter?»

Sie erfahren, dass die drei Länder Uri, Schwyz und Unterwalden auf dem Schloss Pfäffikon Kriegsrat halten und einen Angriff für den 16. Januar planen. Männer werden aus der Bürgerschaft und aus der Bauernschaft rekrutiert, und Margarethe muss ihren Leon bremsen, damit der sich nicht freiwillig meldet: «Untersteh' dich, hier dein Leben aufs Spiel zu setzen! Das ist nicht deine Aufgabe!»

Am 16. Januar kommt es zu grossen Kämpfen mit grossem Geschrei, und zwei Stunden dauert die Schlacht, wobei nur sechs Tote aus der Stadt zu beklagen sind, darunter Hauptmann Hans Caspar Leu aus Unterwalden. «Von einem Kanonenschuss getroffen wurde dein Namensvetter!», bemerkt Seraina und klopft Leon tröstend auf die Schulter. Margrethe küsst ihren Löwen und seufzt: «Ehrlich, ich bin froh, dass mein Leu hier bei mir ist und nicht auf dem Schlachtfeld liegt!»

Der Trommler kommt wieder in die Stadt und gibt die Anweisungen von Bürgermeister Waser und General Werdmüller weiter, die Rapperswiler sollen ihre Toten im Zürcher Lager abholen, und man wolle wegen der Gefangenen verhandeln. Die Toten werden beerdigt auf dem Friedhof der Stadt unterhalb der Kirche, und die vier Zürcher wohnen der Zeremonie mit einem mulmigen Gefühl im Bauch bei. «Ich hab die Nase voll von Beerdigungen», flüstert Seraina, die es offensichtlich schaudert. Rudy ist zu zerstreut, um sie in den Arm zu nehmen, und so übernimmt Leon diesen Part, was Margarethe ohne Eifersuchtsanwandlung zur Kenntnis nimmt.

Um die Versorgung der Stadt zu gewährleisten, wird die Brücke nach Hurden besonders geschützt, und beim Bau der Schanzen auf der Ostseite der Brücke helfen Männer und Frauen mit, wie der Stadtschreiber nachher bemerkt, *wie dann in wenig tagen durch emssiges arbeiten insbesonderheit junger Mann und Weybspersonen ein solch ansehnlich Werckh vollbracht, dass die Bruckh weit hinaus Schirm bekommen.»* Als er dies lobend äussert, fühlen sich Margarethe, Seraina und ihre Freunde durchaus angesprochen und geschmeichelt.

* * *

Die Schirmorte bringen ein Geschütz per Schiff in die Stadt, und von Mailand her kommen 200 Soldaten an, in Uri angeworben. Sie sollen während der Belagerung in der Stadt bleiben. Zwei Schatzmeister aus Mailand langen an, Sicherheitsanlagen werden verbessert.

«Wir sitzen hier fest, in der belagerten Stadt», stellt Leon sachlich fest. «Seit weiss nicht wie lange.» – «Seit exakt 13 Tagen», entgegnet Rudy wie aus der Pistole geschossen. «Wir zählen den 22. Januar.» Die Mädchen seufzen im Kollektiv. «Zwei Wochen!», jammert Margarethe. «Wir vergeuden unsere Zeit! Wir müssen raus hier!»

«Ein Wunder, hat noch niemand gemerkt, dass wir eigentlich Zürcher sind», gibt Seraina zu bedenken. «Pscht!», weisen sie die anderen drei zurecht, und Leon grunzt konsterniert: «Fehlte gerade noch, dass die das merken, dann knüpfen sie uns gleich am Halsturm auf.» Rudy nickt angesichts dieser wenig erbaulichen Perspektive: «Oder hauen uns doch noch die Köpfe ab.»

Seraina murrt: «Genügt schon, dass wir wieder unsere Haare opfern mussten!» – «Ist doch nix Neues, und die wachsen sowieso wieder nach», entgegnet Leon ungerührt. «Ich musste auch Federn lassen», fügt er hinzu und greift sich in seine dunkelblonde Mähne, die deutlich kürzer ist als üblich. – «Schadet dir nix, dein Vogelnest-Gestrüpp ab und zu mal zu stutzen», bemerkt Rudy schadenfroh. «Und ehrlich gesagt finde ich Kurzhaarfrisuren bei Frauen ganz attraktiv.» Die drei anderen starren den Nerd verblüfft an. «Ein Schönheitsstatement – von dir?», reagiert Seraina erstaunt. «Das machst du sonst nie – nicht mal bei mir!» Leon grinst: «Das ist das erste Mal, dass ich Rudy sagen höre, eine Frau sei attraktiv! Hatte mir bereits Sorgen gemacht diesbezüglich.» – «Bezüglich WAS?», hakt Rudy nach. – «Vergiss es!» – «Worauf spielst du an? Ich habe NIE behauptet, ich fände DICH attraktiv!» Leon lacht: «Jetzt bin ich aber gekränkt! Du Vollhonk, ich meinte, dir ist es normalerweise wurscht, wie 'ne Frau aussieht!» Besitzergreifend legt Rudy seiner Seraina den Arm um die Taille: «Ist es mir NICHT! Selber Vollhonk!»

Margarethe seufzt ungeduldig: «Habt ihr jetzt endlich ausgehonkt? Wir müssen aktiv etwas unternehmen!» – «Immer unsre Mäg, die Powerfrau!», bemerkt Leon anerkennend und zieht seine Freundin an sich. «Mit den kürzeren Haaren hast du sogar noch mehr Power!» Seraina nickt: «Mäggy hat Recht. Erstens ist der Belagerungszustand nicht wirklich angenehm», fängt sie an. – «Und zweitens sollten wir dringend unsern Auftrag ausführen», ermahnt sie Rudy. Jetzt ist es an Leon, zu seufzen: «Wenn wir nur wüssten, welchen Auftrag!»

Die Antwort lässt nicht lange auf sich warten, denn ein Trommler ruft die Bürgerschaft von Rapperswil zusammen auf dem Rathausplatz. «Höret, Bürger», verkündigt der Herold. «Ausgeschickt werden sollen vier junge Bürger, unter der Böllenmühle die zwei Scheunen in Brand zu setzen.» – «Wieso das denn?», flüstert Seraina verwundert. – «Verbessert werden soll die Sicht, wie ursprünglich beschlossen», fährt der Trommler fort. «Gesucht werden vier Freiwillige.»

Plonk krächzt ermutigend; die vier Freunde tauschen Blicke aus, dann hebt Rudy seine Hand: «Wir melden uns!» – «Heee!», protestiert Leon, aber Rudy schüttelt den Kopf, und Margarethe nickt: «Das ist unsere Aufgabe!», flüstert sie.

Bereitwillig wird das Angebot entgegengenommen, und die anderen Bürger sind offensichtlich froh, dass sie nicht selbst rekrutiert werden. Man instruiert die vier Freunde, was sie zu tun haben, gibt ihnen Verpflegung und Trinkbehälter mit, dann werden sie durch einen weiteren Geheimgang durch die Stadtmauer hinausgelassen, der ein Stück unter dem Boden verläuft. Feucht und kalt ist es in dem schmalen Gang, und Margarethe schaudert es, wo sie mit Platzangst zu kämpfen hat. Wie ist sie erleichtert, als sie einen Lichtschimmer erkennt! Leon hält seine Liebste an der Schulter zurück und geht selbst voran, dann zischt er: «Autsch!» Alarmiert eilt Margarethe zu ihm, und sieht, wie er sich sein Gesicht reibt und etwas von ‹verdammten Ästen› murmelt. Die beiden schieben Zweige beiseite, welche den Ausstieg tarnen, und kriechen hinaus. Seraina und Rudy folgen ihnen zaghaft.

«So, und was nun?», fragt Seraina, als sie alle aus dem Gang gekrochen sind. Leon zuckt mit den Achseln: «Aus finsterem Gang in die Höhle des Löwen.» – «Na prima!», seufzt Seraina. «Das hast du dir fein ausgedacht, Rudy! Hättest uns wenigstens fragen können!» Entschuldigend wedelt der Angesprochene mit seinen Armen: «Ja sorry, ich musste halt schnell reagieren, und es schien mir die beste Gelegenheit, aus der Stadt rauszukommen. Was hätten wir in Rappi auch ausrichten können? Ausserdem wollte Leo doch immer anpacken!» – «Recht hast du, im Übrigen gehen die Vorräte langsam, aber sicher zur Neige, und die Versorgung mit Nachschub ist prekär», pflichtet ihm Leon bei. Margarethe stellt sich neben Rudy, als wolle sie ihn gegen seine rabiate Freundin verteidigen: «Rudy hat Recht! Mein Gefühl sagt mir, dass genau diese Mission unser Auftrag ist!»

Ein Krächzen ertönt über ihnen wie eine Bestätigung, und erleichtert erblicken die vier Freunde ihren Rabenfreund Plonk. Wenn der Rabe dabei ist, fühlt sich Rabenherz bedeutend wohler in ihrer Haut.

«Also was steht jetzt auf dem Programm? Die Scheune abfackeln?», erkundigt sich Leon, aber die Frage ist rein rhetorisch. Den Ort haben sie rasch gefunden: die beiden Gebäude auf der Teuchelweiherwiese, wie sie ihnen beschrieben wurde. Das Problem stellt sich, wie sie unbemerkt an den Zürcher Truppen vorbeikommen.

Die Kriegsleute haben ihr Lager vor der Stadt errichtet, und überall stehen Zelte; Männer reden laut und kochen sich ihre Mahlzeit auf dem Lagerfeuer. «Was ist das für ein malendes Geräusch?», wundert sich Seraina. – «Vermutlich schleifen die ihre Schwerter», mutmasst Leon. Das Stampfen von Pferden, das Quietschen von Rädern und das Klappern von Kochkesseln zeugen davon, dass sie es mit einer grossen Anzahl von schwerbewaffneten Kämpfern zu tun haben. Nicht alle haben ihre Schutzpanzer abgelegt; viele halten Wache in voller Montur, bereit für einen Kampf, falls die Rapperswiler einen Ausfall planen. Die Rüstungen und Helme glitzern im letzten Abendlicht. «Die meisten haben Schusswaffen, aber schaut, manche kämpfen noch mit Hellebarden!», bemerkt Margarethe fasziniert. Die typisch schweizerische Waffe mit dem Spiess und darunter einer Art Axt mit Widerhaken ist sehr wirkungsvoll und sieht gefährlich aus. Trotz der bedrohlichen Situation scheint die Stimmung im Heereslager der Zürcher entspannt und ausgelassen, was sicher auch auf den Alkoholgenuss zurückzuführen ist. «Die saufen… Hat nicht dein Tagebuchschreiber erwähnt, die Weinernte sei letzten Herbst besonders gut ausgefallen?», kommentiert Seraina. Margarethe seufzt: «Wenn die sich volllaufen lassen, werden sie erst recht gefährlich!» – «Oder sorglos, unvorsichtig und ungeschickt», gibt Leon flüsternd zu bedenken. Rudy flucht leise vor sich hin: «Besoffen hin oder her, die haben überall Wachen. Hatte mir das einfacher vorgestellt.» – «Was denn – dachtest du, die halten sich die Augen zu wie beim Versteckspiel?», flachst Margarethe. «Damit wir vorbeihuschen können?» Leon grunzt: «*Lay low.*» – «Was verzapfst du da?», brummt Seraina. – «Unauffällig verhalten, abwarten, bis es dunkel wird.» Rudy grinst: «Ich dachte, deine Batterie sei leer, wegen <low>!» – «Bei DIR ist doch immer der Akku leer, wenn's draufankommt!», wirft Seraina ein, worauf Leon und Margarethe das Lachen unterdrücken müssen. Rudy errötet und flüstert: «Hört auf, herumzualbern!»

Plonk krächzt, und die fünf suchen sich einen Unterschlupf. Sie warten ab, in der Hoffnung, dass sich viele Männer nach Speis und Trank zum Schlafen hinlegen. Seufzend zieht Leon seine Mäg an sich: «Wir hatten schon viel zu lang keine Zweisamkeit mehr!» – «Soso!», macht Seraina und zieht bedeutungsvoll eine Augenbraue hoch. – «Was denn? Ich dachte, du pennst?», wundert sich Leon. – «Von wegen! Ich schiebe Wache! Rudolfino pennt!» – Verschlafen murmelt Rudy etwas, dann aber bemerkt er plötzlich hellwach: «Quatsch! Ich habe alles mitgekriegt! Auch das Gegurre der zwei Turteltäubchen gestern im Geheimgang, war ja nicht zu überhören!» In der Dunkelheit wird nicht ersichtlich, ob das angesprochene Paar errötet. «Von wegen, wir haben keine Gummis mehr, da läuft nix!», brummt Leon bedauernd. Rudy lacht leise: «Implantate haben halt etwas für sich!»

Und er küsst seine Raina auf den Mund. Jetzt kann es sich Margarethe nicht verkneifen, zu bemerken: «Aber den Lautstärkeregler habt auch ihr noch nicht im Griff!»

Leon unterdrückt ein Lachen, und Rudy grunzt verlegen: «Dunkler kann es nicht mehr werden!» Der Mondschein sorgt für mehr Licht, als den Geheimagenten lieb ist. «Rudy hat Recht, wir sollten los!», ermutigt Margarethe ihre Freunde.

Als sie sicher sind, dass niemand sie bemerkt hat, huschen sie nacheinander aus ihrem Versteck und peilen die beiden Scheunen an, die sie gemäss der Anweisung der Stadtherren in Brand setzen sollten. «Da ist die eine, aber wie sollen wir die anzünden?», rätselt Margarethe. – «Da sind doch überall Lagerfeuer», bemerkt Leon. «Am Besten, wir holen uns mit einer Fackel an einer Feuerstelle Zündstoff.» Seraina gibt einen Laut des Zweifels von sich: «Ha! Willst du einfach dort hinlatschen und fragen: Haste mal Feuer?» Leons Retourkutsche kommt wie aus der Pistole geschossen: «Rai-Schätzchen, du kannst gerne hüftwackelnd zu den Kriegern scharwenzeln und säuseln: *Come on baby, light my fire!* Deine Erfolgschancen sind sicher massiv grösser als meine!» Rudy schüttelt heftig seinen Kopf: «Kommt gar nicht in Frage!» Margarethe seufzt: «Leon, musst ausgerechnet du wieder den Helden markieren?» – «Liebling, hab ich denn eine Wahl?», entgegnet er resigniert und versucht dann, unbemerkt zu einer Kochstelle zu gelangen. Die Krieger sind damit beschäftigt, zu trinken; manche lallen schon. «Pass bitte auf, Liebster!», zischt Margarethe und sieht ihrem Freund mit angstvollen Augen hinterher. Rudy versucht, das aufgebrachte Mädchen zu beruhigen «Leo hat das im Griff, Mäggy!» Seraina streichelt den Arm ihrer Freundin: «Leo ist der Superheld, der schafft das!», ermutigt sie Margarethe. Dies irritiert Rudy, welcher sich verteidigt: «Okee, tut mir ja leid, dass ich kein Superheld bin!» Seraina lacht leise: «Ist mir ehrlich gesagt lieber, dann muss ich nicht solche Angst um dich haben!» – «Danke vielmals!», erwidert Margarethe und folgt mit dem Blick ihrem Freund. Plonk schreitet zu ihr; er hatte auf einem Baum Wache geschoben und sich nun zu seiner Ziehmutter und ihren Gefährten gesellt.

Unendlich lang erscheint Margarethe die Warterei, bis Leon endlich wieder auftaucht. Wie ein Schatten huscht er durch die Dunkelheit, einzig erkennbar am Glimmen seiner Fackel. Misstrauisch beäugt Rudy das glimmende Holz, als Leon wieder bei der Gruppe angelangt ist. «Und damit willst du die Scheune anzünden? Echt jetzt, Leo?» – «Bleib locker, Mann», gibt Leon zurück. «Mit einer lodernden Fackel hätten sie mich dänk erwischt.» – «Und wie willst du jetzt Feuer hinkriegen?» Wie aus der Pistole geschossen, flüstern beide Mädchen: «Mit Blasen!» Die jungen Männer halten inne, dann prusten beide los, und auch Margarethe und Seraina müssen lachen. Leon wischt sich eine Lachträne aus dem rechten Auge. «Ich behaupte jetzt nicht, ihr seid darin Spezialistinnen, sonst heisst's wieder, ich sei unverschämt!», frotzelt er. «Oder weiss unser Cyborg mehr?» Rudy winkt verärgert ab: «Ruhe, ihr Deppen, sonst fallen wir noch auf!»

Sachte und langsam bewegen sie sich vorwärts, in Richtung der beiden baufälligen Scheunen, welche sie in Brand setzen sollen. Zum Glück scheinen die Gebäude gänzlich unbewacht zu sein. «Was nun?», flüstert Seraina. – «Wir brauchen Brennstoff», drängt Margarethe. «Lass uns drinnen nachsehen, ob es Stroh hat.» – «Gute Idee, Mäggy!», lobt Rudy und löst den Riegel, der die Scheunentüre verschliesst. Das Quietschen lässt die vier zusammenzucken. «Ich steh Schmiere!», erklärt Leon und ist darauf bedacht, mittels Blasen das Glimmen an seiner Fackel am Leben zu erhalten. – «Blas tüchtig, Leo, damit der Stängel Feuer fängt!», kann es sich Seraina nicht verkneifen. Margarethe kichert: «Das klingt wieder pervers!» – «Was denn, stimmt doch und war allenfalls zweideutig!», entgegnet ihre Freundin achselzuckend. – «Scht! Hört auf zu plappern!», zischt Rudy, der im

Inneren der Scheune versucht, Stroh zu finden. Ein schwaches Licht erhellt den Boden. «Ein Wunder, hast du noch Strom auf deinem Smartiefon!», stellt Margarethe verwundert fest. – «Das ist eine Taschenlampe», erklärt er. «Ganz altmodisch! Aber die Batterie hält länger als mein Akku!» Margarethe grinst: «Wusste gar nicht, dass du noch so altmodisches Zeug mit dir führst!»

Plötzlich vernehmen die drei in der Scheune laute Rufe, die von draussen hereindringen. Erschrocken suchen sie Zuflucht in den Winkeln des Schopfes, als mit lautem Knarren die Türe aufgerissen wird. Mehrere raubeinige Männer stürmen herein, und ein Ächzen lässt Margarethe aufhorchen, denn die Stimme klingt allzu vertraut. Tatsächlich ist Leon dabei, aber er wird unsanft in die Scheune bugsiert; im schummrigen Licht, das eine Laterne wirft, die einer der Männer trägt, erkennt sie, wie ihr Freund in Bedrängnis ist: Jemand hält ihn am Haarschopf, und seine Hände scheinen auf den Rücken gefesselt zu sein. Er sträubt sich und versucht, nach seinen Häschern zu treten, dies allerdings erfolglos. Margarethe weiss nicht, was sie tun soll. Ihr erster Impuls ist, hervorzutreten und sich zu stellen, aber sie weiss auch, dass ihr wenig Erfolg beschieden sein wird, wenn sie versucht, sich herauszureden. Leon wird sie nicht helfen können, da er in flagranti mit einer glimmenden Fackel in der Hand vor dem Holzbau erwischt wurde.

«Der Frevler werden mehrere sein!», tut einer der Männer lautstark seine Vermutung kund. «Suchet in allen Winkeln!» Gesagt, getan. Ein verräterisches Niesen aus einer finsteren Ecke lässt die woanders versteckte Margarethe zusammenzucken, und sie weiss, was nun kommt: Nach kurzer Zeit ist Rudy entdeckt, und auch Seraina, die in seiner Nähe verborgen war, wird unsanft aus ihrem Versteck geschleift. Zu Margarethes Erstaunen geben die Kriegsleute die Suche nach weiteren Verborgenen auf und lassen sie unbehelligt in ihrer staubigen Nische. Unter lautem Gezeter und Protestgeheul werden Seraina und Rudy abgeführt, zusammen mit Leon, und alle verlassen die Scheune. Die letzte Gefährtin auf freiem Fusse hört, wie der Riegel vorgeschoben wird. «O nein!», denkt sie verzweifelt. «Ich sitze fest!»

Die Schreie entfernen sich immer weiter von ihrem Gefängnis, und ihre Verzweiflung steigt. Sie getraut sich erst nach einer Viertelstunde aus ihrem Versteck hervor und rüttelt dann an der Türe, wohlbedacht, keinen Lärm zu veranstalten. Der Riegel sitzt fest.

Endlos lange erscheint es der Gefangenen, bis sie ein Scharren und Kratzen vernimmt, direkt an der Türe. «Plonk!», vermutet sie und flüstert: «Mein lieber Rabe, du hast mich gefunden!» Ein vertrautes Gurren antwortet ihr, und sie fasst neuen Mut.

15
Ein peinliches Verhör

Die drei Überrumpelten sind ausser sich vor Verzweiflung und Ratlosigkeit. Hoffnungslos scheint ihre Situation, wie auch die Meldung des Anführers ihrer Häscher verrät: «Auf frischer Tat ertappt haben wir diese Übeltäter, die mit einer feurigen Fackel in der Scheune ihr Unwesen trieben!», erklärt er seinem Vorgesetzten. Der Offizier, der es sich vor seinem Zelt gemütlich gemacht hat mit einer schmauchenden Pfeife, betrachtet die drei Gefangenen mit mildem Interesse. Er trägt eine graugelockte Perücke, doch den Gefangenen ist nicht zum Lachen zumute. Allen dreien wurden die Hände auf den Rücken gefesselt mit starken Seilen, und die Knoten scheinen fest zu sitzen. Ausserdem werden Rudy, Seraina und Leon jeweils von einem Krieger, der auch das Ende des jeweiligen Seiles in der Hand hält, an der Schulter festgehalten. Sie haben keine Möglichkeit, sich untereinander zu unterhalten, ohne dass mitgehört wird. Angst und Verzweiflung spiegelt sich in ihren Augen, als sie einander Blicke schicken. Seraina ist voller Furcht, dass entdeckt wird, dass sie kein Junge ist, sondern eine junge Frau. Was Männer mit einer Gefangenen anstellen, möchte sie sich gar nicht ausmalen – besonders Kriegsleute, die lange keine Gelegenheit hatten, mit einer Frau zusammen zu sein. Aber auch das Schicksal für Jungen oder Männer, die Unfug treiben, ist keineswegs erstrebenswert. Die Gefangenen werden unsanft geschubst, und ein Kreis von Bewaffneten schliesst sich um sie. Der Offizier betrachtet sie ungerührt. Nach endlos scheinender Zeit spricht er sie an: «So so, ihr seid also die Übeltäter, die Brand stiften wollten?» Leon windet sich und keucht: «Nein, so ist es nicht, wir wollten kein Unheil anrichten!» Dreckiges Lachen antwortet ihm. «Von wegen! Mit einer Fackel stand er da!», berichtet der Mann, der ihn festhält. «Die Scheun anzünden wollte er!» Rudy meldet sich ächzend zu Wort, weil ihn das Seil, das ihm um den Hals gelegt wurde, unangenehm würgt: «W-wir h-haben… keuch! …einen Spezial… auftrag.» Erneutes Gelächter, dann fragt der Vorgesetzte nach: «Und wie lautet dieser obskure Auftrag? Unser Lager in Brand setzen, auf Geheiss derer von Rapperswil?» Seraina muss sich beherrschen, nichts zu erwidern, weil sie Angst hat, ihr Geschlecht zu verraten, und sie ist froh, dass ihr Haar in die Stirne fällt und ihr Gesicht teilweise verdeckt. So fällt auch ihr fehlender Bartwuchs nicht auf. Stattdessen spricht Leon, der kein Seil um den Hals hat und frei reden kann – dafür prangt eine hässliche Beule auf seiner Stirne, und ihm ist schwindlig. «Einen Geheimauftrag haben wir gefasst, und wir sind Zürcher, wirklich!» Lautes Gelächter antwortet ihm, so dass er sich am liebsten beide Ohren zuhalten möchte, was er mit gefesselten Händen allerdings nicht vermag.

* * *

Als es wieder ruhig geworden ist um die Scheune, hat sich Plonk dem Gebäude genähert. Er hat sich Margarethe mit Scharren und Kratzen zu erkennen gegeben – zu krächzen hat er nicht gewagt, um sich und seine Adoptivmutter nicht zu verraten. Nun beäugt er im Mondschein die verriegelte Tür: Ein grob geschmiedeter Schwenkriegel verschliesst die Schuppentür von aussen. Zu Plonks Glück besitzt der Riegel oben eine Art Griff. Schnell hat Plonk verstanden, dass man daran ziehen muss, um den Riegel nach links zu schwenken. Der Riegel ist beim <Gelenk> mit dem linken Türflügel verbunden und steckt rechts mit seiner Spitze, die im rechten Winkel zum Griff abzweigt und zum Boden hin zeigt, in einem runden Metallteil, das wiederum mit dem rechten Türflügel verbunden ist.

Plonk versucht flatternd, an den Griff des Riegels zu gelangen. Das ist äussert schwierig, weil seine Flügel Platz brauchen – ein Flugmanöver quasi an einer Scheunentür entlang ist fast aussichtslos. Nach ein paar Versuchen gibt er sich geschlagen – zumindest, was diese Herangehensweise anbelangt. Doch Plonk wäre nicht Plonk, wenn in seinem schlauen Rabenhirn nicht schon eine Alternative gären würde. So macht er sich auf die Suche nach einem passenden Ast. Als er einen gefunden hat, nimmt er ihn in beide Fänge, und zwar längs zur Flugrichtung, als würde er einen Mini-Rammbock tragen. Damit erreicht er die verschlossene Tür und hakt den vorderen Teil des Astes in den Griff des Riegels. Im Rüttelflug an Ort übt er geduldig, bis er es geschafft hat, den Ast einzufädeln und den Griff hochzuheben. Nun muss er diesen Bewegungsablauf noch dahingehend optimieren, damit der Riegel ganz nach links schwenkt und die Tür freigibt. Nach ein paar Versuchen ist auch das geschafft. Ein metallischer Klang verrät Margarethe, dass sie nun frei ist.

Erleichtert tritt Margarethe aus der Scheune und beugt sich hinunter zu Plonk, welcher freudig auf ihre Schulter hüpft. «Braver Plonk, mein Retter, du Treuer!», lobt sie ihn, und er gurrt glücklich. «Jetzt müssen wir die anderen finden.» Der Rabe neigt seinen Kopf und krächzt: «Dorrt, dorrt!» – «Was meinst du? In diese Richtung?», fragt Margarethe und deutet in die Dunkelheit. Plonk scheint zu nicken: «Rrru, Rrrai, Leo, dorrt!»

Vorsichtig und leise, um keine Aufmerksamkeit zu erregen, macht sich Margarethe auf den Weg, den ihr Plonk gewiesen hat. Solange er schweigt, geht sie weiter, ängstlich darauf bedacht, sich ohne Stolpern im Dunkeln zurechtzufinden. Sie huscht vorbei an einem endlos ausgedehnten Zeltlager, in welchem grosser Lärm herrscht. Jedoch scheinen die Männer weitgehend betrunken zu sein, und nur einmal wankt ein Schatten in ihrer Nähe vorbei, so dass sie erschrocken zurückweicht. Als sie einen grossen Bogen macht, um an dem Lager vorbeizukommen, protestiert Plonk leise: «Niht hiie! Dorrt!» Seine Ziehmutter nickt: «Ja, ja! Ich muss doch weit genug an den Zelten vorbeigehen.» Wie eine Ewigkeit scheint ihr der Weg, und sie wundert sich, wo die Häscher ihre Freunde hingebracht haben.

Auf einmal vernimmt sie Stimmen und schleicht näher. Eine Gruppe Menschen steht vor einer Scheune, welche auf einer Seite gesäumt ist von Zelten, und es scheint, als wäre ein Teil der Männer im Begriff, in Richtung Lager aufzubrechen. Margarethe nähert sich in einem weiten Bogen und erkennt, dass auf der dem Lager abgewandten Seite in regelmässigen Abständen Wachen aufgestellt sind.

Schweigend verharrt sie, und auch Plonk verhält sich mucksmäuschenstill. Weil die Wachen Lampen tragen, robbt sie sich langsam auf allen Vieren an die Scheune heran, in der Hoffnung, dass das Augenmerk der Aufpasser nicht auf den Boden gerichtet ist. «Puh, ist das anstrengend!», denkt sie und versucht, keinen Laut von sich zu geben, auch wenn sie bereits ausser Atem ist. Nun ist sie direkt neben der Scheune und sucht nach einer Öffnung oder wenigstens nach einem Astloch, durch welches sie die Gefangenen sehen kann. Durch eine Ritze erkennt sie, wie im Inneren ein kleines Licht flackert – offenbar hat man den Beklagenswerten immerhin eine Fackel oder Laterne dagelassen.

Die erste Stimme, die sie vernimmt, lässt ihr Herz schneller schlagen: Leon stöhnt vernehmlich. «Oooooh Mann, was für ein Schlamassel! Ich fass' es einfach nicht!» – «Wir haben wirklich immer Pech!», jammert Rudy, und Seraina ächzt: «Aber sowas von! Nur gut, dass Mäggy nicht entdeckt wurde!» – «Hoffen wir es!», seufzt Rudy. «Wir wissen ja nicht, ob die Kerle nicht weitergesucht haben, nachdem sie uns erwischt haben.» Leon schnaubt: «Hör auf zu unken! Meine Mäg, die haut uns raus! Und Plonk ist schliesslich auch noch da!»

Leons Worte erfüllen das Mädchen vor der Scheune mit Zuversicht, und sie sieht das ihr zugewandte Auge ihres Raben funkeln im Widerschein der schwachen Lampe des nahen Wachmannes. «Wenn die nur nicht zu viel von mir erwarten!», denkt sie zweifelnd. Wie soll sie es allein schaffen, ihre Freunde zu befreien?

Sie rückt näher an die Holzwand und versucht, durch die Ritze etwas zu erkennen. Drei Schatten kauern oder sitzen am Boden. Sie bewegen sich kaum, und Margarethe fragt sich, ob es an den Fesseln liegt. Als hätte er ihre Gedanken gelesen, spricht Leon: «Blöd, dass die Fackel so weit weg ist; keine Chance, sie zu erreichen! Sonst könnten wir unsre Fesseln durchbrennen!» – «Und dann brennst du mit meiner Raina durch und überlässt mich den Zürchern!», unkt Rudy. «Das könnte dir so passen!» Leon grunzt: «Was denkst du eigentlich von mir!» – «Ich denke, solange wir unseren Galgenhumor nicht verlieren, besteht noch Hoffnung!», äussert Serainas Stimme, «Aber diese verdammten Fesseln schneiden mir in die Handgelenke, das tut saumässig weh!» – Rudy keucht: «Meine Perücke ist verrutscht. Gut ist es hier so schummrig, so fällt das vermutlich nicht auf. Und mich würgt das Seil, das sie mir um den Hals gelegt haben. Voll fies! Wenn ich versuche, eine Hand loszukriegen, zieht es die Schlinge noch enger.» – «Wenn ich dir nur helfen könnte, ich komme aber nicht nahe genug an dich ran», klagt Seraina. «Die haben das Ende meines Seils an eine Planke gebunden.» Leon reisst an seinen Fesseln und brüllt wie ein Raubtier, ganz der frustrierte Löwe. – «Hör auf zu brüllen, Leo! Du bist voll *cringe*!», schilt ihn Rudy. – «Scheiss auf *cringe*! Ich bin sowas von sauer! Ausserdem hab ich Kopfschmerzen!» – «Manchmal hilft es, herumzubrüllen», wirft Seraina ein. «Das setzt Energie frei, und das gibt Kraft. Vielleicht kann Leo damit seine Fesseln sprengen!» Rudy grunzt und klingt nicht überzeugt. «Wenn doch nur unsere Entfesslungskünstlerin hier wäre!», seufzt Seraina. Leon schüttelt seinen Kopf: «Besser nicht! Mäg kann uns eher helfen, wenn sie selber nicht gefangen ist.»

Die Genannte will gerade versuchen, die Wache vor dem Gefängnis abzulenken, damit Plonk die Häftlinge befreien kann, da bemerkt sie, dass der Offizier, der ihre drei Freunde gefangen genommen hat, sich zusammen mit einem Söldner nähert und dann eintritt. Die beiden tragen seltsame Instrumente bei sich, zudem trottet ein Tier neben ihnen her. Margarethe schwant nichts Gutes.

Wieder robbt Margarethe zum Astloch, um in den behelfsmässigen Kerker hineinzuschauen. Plonk schmiegt sich an seine Ziehmutter, allzeit bereit, einen Stunt zur Rettung der Gefangenen zu wagen.

Margarethe hört, wie der Offizier etwas von einem <peinlichen Verhör> spricht, das er durchzuführen gedenkt. Sie schluckt leer.

Der Offizier schaut in Leons trotzige Augen, mustert dann Rudys gequält-neugierigen Blick und bleibt schliesslich an Serainas bleichem Antlitz haften. «Den da, den Jungen. Den knacken wir am schnellsten. Der ist jetzt schon halb ohnmächtig», erklärt er einem grinsenden Söldner, der sich schon sadistisch auf seinen Einsatz als Folterknecht freut. Er beugt sich zu Seraina und zieht ihr die Schuhe aus, was etwas mühsam ist, weil ihre Fussgelenke straff zusammengebunden sind. Dann streift er ihr die Socken von dem Füssen. Serainas Augen weiten sich vor Schreck, als er ihre Füsse an zwei kleine Holzpflöcke fesselt, die er kurz zuvor in die Erde versenkt hat, so dass Serainas Füsse nun am Boden festgenagelt sind.

Fies grinsend taucht er ein Tuch in einen Bottich und tut so, als wasche er Seraina damit die Füsse. Das ist ihr äusserst unangenehm, doch sie schafft es, das Kitzeln auszuhalten, ohne zu lachen. Die Prozedur ist zudem schnell vorbei. Doch es ist nur die Vorbereitung für die eigentliche Folter, denn jetzt wird das Tier losgebunden. Es ist ein Ziegenbock, der sich gierig auf Serainas Füsse stürzt, weil der Folterknecht diese mit Salzwasser bestrichen hat – Ziegen lieben Salz über alles. Die raue Ziegenzunge fährt über Serainas Fusssohlen, und das kitzelt dermassen, dass das Mädchen quiekt wie ein Ferkel. Die beobachtende Margarethe wusste gar nicht, dass ihre Freundin auch so laut quieken kann, aber die Belustigung wird von Sorge überlagert.

Rudy und Leon protestieren energisch, doch die Folterer lachen nur dreckig. Da kommt es Leon in den Sinn: Er kann ja mit Tieren sprechen! So versucht er, den Fokus des Ziegenbocks auf den Bottich zu lenken. «Was mühst du dich mit dem bisschen Salz ab, hinter dir im Bottich ist mehr als du trinken kannst!», versucht er den Bock zu überzeugen, und siehe da, dieser stoppt das Lecken und dreht sich um. Seraina atmet erleichtert auf und keucht erschöpft.

Der Offizier befiehlt dem Söldner, den Ziegenbock wieder <zur Arbeit> zu zwingen. Doch der Bock reagiert aggressiv auf die Bemühungen des Söldners, ihm vom Bottich fernzuhalten. Mit seinen langen Hörnern knufft er ihn in ein Körperteil, wo es besonders weh tut. Und als Nächstes geht er auf den Offizier los. In diesem Moment tritt die Wache in den Raum, um den beiden Männern zu Hilfe zu eilen, doch auch dieser Mann wird vom wütenden Ziegenbock angerempelt.

* * *

Margarethe erkennt ihre Chance und flüstert Plonk zu: «Befreie die Gefangenen, ich zünde die zwei Scheunen an! Führe meine Freunde danach zurück zum Geheimgang, wo wir unseren Auftrag begonnen haben.» So fliegt Plonk ins <Gefängnis> hinein, um zuerst dem Ziegenbock beim Verprügeln der drei Männer zu helfen. Doch dies ist nicht nötig, denn der Bock hat einen dermassen harten gehörnten Schädel, dass er jeden der drei Männer mit je zwei Schlägen bewusstlos prügelt: Der erste Schlag in die Beine oder Weichteile befördert den Gegner jeweils zu Boden, der zweite Schlag gegen den Kopf macht sie ohnmächtig. Draussen scheint niemand Notiz vom Geschehen im <Gefängnis> zu nehmen. Plonk hopst daher sofort zu den Häftlingen, um ihre Fesseln durchzupicken. Derweil labt sich der Bock seelenruhig am Salzwasser im Bottich.

Als sich Margarethe unbeobachtet fühlt, schnappt sie sich die Fackel, die vor dem Gefängnis im Boden steckt, und rennt damit zurück zu den zwei Scheunen, die es zu zerstören gilt. Ein paar Minuten später brennen beide Gebäude lichterloh. Schnell hastet sie zum vereinbarten Treffpunkt.

* * *

Nachdem Plonk Leons Fesseln mit dem Schnabel durchgehackt hatte, macht sich dieser gleich daran, zuerst Seraina und dann Rudy zu befreien. Dann beeilen sie sich zum Treffpunkt, wo Margarethe auf sie wartet. Die vier Freunde und Plonk sind wieder vereint. Zudem haben sie einen neuen Verbündeten: Der Ziegenbock hat sich ihnen angeschlossen. Schnell kriechen die vier Menschen und zwei Tiere zurück in den Geheimgang und verschliessen ihn von innen. Im Schein von Rudys Taschenlampe beeilen sie sich, so gut es im nicht so gross bemessenen Tunnel geht, zurück zur Stadt Rapperswil zu gelangen. Sie hatten erst Mühe, den Eingang zu finden, aber Rudys Orientierungssinn ist auch ohne digitale Unterstützung unfehlbar. Margarethe geht als Erste, dann folgt Seraina, schliesslich Leon und dann Rudy, der allen leuchtet, so gut es geht. Hinter Rudy trottet der Ziegenbock mit Plonk auf dem Rücken.

«War's schlimm, die Tortur?», fragt Leon mitfühlend. Seraina verzieht das Gesicht und schweigt, da meint Margarethe grinsend: «Die steht auf sowas! Und es hat ja nicht weh getan.» Da erhält die Vorlaute einen Knuff von hinten. Seraina kontert: «Wenn wir zuhause sind, stellen wir das mal mit dir nach, Mäg! Wie sagte der Hexer Pandemios immer: *at your service*!» – Margarethe schluckt leer, und Leon lacht laut auf. – «Ruhe jetzt!», stöhnt Rudy mahnend. «Wenn wir wieder in unserer eigenen Zeit sind, können wir uns ausgiebig gegenseitig foltern, aber jetzt müssen wir schauen, dass wir schleunigst hier rauskommen. Dieser Tunnel ist schlecht befestigt, der könnte jederzeit einstürzen und uns lebendig begraben!»

* * *

Als die Freiwilligen schmutzig aus dem Geheimgang kriechen, werden sie mit Speerspitzen begrüsst, die auf sie gerichtet sind. Als die Wachen sich vergewissert haben, dass es sich bei den Eindringlingen um die ‹Geheimagenten› handelt, lassen sie diese passieren und mustern den Ziegenbock argwöhnisch. Doch ein Tier mehr zum Schlachten scheint den Belagerten willkommen. Dann beglückwünschen sie die ‹Agenten› zur erfolgreichen Mission. Die vier Freunde sind mehr als erleichtert, wieder in Sicherheit zu sein. Sie werden sogleich zum Rathaus gebracht, um Rapport abzulegen, und sie sind froh, sich in dem glücklicherweise nicht zerstörten Amtsgebäude aufwärmen zu können.

Unter grossem Lob werden sie mit warmer Suppe und Wein bewirtet, und sie speisen erleichtert im Rathaussaal.

* * *

Die Belagerung ist noch nicht zu Ende mit der Mission vom 22. Januar 1656. Besorgt beobachten die Rapperswiler, wie der Feind um die ganze Stadt herum Laufgräben anlegt. In der Nacht wird daran gearbeitet, und das erklärt auch die erhöhte Aktivität im feindlichen Heereslager, welche die vier Freunde erlebt haben, als sie im Schutze der Nacht die Scheunen anzünden wollten. Erschöpft von ihrem nächtlichen Ausflug, schlafen die vier Agenten tief; man hat ihnen im warmen Rathaus ein Lager angeboten. Erst am Mittag des 23. Januars 1656 erwachen sie und bekommen mit, was sich unterdessen ereignet hat: Eine Schar Rapperswiler Soldaten ist über den gefrorenen See auf die Insel Ufenau gelangt, um Heu zu holen. Die Zürcher konnten den Heutransport nicht verhindern, und dabei wurde ein kleiner Junge schwer verletzt von einem Falkonet-Schuss. Die folgenden Nächte ist der Feind emsig am Werk und erstellt Geschützstellungen, aus welchen dann gegen die Stadt geschossen wird, ebenfalls aus Mörsern, Feuergranaten und Kanonen, deren Kugeln bis zu 90 Pfund wiegen und als <Kisselstein> bezeichnet werden. Erstaunlicherweise wird während der ganzen Belagerung nur ein einziger Mann tödlich getroffen, in der Nähe der Schmiedstube. Häuser werden beschädigt, Dächer durchsiebt und der Halsturm wie ein Käse durchlöchert von 23 Kartaunen-Schüssen. Der Stadtschreiber wundert sich, dass *«niemandt verletzt noch getroffen worden, welches höchst zu verwundern, in demme über 200 Personen hin und wider uf dem Platz gestanden und diesser Stein ohne Schaden durchgangen»*, als ein 10-Kilo-

Brocken an einem Fensterpfosten eines Eckhauses am Hauptplatz abbprallt.

In der Stadt ist man nicht untätig und arbeitet an Verstärkungen und Palisaden, beschafft Brennholz. Das Kloster Einsiedeln, der Ort Schwyz und der Hof Pfäffikon helfen dabei freigiebig. Wasser wird in grossen Kesseln bereitgehalten, um die Brände zu löschen, welche die Granaten verursachen.

Die Bedrängnis ist gross, und die Stadtregierung von Rapperswil diskutiert, wie man sich gegenüber dem kriegerischen Zürcher Heer verhalten soll. Unterdessen sind die vier jungen Zürcher in Rapperswil zu Vertrauenspersonen aufgestiegen, nicht zuletzt dank ihrer Freundschaft zum Stadtschreiber Dietrich. So dürfen sie bei den Besprechungen des Bürgermeisters mit dem General und den anderen Magistraten im Rathaus dabei sein, was die vier Freunde schätzen, «nicht zuletzt, weil es kuschelig warm ist im Ratssaal», wie es Leon praktisch betrachtet. Man ist hin- und hergerissen, wie sich die Stadt Rapperswil halten und verhalten soll. Der General argumentiert, die Alten Orte würden die Stadt retten, während der Bürgermeister um die innerhalb der bröckelnden Mauern verbleibende Bevölkerung bangt. «Durchhalten!», rät Rudy den versammelten Stadtherren. – «Die Stadt wird nicht besiegt werden!», weiss Margarethe aus ihren Geschichtsquellen. Plonk, der auf dem Fenstersims der Besprechung beiwohnt, krächzt, als wolle er dies bestätigen, und der Stadtschreiber spricht: «Höret auf die jungen Leut, denn die göttliche Vorsehung spricht aus ihnen!»

* * *

Eine Freudenbotschaft bringt der Sieg der 4000 Luzerner gegen die Berner Kriegsmacht bei Villmergen: 14'000 Mann wurden besiegt! Dabei gab es 2000 Tote, viele Gefangene, *«und die übrigen mit spöttlicher Flucht ihr Heil suchen müossen»*, wie der Stadtschreiber den vier jungen Zürchern erzählt, die er ins Herz geschlossen hat, weil sie so interessiert an seiner Berichterstattung sind. Die Schwächung der Zürcher ermutigt die Rapperswiler, welche ihrerseits mit grossem Geschütz auf die Zürcher schiessen. Dieses Ereignis macht den bedrängten Rapperswilern wieder Mut.

Mit 72 Schüssen wird die Sternenmauer getroffen, am 27. Januar, was Seraina als seltsamen Zufall wertet: «Die reinste Zahlenmagie!» Die Laufgräben der Zürcher rücken näher an die Stadt, allerdings werden die Grabenden beschossen. Im Haus zur Linde schlägt am Abend eine ‹Feuerkugel› ein und überrascht ein Ehepaar im Bett. Dabei überlebt es die Frau, die ohnehin schon bettlägrig war, nicht, während der Mann unverletzt bleibt. Dietrich hält das Ereignis in seinen Aufzeichnungen fest: *«Da doch das Hauss biss auf denn undem Stubenboden allerdings zerschmettert, die Rigelwandt von dem Gewallt des bulfers über den Bach geworfen und alle Ziegel in die Lüfft gesprengt.»* In der Herrengasse floss der Stadtbach noch offen, der später in den Untergrund verbannt wurde.

Rudy zählt jeweils mit, und es werden Wetten abgeschlossen, wie viele Schüsse gefallen sind. Am 29. Januar werden 83 Schüsse gezählt «Allerdings entstehen nur Dachschäden», wie Seraina lakonisch bemerkt.

Der Beschuss am 1. Februar ist so stark, dass Dietrich bemerkt: *«Durch disses so ernstlich und graussame Schiessen vermeinte der Feindt die Uebergab zu bewegen; hat aber anderss nichts erhallten als starckhen widerstandt, und dass im ussen theil der Statt, Halss genannt, vast wenig mehr wohnen könnten und in das Innere sich begeben theten.»* Während des heftigen Kanonendonners ruft Leon plötzlich verblüfft: «Das ist doch Rais Freund!» Die Mädchen und Rudy wenden ihre Köpfe und sehen den Ziegenbock, welcher Serainas Füsse geleckt hatte, vorbeirennen. Das völlig verängstigte Tier galoppiert durch die Gassen. Leon ruft ihm etwas zu, und der Bock bleibt stehen. Ein Knall, gefolgt von einem Pfeifen, das von einer Kanonenkugel stammt, bringt die Menschen dazu, sich zu ducken, und die Kugel landet direkt vor dem Ziegenbock. Dieser ist starr vor Schreck, aber unverletzt. Seraina atmet auf und geht zu ihrem <Retter>, um ihn zu beruhigen, aber das Tier rennt panisch davon. «Der Arme!», bedauert ihn das Mädchen.

Bei der Ratsbesprechung am 2. Februar ist die Stadtregierung nahe daran, sich zu ergeben. Man hofft auf Hilfe der Alten Orte, aber die sind immer noch nicht eingetroffen. Dietrich äussert sich spöttisch über die Zürcher Schützen, worin ihn Leon und Rudy unterstützen. «Die sind so besoffen, die können ja gar nicht mehr zielen!», witzelt Leon und bringt sogar den besorgten Bürgermeister zum Lachen. Man fürchtet einen Grossangriff, aber Rudy insistiert, dass die Stadt nicht resignieren soll: «Unsere Frauen besitzen die Gabe der Vorsehung, und sie wissen, dass die Stadt nicht untergehen wird!» Seraina und Margarethe nicken feierlich, wohl wissend, dass ihren vermeintlichen hellseherischen Kräften mehr Gewicht zukommt, wenn sie möglichst wenig sprechen und ihren überzeugungskräftigen Freunden das Wort überlassen. Unterdessen haben nämlich zumindest die Herren aus der Stadtregierung begriffen, dass es sich bei den beiden vermeintlichen jungen Männern um Frauen handelt, und sie nehmen es überrascht, aber gelassen zur Kenntnis. Rudy drängt: «Ihr habt die Wahl zwischen Sieg und Untergang, und wir raten euch, die richtige Wahl zu treffen!» Diese Worte überzeugen die Stadtherren, durchzuhalten.

* * *

Der Grossangriff durch die Zürcher Truppen findet am 3. Februar 1656 statt und entscheidet die Auseinandersetzung: Der Beschuss ist heftig, Sturm wird geblasen mit Trompeten und Trommeln. Wieder wird der Halsturm beschossen und andere herausragende Gebäude. «Verletztet ist der arme Engel!», jammert eine Frau, als die Säule des Engelplatzbrunnens beschädigt wird. Grosses Geschrei entsteht, als eine Kugel, die in der Schmiedgasse eingeschlagen hat, gewogen wird: «122 Pfund wiegt die Kugel!», ruft ein kleiner Junge völlig fasziniert und rennt in der Stadt umher, um zu berichten, wie man elf Pfund Pulver aus dem Geschoss entnehmen konnte. Fast kommt es zu einer Prügelei, als ein anderer Knabe dem eine 93-pfündige Kugel entgegenhält, deren Einschlag er gesehen hat, und steif und fest behauptet, die sei schwerer als die andere, und ein dritter Bub eilt hinzu: «Das ist noch gar nichts gegen den Stein beim Ochsen, der hat die Form einer Melone!» – «Du Schnuddergoof weisst doch gar nicht, was eine Melone ist!», neckt ihn der Junge mit der 122-Pfund-Kugel, und die beiden prügeln sich, bis eine erzürnte, matronenhafte Frau mit schmutziger Haube eingreift und beide Jungen am Kragen packt. Laut meckernd trabt ein Ziegenbock vorbei, als würde er lachen. «Mein Freund und Retter!», ruft Seraina und ist glücklich, dass der Bock überlebt hat.

Lautes Geschrei macht die Einwohner Rapperswil darauf aufmerksam, dass die Zürcher Angreifer durch die Laufgräben eilen mit Äxten und Beilen, um den Weg für die Stürmer zu bahnen. Heftige Kämpfe brechen an der Stadtmauer aus, und Seraina und Margarethe müssen vor allem Leon davon abhalten, mitzumischen. Zwei Stunden wird heftig gekämpft, bis General Werdmüller zum Rückzug bläst: Offensichtlich habe er eingesehen, dass der Widerstand der Rapperswiler zu gross ist, bemerkt Stadtschreiber Dietrich, welcher sich gerne bei den vier Zürchern aufhält, die sich für seine Aufzeichnungen interessieren. Margarethe darf in einer ruhigen Phase der Belagerung sogar lesen, was er zum Sturm auf die Stadt geschrieben hat, als er Bezug auf die katholische Sitte nimmt, die Kerzenhälse zu segnen, «*...hat der Feyndt denn Belägerten ihre Hälss nit mit gssägneten Kertzen, sonder mit Wehr und Wafen nit nur umbgäben, sonder gar abschnyden wollen*», was ihm aber nicht gelang, obwohl die Übermacht der Zürcher gross war, «*mit Weyn insonderheit Gebranntem um anlauffen lustig gemacht*». Leon schüttelt belustigt seinen Kopf: «Wenn die Besoffenen angreifen, rennen die doch in die falsche Richtung; kein Wunder, tragen die keinen Sieg davon! Dann haben wir wieder Totentanz im Quadrat!» Der Berichterstatter ist belustigt über die Sprüche der jungen Leute und freut sich, dass sie seinen schwarzen Humor schätzen.

Sturmgeläute in Rapperswil ruft die Schirmorte in Pfäffikon auf den Plan, aber bis sie Truppen über die Brücke in die bedrängte Stadt schicken, ist der Kampf schon vorüber. Kein Wunder, sind die Leute in der Stadt voller Übermut und in Festlaune. Endlich bekommt auch Leon sein Glas Wein, und als die Verstärkung eintrifft, darf sie gleich beim Feiern helfen. Vor lauter Übermut wird eine Granate abgefeuert, die im Garten des Pfarrers landet.

Nach diesem denkwürdigen Tag wird Anfang Februar nur noch wenig geschossen, aber es ereignet sich nichts Besonderes mehr. Nun wird gezählt: 903 Geschosse, darunter Granaten und <*kisselsteinige Schütz*> werden gezählt. Die Schirmorte fallen in Wädenswil ein, brandschatzen und plündern, werden aber wieder vertrieben. Am 12. Februar 1656 schliesslich offerieren die Zürcher einen Waffenstillstand; Tote und Gefangene werden ausgetauscht.

Die vier Freunde beraten sich im Beisein von Plonk, was es nun mit ihrer zweiten Aufgabe auf sich hat. Hat sich ihr Auftrag erledigt? «Wir haben geholfen, die Stadt Rapperswil zu verteidigen», erklärt Rudy. «Damit sollte die Aufgabe gelöst sein.» Seraina legt ihre Stirne in Falten: «Ich glaube nicht, denn dann wären wir doch bereits wieder durch die Zeit gereist in unsere – hoffentlich wiederhergestellte – Gegenwart. Irgendwas fehlt noch…» – Margarethe nickt: «Ein Puzzlestein fehlt… bloss, welcher?» Leon räuspert sich, und Rudy neckt ihn: «Steckt dir ein Frosch im Hals, du geimpfter Frosch – oder liegt's am Wein, der so fein sein soll?» Belustigt schüttelt Leon seinen Kopf, dann quiekt er plötzlich laut, und alle in der Nähe zucken zusammen. «Was soll das, du Ferkel?», tadelt ihn Rudy, und Margarethe lacht hämisch, die ihren Liebsten beidseits in die Taille gezwickt hat. Verlegen lachend fährt Leon fort: «Der Ahne sagte doch Wahlkampf, oder? Und wir haben doch der Stadtregierung geraten, die richtige Wahl zu treffen. In diesem Fall, sich nicht zu ergeben.» – Rudy kratzt sich am Kopf: «Stimmt… aber wenn das nicht genügt, was nun? Sollen wir etwa den neuen Bürgermeister wählen, oder was? Das ergibt doch keinen Sinn.» – «Oder eine weitere Entscheidung fällen!», schlägt Margarethe vor. «Ob wir für Rapperswil oder Zürich kämpfen. Haben wir ja bereits, nachdem uns die Zürcher nicht besonders nett behandelt haben…» – «Nachdem wir die Scheunen bei ihrem Heerlager in Brand setzen wollten, welch Wunder!», gibt Leon zu bedenken. Jetzt räuspert sich Seraina: «Ich glaube eher, wir sollten wählen, was mit Rapperswil geschieht.» – «Du meinst, ob es ein Freistaat bleibt, oder ob es in Abhängigkeit der Schirmorte verweilt, bis es zum Kanton St. Gallen kommt?», fragt Margarethe. – «Offen gestanden hatte der Freistaat durchaus seine Annehmlichkeiten», findet Leon, und Seraina schwärmt: «Mäggy, denk doch an den Masseur, von dem würd' ich mich zu gern nochmals verwöhnen lassen, Alejandro…» Der verklärte Blick ihrer Freundin spricht Bände, aber Margarethe möchte sich nicht ablenken lassen: «Ich finde es anmassend, wenn WIR darüber entscheiden sollen. Kommt mir vor, wie im Sommer in den USA, als wir uns plötzlich in die ganze Vergangenheitsbewältigung der Native Americans einmischen sollten…» Und ein Gedankenfetzen, den sie nicht greifen kann, schwebt ständig wieder vorbei… ein Bild eines Raben auf rotem Grund. Rabe oder Rose? – Um die Freunde herum verschwimmt alles…

16
Der weisse Hirsch von Rapperswil

Margarethe erwacht frühmorgens in ihrem Bett und wagt es kaum, die Augen zu öffnen. «In was für einer grässlichen Parallelwelt sind wir wohl diesmal gelandet?», grübelt sie und öffnet zuerst einmal nur das linke Auge, als wäre es weniger schlimm, die Bescherung vorerst einmal nur zweidimensional zu erleben. Als sie hört, wie ihr Smartiefon Amok surrt und auf dem Pult einen Tanz vollführt, weil sie den Vibrationsmodus eingeschaltet hat, ist sie schlagartig wach. Mit beiden Augen starrt sie ihre grässliche Tapete an und fasst sich an den Kopf: «Ich bin in einer Alptraum-Parallelwelt der absoluten Geschmacksverstauchung gelandet!» Immerhin bemerkt sie beim Griff an ihr Haupt, dass ihre Haare wieder zum Ursprungszustand zurückgewachsen sind, aber die Wände ihres Zimmers sehen dafür aus, als wären sie von einem Maler im Drogenrausch gepinselt worden: Sie sind gelb, orange und grün – Farbkleckse überall, aber überhaupt nicht miteinander harmonierend. Margarethes Aufmerksamkeit wendet sich wieder ihrem Smartiefon zu, und sie fasst sich mit schmerzverzerrtem Gesicht an den Kopf. Ein übles Pochen zeugt von aufkommenden Kopfschmerzen. Sie fragt sich gerade, ob die psychedelische Tapete oder das aufdringliche Telefon die Ursache dafür ist. Sie kommt zum Schluss, dass wohl der Mix aus beidem einfach unmenschlich ist. Als sie den Anruf entgegennimmt, hört sie Leons entsetzte Stimme: «Mäg, Mäg, diesmal gibt es weder unser Gegenmittel, noch eine Impfung! Die Menschen sterben wie die Fliegen, und mich hat's wohl auch erwischt, ich hab Durchfall, Kopfschmerzen und Fieber…» – Margarethe horcht auf: «Kopfschmerzen?…» – «Ja, normalerweise hat das unser Superhirn, …» – Leon kommt nicht weiter, denn Margarethe stöhnt: «Ich komm gleich wieder, ich muss mal…

ich glaub, das mit dem Durchfall…» – «Mäg? Mäggy? Hey!…», hört sie noch, doch das Erreichen einer Toilette ist jetzt sehr viel dringender.

Schnell stellt sich heraus, dass alle vier Freunde an MAE-CD-20 erkrankt sind – das Bakterium verursacht Durchfall, das Virus Kopfschmerzen. Und den Personen, die es schwer erwischt hat, denen droht multiples Organversagen – so zumindest fasst es Seraina zusammen, nachdem sich die Freunde im Handy-Viererchat zusammengefunden haben. «Scheisse, und ich dachte, die Pest sei schon schlimm genug gewesen, aber da hatte ich keine tierischen Kopfschmerzen!», jammert Rudy. Und Leon schreibt: «Ob meine Impfungen aus den beiden anderen Parallelwelten wohl noch nachwirken?» – Margarethe tippt mit fiebrigen Fingern: «Will müssem schbell zu Ptüfung 3…» – «Was faselst du da?», beschwert sich Seraina, und Leon meint: «Mäg sieht wohl die Tastatur nicht mehr richtig. Ich schätze, sie will, dass wir die dritte Prüfung anpacken, so können wir uns aus diesem Alptraum retten.» Das finden alle vier einen ausgezeichneten Plan, doch der hat einen Haken: Bis auf Leon kann sich niemand länger als zwei Minuten vom WC entfernen. Und auch der entkräftete Löwe gesteht: «…eine halbe Stunde, und dann kommt wieder eine Ladung. Ich könnt versuchen, ein Schwert aufzutreiben. Aber wie kommen wir zusammen? Ich will da nicht alleine los… äh… Was beinhaltet schon wieder diese die dritte Prüfung?» – «Rreibjahd. Girsch…», tippt Margarethe ein. – «Kirsch? Süffel! Ich dachte, du magst keinen Alkohol!», tadelt Seraina ihre Freundin, da erklärt Rudy: «Treibjagd… die dritte Prüfung… Kann nur bedeuten: Hirsch. Die weisse Hirschkuh und ihre Jungen aus der Gründungslegende von Rapperswil, die retten wir müssen!» – «Du sprichst schon wie dieses grüne Yogadings aus StarFight…», ist Leons Versuch, witzig zu sein. Rudy kontert missgelaunt: «Hab Kopfweh. Mir ist nicht zum Lachen zumute.» – «Lachen! Da musst du hin! In Lachen lebt ein Cousin meiner Tante, der sammelt Jagdmesser. Das könnte

zur Prüfung passen, der Urahne sprach ja von einer Treibjagd»,
bringt sich Seraina ein. – «So weit schaff ich es nicht ohne
Klo…», erwidert Leon. «Pönk nuss him!», schreibt Margarethe.
«Hä?», tippen die anderen drei. Leon begreift es als Erster: «Ach
Plonk, ja, den können wir als Messerdieb anheuern. Wenn er vier
identische Klingen bringt, könnten wir uns vielleicht verdünni-
sieren, ohne den Ort zu wechseln…» – «Du meinst, wir könnten
auf der WC-Schlüssel sitzend unabhängig voneinander den Zeitsprung machen?», sinniert Rudy, und Leon sendet einen aufge-
richteten Daumen mit einem grinsenden Kot-Emoji. «Ok Leute,
ich sage dem Raben telepathisch, was er tun soll, dann können
wir uns bis zum Eintreffen der rettenden Klingen den Darm
leersch…» – Bevor Leon fertig geschrieben hat, beendet Margarethe den Chat und stürmt auf die Toilette. Die eine oder der andere wird vermutlich sogar die digitale Konversation auf der
WC-Schüssel sitzend geführt haben – aber zugeben wird dies
wohl niemand.

Margarethe fühlt sich energielos. Nach einer weiteren dehydrie-
renden <Sitzung> holt sie sich in der Küche eine Flasche Mine-
ralwasser, da sieht sie Trauerkarten auf einer Pinnwand hängen.
Das Herz rutscht ihr in die Hose, mit zittrigen Fingern wendet sie
eine und liest die Zeilen: *Mit grosser Trauer haben wir vom Tod
deiner Mutter erfahren. Diese starke Frau ist viel zu früh von
uns gegangen! Margarethe, dir und deinem Vater wünschen wir
in dieser schweren Stunde Kraft und Zuversicht, Eure Heidi und
Urs Furtwängler mit Lars und Nils.* – Margarethe muss sich
mangels griffbereitem Stuhl auf den kalten Küchenboden setzen.
In diesem Moment sackt ihr Blutdruck herunter, und sie wird
ohnmächtig.

* * *

Leon hat Mühe, Plonk zu erreichen. Seine Kopfschmerzen wirken wie eine Telepathie-Barriere. Doch als er es endlich schafft, gedanklich zum Raben vorzudringen, hat Plonk rasch verstanden, worum es geht. Doch die folgenden zwei Stunden fühlen sich an wie eine halbe Ewigkeit. Gegen seine Gewohnheiten schluckt Leon eine Schmerztablette, doch wirklich nützen tut sie nicht. Statt eines Pochens fühlt er nun einen starken Druck im Kopf. Er muss sein Studentenzimmer abdunkeln und sich hinlegen. Jetzt geht es ihm besser. Auch der Darm scheint sich vorübergehend zu beruhigen. Nur das Fieber bleibt sich gleich.

* * *

Margarethe erwacht in den Armen eines kräftigen Mannes und wird von Schüttelfrost und Weinkrämpfen erfasst. Das stark steigende Fieber verursacht zudem Halluzinationen, doch zumindest erkennt sie die beruhigende Stimme ihres Vaters und schmiegt sich schluchzend an ihn. Da durchzuckt es sie: «Ich steck dich doch an! Hast du eine Maske an?» – Der Vater wimmelt ihre Hand ab, die nach seinem Gesicht tastet, weil Margarethes Blick von Fieber und Erschöpfung getrübt ist. «Ruhig, Mäggy, bleib ruhig. Ich bin ja selber schon krank…», spricht er ungerührt, «Wir werden beide sterben. Ich habe einen Gentest gemacht. Mir fehlt – und dir wahrscheinlich auch – wie den meisten Menschen ein Gen, das bei jenen, die überleben, eine übermässige Entzündung in sämtlichen Organen, besonders im Gehirn, verhindert. Lass uns die letzten Tage…» Da versagt ihm die Stimme und er beginnt ebenfalls zu weinen. Noch nie hat sie ihren Vater weinen erlebt. Eine bedrückende und gleichzeitig friedvolle Stimmung erfasst Margarethe. Es fühlt sich an, als würde die Zeit stehen bleiben – ausgerechnet ihr passiert das, sie, die in der Zeit wandelt wie nur wenige zuvor.

* * *

Rudy krümmt sich vor Schmerzen. Trotzdem surft er im Internet nach einer Lösung wie ein Ertrinkender, der mit Armen und Beinen rudert, um den Kopf über Wasser zu halten, und nach einem Rettungsboot Ausschau hält. Doch er findet nichts, was ihn weiterbringen könnte. Da klopft jemand ans Fenster. Es ist Plonk, der vier Messer aufs Fenstersims gelegt hat und um Einlass bittet. Rudy kriecht auf allen Vieren zum Fenster, zieht sich mit den Händen am Fenstergriff in Kniestellung, dann öffnet er das Fenster einen Spalt breit. Die kalte Luft, die hereinkommt, als Plonk eines der Messer mit dem Schnabel durch den Spalt hält, lässt ihn zusammenzucken. Doch es bleibt ihm nichts anderes übrig, den Luftzug auszuhalten, um das Messer entgegenzunehmen. Um dem Luftzug Einhalt zu gebieten, schliesst er mit letzter Kraft das Fenster wieder und setzt sich auf den Boden. Jetzt umklammert er statt des Smartiefons das Messer, wohl wissend, dass es noch mindestens eine halbe Stunde braucht, bis alle vier so ausgerüstet sind. Zumindest verbreitet die Verzierung auf dem Griff aus Hirschgeweih Zuversicht: Eine weisser Hirsch ist dort eingraviert.

* * *

Nach Wädenswil, wo Rudy wohnt, ist Plonks nächste Etappe nun Horgen, wo er das zweite Messer seiner Ziehmutter Margarethe übergeben will. Doch da macht niemand das Fenster auf. Plonk aber kennt alle Geheimeingänge, legt zwei Messer beiseite und fliegt mit dem dritten zum Dachstock hinauf. Dort ist meistens ein rundes Fenster offen, damit es oben nicht schimmlig wird. Der Dachstock ist nicht ausgebaut, und stehende Luft tut dem

Holz nicht gut. Durch diese Luke zwängt er sich hinein. Dann sucht er das Loch in der Wand, das einst ein Marder verursacht hat. Margarethes Vater hat den unerwünschten Untermieter mit für Marder übelriechendem WC-Putzmittel vergrämt, ist aber nie dazugekommen, das Loch zu flicken. Da zwängt sich Plonk hinein, kraxelt wie ein Höhlenforscher in der vom Marder ausgehöhlten Wanddämmung hinunter und gelangt so zu einer Stelle in der Besenkammer, wo der Verputz ganz dünn ist. Mit wenigen Schnabelhieben verschafft er sich Zutritt zum Raum. Von dort ist es nun ein Katzensprung, um zu Margarethe in die Küche zu gelangen.

Plonk hat schon viel erlebt, doch seine Ziehmutter todkrank in den Armen ihres Vaters zu sehen, versetzt ihm einen Stich ins Herz. Vorsichtig nähert er sich den beiden und gurrt: «Grrrita, Schwe!» – Wie eine Blinde taste Margarethe im Raum vor sich nach ihrem Raben. Schließlich ist es ihr Vater, der das Jagdmesser von Plonk entgegennimmt und seiner Tochter übergibt. Er hat sofort begriffen, worum es geht.

* * *

Als sich Plonk auf dem gleichen Weg zurück nach draussen gequält hat, nimmt er die letzten zwei Messer und fliegt in die Nähe des Bürkliplatzes in Zürich, wo Seraina lebt. Ihr Fenster ist offen. Sie liegt ohnmächtig oder schlafend auf dem Bett, dick verpackt in Wolldecken. Ihr langes Haar fällt ihr in wirren Strähnen ins Gesicht. Vorsichtig schält Plonk eine ihrer Hände aus den Decken und legt ihr eines der beiden Messer in die Hand. Dann fliegt er mit dem letzten Messer weiter zu Leon, der in der Nähe der Universität Zürich eine Studentenbude bewohnt.

* * *

Leon flucht: «Was zum Geier hat so lange gedauert, verdammt!»
Doch dann besinnt er sich und entschuldigt sich bei Plonk:
«Hab's nicht so gemeint, Kumpel! Ich weiss, ohne dich wären
wir verloren!» Und er nimmt mit leicht zittriger Hand das Messer aus Plonks Fängen. In diesem Moment verschwimmt alles
vor seinen Augen.

Im nächsten Moment findet sich Leon im Gestrüpp liegend in
einem Auenwald wieder, vor sich einen riesigen weissen Hirsch
mit einem mächtigen Geweih.

17
Die Treibjagd

Leon bleibt ehrfürchtig liegen. Gebieterisch starrt ihn der Hirsch an, dann wendet der König des Waldes sein gekröntes Haupt und verschwindet fast lautlos im sumpfigen Auenwald. Leon schüttelt kurz den Kopf, als müsste er sich vergewissern, dass seine Augen ihm keinen Streich spielen. Aber nein, rund um ihn herum ist Wildnis, und im nächsten Moment hört er das markerschütternde Röhren des Platzhirschen. Er fühlt den tiefen Bass sogar an seinem Zwerchfell, das leicht vibriert, wenn der Herr des Auenwaldes seinen Anspruch auf den Brunftplatz in die Welt hinausschreit.

«Scheisskarma!», hört Leon plötzlich jemanden ganz in der Nähe fluchen. Ein Grinsen huscht über seinen Mund. Der Löwe steht auf und bemerkt zufrieden, dass sich Kopf und Bauch wieder besser anfühlen. Zumindest hat der Zeitsprung wohl in dieser Hinsicht eine Verbesserung gebracht. Jetzt stolpert er in jene Richtung, woher das Fluchen gekommen ist.

Nach ein paar Minuten Suchen trifft er auf Rudy und Seraina, die beide ziemlich mitgenommen wirken. Leon legt beiden je eine seiner Hände auf die Stirne und stellt fest: «Ihr habt noch Fieber. Und der Darm?» – «Der fühlt sich… scheisse an. Nur das Kopfweh ist nicht mehr so arg», stöhnt Rudy. Seraina ist kreideblass und bleibt stumm. «Wo ist Mäg?», erkundigt sich Leon, und langsam kriecht Angst um seine Liebste in ihm hoch. «Keine… Ahnung…», stammelt Rudy und kann sich nur mit Mühe auf den Beinen halten. Seraina hat sich sicherheitshalber an einen Baum gelehnt. «Wenn der Kopf nur nicht so…» – «Hast du nix genommen?» – «Doch, hat nichts bewirkt», grummelt Rudy. – Leon schaut sich um, dann schreitet er zu einem grossen Strauch und reisst Äste ab. Mit diesen gesellt er sich zurück zu seinen Freunden und bietet beiden davon an. «Das sind Weidenzweige, da drin ist Salicylsäure, so wie auch im Aspirin. Kaut die Rinde gut, nicht schlucken! Es muss über die Mundschleimhäute in den Körper rein, denn vermutlich haben eure entzündeten Darmwände die Wirkstoffe der Schmerzmittel nicht mehr aufnehmen können. Darum haben sie nichts genützt.» – Seraina ist erstaunt über Leons medizinisches Wissen, bringt aber keinen Laut hervor, zudem hat sie den Mund voller Weidenrinde. Rudy indes stellt die Gretchenfrage: «Sind wir denn noch krank oder ist das nur eine Nachwirkung der Krankheit?» – Leon seufzt und zuckt mit den Achseln: «Keine Ahnung. Als du die Pest hattest, ist die Krankheit mit einem Zeitsprung ja nicht von selbst verschwunden. Allerdings scheint es mir, so im Nachhinein betrachtet, dass sich deine Situation als Pestkranker damals einfach stabilisiert hat. Vielleicht erleben wir das jetzt auch: Wir sind zwar krank, aber auf einem stabilen Niveau. Irgendwie eine Galgenfrist, bis wir die dritte Prüfung bestanden haben und unsere eigene Gegenwart zurückerlangen… aber mir wäre bedeutend wohler, Mäg zu finden… Zumindest habe ich einen weissen Hirsch schon gesehen, der hat hier seinen Brunftplatz. Allerdings ist es ein Stier. In der Gründungslegende sprechen sie aber von einer weissen Hirschkuh mit zwei Kälbern. Na ja, wo ein weisser Platzhirsch ist, wird wohl nicht weit entfernt auch eine weisse Hirschkuh sein – seine Mutter, seine Schwester oder seine Tochter, egal, wir retten einfach alles, was ein weisses Fell hat.»

Doch zuerst will Leon wissen, wo seine Mäg ist. Er beginnt laut nach seiner Liebsten zu rufen – ohne eine Antwort zu erhalten. Alle drei gehen ein paar Schritte, jetzt ruft auch Rudy nach der Vierten im Bunde. Sie gelangen auf eine schilfbewachsene, morastige Stelle im Auenwald.

Die drei Freunde vermissen nicht nur Margarethe, auch Plonk scheint den Zeitsprung nicht mitgemacht zu haben. Jetzt stehen sie buchstäblich im Schilf, ohne die Zeitreisende und ihren Raben. Superhirn Rudy fasst es messerscharf zusammen: «Wir sitzen fest. Unsere einzige Chance ist es, die dritte Prüfung zu bestehen, egal wie...» – «Lasst uns diesen weissen Hirsch wiederfinden, den du gesehen hast, Leo», schlägt Seraina vor, und alle erachten dies als guten Plan, der allen nützt, auch jenen, die nicht anwesend sind.

* * *

Margarethe wacht in einer feuchten Höhle auf. Es tropft von den Wänden und von der Decke, und das tönt, als wären unzählige Wasserhähne undicht. «Argh, das fühlt sich an wie die chinesische Wassertropfenfolter, nur tausendfach schlimmer!», stöhnt Margarethe und schaut sich um. Wo ist ihr Vater? Eben lag sie noch krank in seinen Armen. Sie erinnert sich nur vage daran, dass Plonk ihr ein Messer überreichte – also eigentlich bekam es ihr Vater, und der hat es ihr gegeben. War das wohl ein Fehler? Ist sie deshalb beim Zeitsprung falsch gelandet? «Plonk!», ruft sie mit schwacher Stimme, und von den Wänden hallt es: Plooonkploonkplonkplonkplonkponkponkpok!

Margarethe hält sich die Ohren zu und stöhnt: «Mein Kopf! Ich habe immer noch diese grässlichen Kopfschmerzen. Aber wenigstens rumort es nicht mehr so sehr in meinem Bauch... da ist wohl alles raus mittlerweile...»

Nach ein paar Minuten, in denen nur das Tröpfeln des Wassers in der Höhle zu hören war, gelangt ein Fiepen an Margarethes Ohr. Mühsam rappelt sie sich auf und torkelt dem feinen Laut entgegen. Als sie hinter einem mannshohen Stalagmiten hervorlugt, erkennt sie die Silhouetten von zwei Hirschkälbern. Deren Fell schimmert weiss. Doch ist das nur wegen der Höhle, weil da drinnen ohnehin alles nur hell oder dunkel ist? Margarethe fühlt sich zudem immer noch fiebrig und denkt, es könnte sich auch um eine Halluzination handeln. Doch als sie näher herangeht, weichen ihr die beiden Hirschkälber aus. «Die sind glaub's echt», denkt das Mädchen. Dann erinnert sie sich an die Gründungslegende von Rapperswil, an die Höhle mit der Hirschmama und ihren zwei Jungtieren.

Jetzt ist Margarethe nur noch ein paar wenige Meter von den Hirschkälbern entfernt. Sie erkennt, dass die Tiere vermutlich ein halbes Jahr alt sein müssen – es sind keine kleinen Jungtiere mehr, sondern schon kräftige Hirschlein. Und ihr Fell ist schneeweiss.

Plötzlich hört sie, wie jemand in ein Horn bläst – es kommt von ausserhalb der Höhle. Margarethe schluckt leer: die Jäger! Schnellen Schrittes beeilt sie sich, den Eingang der Höhle zu erreichen. Sie fühlt sich sehr schwach, und es kostet sie enorm viel Kraft, die zehn Meter bis zum Höhleneingang zu überwinden. Sie keucht arg. Sie muss sich an einem Stein festhalten und eine kurze Verschnaufpause einlegen.

Margarethe torkelt in den Wald hinein, in Richtung des Jagdhorns, das wiederholt geblasen wird. Sie muss sich an fast jedem Baum festhalten, der ihren Weg kreuzt. Ihr ist schwindlig. Ist es diesmal das Ende? Kann es sein, dass sie diesmal einfach zu krank ist, um diese Prüfung zu meistern?

* * *

Seraina stöhnt: «Ohne Mäggy kriegen wir das nicht hin. Der Urahne hat explizit alle vier auf die Prüfungen angesetzt!» Sie keucht heftig und fällt dann auf die Knie. Rudy will ihr helfen, doch auch er ist komplett ausser Atem. Er kniet sich neben sie.

Beide umarmen sich wie Ertrinkende. Leon, der vorangegangen ist, dreht sich zu ihnen um und seufzt: «Oh je, das sieht nicht gut aus. Die Zeitreisende und ihre fliegende Geheimwaffe sind verschwunden, das Superhirn ist ausgeschaltet, und die Kämpferin mit Killerblick ist ebenfalls ausser Gefecht…» Er fasst sich an den Kopf und plustert die Backen auf – Leon ist ratlos.

In diesem Moment hört er ein Jagdhorn. Er dreht sich nach der Geräuschquelle um und versucht zu erahnen, wie weit es bis zu den Jägern ist. «Eine Treibjagd!», frohlockt Leon, «Hey Leute, das war's doch: die dritte Prüfung! Hallo? Lebt ihr noch?» Leon wendet sich wieder seinen Freunden zu, die mittlerweile fast schon auf dem Waldboden liegen. «Könnt ihr noch? Hmm, wohl eher nicht…», stellt er fest und seufzt hörbar. Auch Leon kann nicht auf seine vollen Kräfte zurückgreifen, doch immerhin kann er sich auf den Beinen halten.

Zu Rudy und Seraina gewandt fragt er: «Kann ich euch hierlassen? Ich meine, ich komme so rasch wie möglich zurück, aber wir müssen verhindern, also, äh… ich muss verhindern, dass der weisse Hirsch und seine Familie geschossen wird.» Die Angesprochenen nicken matt.

Leon wischt sich mit dem rechten Ärmel den Schweiss von der Stirn, dann spurtet er los in Richtung der Treibjagd. Kurz keimen üble Gedanken in seinem Kopf auf, Gedanken von einem Jagdunfall, einem Pfeil in der Brust. Doch er verscheucht die Schatten. Er denkt an seine Mäg, dass er sie nur retten kann, wenn er die dritte Prüfung besteht. Denn dann kommen alle wieder in ihre normale Gegenwart zurück. In eine Gegenwart mit einer überwundenen Pandemie!

* * *

Margarethe wankt bedenklich. Ihr ist speiübel. Doch von einem Moment auf den anderen vergisst sie ihre Krankheit, denn eine weisse Hirschkuh rennt sie beinahe über den Haufen. Margarethe entkommt nur einem Zusammenstoss, weil sie sich in die nebenstehenden Büsche fallen lässt. Hufgetrampel, Hundegebell und erneut ein Jagdhorn. Margarethe kämpft sich aus der Botanik. Als sie wieder auf ihren Beinen steht, prescht ein Pferd mit Reiter heran, gefolgt von zwei Jagdhunden. Der Jäger hoch zu Ross kann nur knapp vor dem Mädchen stoppen. Reiter und Fussgängerin schauen sich verblüfft an. In diesem Moment erkennt Margarethe, dass eine Frau auf dem Pferd sitzt – eine Jägerin! Und das um das Jahr 1200, wenn die Legende die richtige Jahreszahl nennt!

Das Mädchen ist fasziniert von der Reiterin, einer stolzen Erscheinung, vermutlich eine Gräfin. Diese herrscht Margarethe an: «Was suchet Ihr hier! Beinahe überrannt ich Euch hätt mit meinem Pferd! Habet Ihr die weisse Hirschkuh gesehen? Das schöne Fell soll mein Schlafgemach zieren.» – Margarethe faltet die Hände und bittet: «Lasst sie leben, edle Herrin! Die weisse Hirschkuh ist ein göttliches Zeichen. Und sie hat zwei Junge hier in der Höhle. Diese überleben den Winter nicht, wenn Ihr sie tötet!» – Die Jägerin blickt erstaunt drein: «Zwei Junge Ihr sagt?» Margarethe nickt. Die Gräfin mustert das Mädchen, das für ihre Augen seltsam gekleidet ist und komisch spricht.

Margarethe erkennt, dass die Gräfin mit sich ringt: Der Wunsch nach einem weissen Hirschfell als Bettvorleger gegen den Gedanken, zwei Vollwaisen zu produzieren und den Allmächtigen zu erzürnen. Damals waren alle gottesfürchtige Menschen. Ein weisser Hirsch! Könnte das ein göttliches Zeichen sein? Im Zweifelsfall lieber einmal weniger die Armbrust zücken!

Als sich der innere Kampf der Gräfin gelegt hat, steigt sie vom Pferd und spricht gebieterisch, aber diesmal mit etwas weicherer Stimme: «Zeiget mir die Hirschkälber! Wenn Ihr Recht habt, werde ich die drei Tiere mitnehmen, die Kälber und die Hindin. Und zum Gefallen des Allmächtigen werden ich und mein Gatte ein Schloss errichten über der Hirschhöhle, und die weissen Hirsche sollen im Schlossgarten ein friedliches Leben führen.»

* * *

Leon kann die Jäger nicht mehr orten, denn keiner bläst mehr ins Horn. Verzweifelt irrt er im Wald umher und hat das Gefühl, dauernd im Kreis zu gehen. «Besser ich schau nach der R-Fraktion, solange ich noch weiss, wo die beiden ungefähr sind.» Doch sein berühmter Orientierungssinn lässt ihn diesmal komplett im Stich, denn er findet seine Freunde nicht mehr. Leon wird es langsam mulmig zumute.

In diesem Moment besinnt er sich auf seine Fähigkeit, mit den Tieren zu kommunizieren. So bittet er telepathisch sämtliche Waldtiere, die er erreichen kann, um ihre Mithilfe bei der Suche nach seinen Freunden. Als ein Eichelhäher die scheue Frage stellt, ob er auch das Mädchen aus der Höhle sucht, blitzt es in Leons Gehirn auf: «Mäg ist DOCH da!» Schnell bittet er den Häher, ihn zur Höhle zu geleiten. Und die anderen Tiere sollen die R-Fraktion suchen und dann ebenfalls zur Höhle lotsen. Leon wird warm ums Herz – endlich ein Lichtblick, dass doch alles gut werden könnte.

* * *

Margarethe führt die Gräfin zur Höhle. Sie muss sich extrem zusammenreissen, um überhaupt einen Fuss vor den anderen zu setzen. Der sonst so sportliche Teenager fühlt sich um Jahrzehnte gealtert, alle Sinne sind wie in Watte gepackt, ihr Kopf fühlt sich vernebelt und verkatert an – die Krankheit hat sie noch fest im Griff, aber irgendwie fühlt es sich nicht mehr so lebensbedrohlich an. Und sie schafft es, die Gräfin, die ihr Pferd rechts von sich am Zaumzeug mit sich führt und die beiden Hunde links an ihre Seite beordert, zur Höhle zu lotsen. Und da offenbart sich den beiden Frauen ein Bild wie aus einem Märchen: Die weisse Hirschkuh steht wie eine Alabasterstatue neben ihren ebenfalls schneeweissen Zwillingen. Da nimmt die Gräfin ihre Armbrust von den Schultern, die Jagdhunde preschen los. Margarethe wird es schwarz vor Augen…

* * *

Leon vernimmt plötzlich dumpfe Schläge. Aus Erfahrung weiss er, dass das die Treiber sind, die das Wild mit Geräuschen in eine bestimmte Richtung zwingen wollen. «Die Treibjagd ist in vollem Gang, ich muss den weissen Hirsch warnen!», fällt es ihm wie Schuppen von den Augen, doch er ist schon viel zu erschöpft von den telepathischen Anstrengungen zuvor. Er kann den König der Wälder nicht erreichen, zumal der wohl in der Brunft ganz andere Bedürfnisse zu befriedigen sucht, als mit einem Menschen zu kommunizieren.

In diesem Moment erscheint wie aus dem Nichts ein junger Hirsch vor Leon. Beide erschrecken fürchterlich, der Hirsch wohl noch etwas mehr als Leon, der sich in Kenya schon nahe an Löwen und Elefanten befunden hat – da ist so ein halbstarker Hirschstier keine wirkliche Bedrohung, obwohl man Huftiere niemals unterschätzen sollte.

Leon streckt dem fahlbraunen Hirsch seine rechte Hand entgegen. Der Junghirsch legt zwar gestresst die Ohren zurück, schnuppert dann aber neugierig daran. Leon beginnt zu fiepen wie ein Hirschkalb, da stellt das Tier seine Ohren wieder auf und kommt sogar etwas näher. «Ich helfe dir, zu überleben. Dafür bringst du mich zum König», versucht Leon mit dem Hirsch telepathisch einen Deal auszuhandeln. Und es scheint angekommen zu sein, denn der Hirsch lässt Leon nähertreten. Sachte klettert der junge Mann auf den Rücken des Tieres und hält sich mit beiden Händen am kleinen Geweih fest. «Durch die Geräuschquelle hindurch! Renne durch sie hindurch! Da sind keine Jäger!», beschwört er den Hirsch. Doch der scheint Leon nicht zu glauben und prescht panisch davon, direkt in die Schusslinie der Armbrust-Schützen…

* * *

«Um mich… schon wieder einmal… zu wieder-wiederholen: Bei uns… scheint alles… alles mit Vögeln zu tun zu haben…», stottert Seraina entkräftet. Rudy zeigt nur ein angedeutetes Grinsen. Um das Paar haben sich Meisen, Finken und Häher versammelt und zwitschern auf die beiden Menschen ein. Schliesslich erscheint ein Fuchs und schnappt sich Serainas linkes Hosenbein. Er zerrt daran. «Hey, lass das!», grummelt sie halb entrüstet, halb entzückt. «Die wollen uns irgendwohin führen. Wetten das hat Leo denen eingeflüstert», raunt Rudy mit letzter Kraft. – «Ich komm nicht hoch…», stöhnt Seraina und grinst, weil sie daran denken muss, dass Leon jetzt bestimmt einen zweideutigen Spruch fallengelassen hätte.

Nach einer Weile gibt der Fuchs auf und zieht sich zurück. Dafür erscheinen zwei Hirschkühe vor den beiden erschöpften Menschen. Die etwas kräftigere stupst Rudy an und legt sich so hin, dass er gut auf ihren Rücken kraxeln kann. Doch Rudy begreift nicht so recht, was die Hirschkuh von ihm will. Seraina indes hat die Jüngere der beiden vor sich, und diese tut dasselbe wie das ältere Tier. «Die wollen, dass wir auf ihnen reiten», begreift das Mädchen intuitiv. Beide Teenager versuchen also, auf ihre Hirsche zu gelangen, und sich dort auch festzuklammern. Mangels Geweih müssen sie die Hälse der Tiere mit ihren Armen umklammern, um nicht herunterzufallen. So bepackt, stehen die Hirschkühe vorsichtig auf und trotten mit ihrer menschlichen Fracht davon.

* * *

«Zurück, zurück!!! Mensch, Hirsch! Hör auf mich! Gopfertammi, gopfertelli, gopfertori!!! ZURÜCK!!!», brüllt Leon, als ein Pfeil dicht an den beiden vorbeizischt. Leon erbleicht und reisst die Augen ähnlich weit auf vor Schreck wie sein Reittier. Da wendet der junge Hirsch abrupt und galoppiert wie ein Rennpferd in die von Leon gewünschte Richtung. Das Geräusch der Treiber, die mit Stöcken auf Baumstämme schlagen, wird nun immer lauter. Jetzt werden auch die Stofffetzen sichtbar, die im Wald aufgehängt wurden, um den Tieren Angst zu machen und sie daran zu hindern, die Treiberkette zu durchbrechen. In Panik prescht der Hirsch mitsamt Leon durch die Lappen und zerreisst die Schnur, an denen die Stofffetzen hängen – daher rührt auch die Redewendung, dass etwas verloren ist, wenn es einem durch die Lappen geht.

* * *

Margarethe erwacht aus ihrer Ohnmacht. Ihr erster Gedanke ist von Schrecken erfüllt, denn sie fürchtet, dass die trophäengeile Gräfin die Hirschkuh erlegt hat, um an ihr Fell zu gelangen.

194

Doch als sie sich in Sitzstellung aufrappelt, sieht sie, wie die Jägerin zuerst die Hunde an einem Baum festbindet und dann dem schönen weissen Muttertier die Hand entgegenstreckt. Und sie hört die Gräfin sanft reden: «Kommt mit mir, kommt! Ich werde Euch und Euren Jungen ein sicheres Leben schenken. Und wenn Ihr, schöne Hindin, an Altersschwäche sterben werdet, halte ich Euer Fell in Ehren an der Wand meines Schlafgemachs.» – Margarethe stutzt, denn sie fragt sich, ob die Hirsche nicht lieber in freier Wildbahn bleiben würden. Doch dann erinnert sie sich an den Biologieunterricht. Dort hatte sie gelernt, dass eine von der Normalität abweichende Fellfarbe eine hohes Risiko bedeutet, gefressen zu werden. Somit könnte der Gräfin Angebot tatsächlich eine Rettung für die Tiere sein...

* * *

Leon versucht verzweifelt, seinen Reithirsch zu beruhigen, doch der rennt und rennt, als wäre der Teufel persönlich hinter ihm her. Schliesslich ermattet das Tier und verlangsamt seinen Lauf. Der Junghirsch keucht arg, seine Zunge hängt ihm aus dem Maul. Hirsche können zwar anders als Pferde nicht schwitzen, dennoch stinkt das Tier gewaltig – die Stresshormone scheinen auszudünsten. Leon rümpft die Nase, versucht aber, den unangenehmen Geruch auszublenden. Dafür spricht er beruhigend auf ihn ein und streichelt ihn. Es scheint zu nützen, nach wenigen Minuten hat sich das Tier etwas beruhigt, seine Puls-Frequenz beginnt sich zu normalisieren. Doch nach Veilchen wird ein Hirsch in der Brunft wohl nie riechen...

* * *

Die beiden Hirschkühe mit Seraina und Rudy auf dem Rücken erreichen die Höhle. Seraina gewahrt als Erste Margarethe und ruft sie beim Namen. Die Angesprochene dreht sich nach ihnen um, und ihr Gesicht hellt sich auf. Doch da Leon fehlt, ist die Wiedersehensfreude stark getrübt.

Seraina und Rudy klettern von ihren Reittieren herunter und torkeln zu Margarethe. Sie setzen sich zu ihr hin. Margarethe legt einen Zeigefinger vor den Mund und deutet auf die Szenerie mit der Gräfin und der weissen Hirschkuh. Sie hören die Gräfin sagen: «Edle Hindin, Euch schützen ich werde. Und zu Euren Ehren eine Stadt wird errichtet an diesem Ort...» – «Das wollte ich immer schon fragen: Warum heisst eine Hirschkuh auch Hindin?», flüstert Seraina, doch statt Margarethe antwortet Rudy, dessen Hirn langsam wieder zu funktionieren beginnt: «Das kommt vom englischen Wort ‹hind›. Das Wort ist bekannt vom Kaperschiff des berühmten Piraten Ihrer Majestät, Sir Francis Drake: Mit der ‹Golden Hind›, der Goldenen Hirschkuh, trieb er die Spanier sowohl in den Wahnsinn als auch in den Ruin. Das Schiff hatte als Galionsfigur tatsächlich eine vergoldete Hirschkuh.»

* * *

Leon bittet den Junghirsch nun, sein Versprechen einzulösen und ihn zum König des Waldes zu führen – dem weissen Hirsch. Langsam und mit gesenktem Haupt zieht der Hirsch weiter, biegt links ab und findet zielsicher ins Sumpfland, wo Leon den weissen Hirsch zum ersten Mal gesehen hat. Der Junghirsch watet durch flaches Wasser und durchquert einen mannshohen Schilfgürtel. Für ein paar Minuten sieht Leon überhaupt nichts, obwohl er recht hoch sitzt, auch wenn ein Hirsch kleiner als ein

Pferd ist. Erstens sinkt der Hirsch ein, zweitens ist das Schilf hoch und dicht.

Als sie aus dem Schilflabyrinth herauskommen, bleibt Leon der Mund weit offen: Vor ihm liegt eine Arena, ein paar wenige Zentimeter von Wasser bedeckt. Und inmitten dieser Arena befinden sich mehrere Dutzend Hirschkühe mit ihren Kälbern – alle normalgefärbt von fahlbraun bis dunkel. Und inmitten dieses Harems, eine Elle höher als alle anderen Tiere, steht in eindrucksvoller Pose der weisse Platzhirsch – ein fast monströs grosses Tier mit einem riesigen Geweih, das vermutlich über zwei Dutzend Enden aufweist! Leon kann die Enden nicht genau zählen, denn der Hirsch bewegt sich dauernd. «Superhirn Ru hätte sicher genau gewusst, wie viele Enden es sind. Mit seinem fotografischen Gedächtnis hat er ein Bild im Kopf, das er beliebig lange begutachten kann…», seufzt Leon und fühlt sich manchmal etwa minderwertig im Beisein von Rudy. Doch in solchen Momenten besinnt er sich seiner Stärken und muss grinsen: Rudy würde in jedem Ritterturnier schon gegen den schwächsten Gegner verlieren, und mit Tieren kommunizieren kann er auch nicht… Aber im Wagenrennen hat Rudy mit viel Glück gesiegt! Das stösst Leon heute noch sauer auf.

18
Das Geschenk des Königs

Margarethe fühlt sich schon besser, nachdem ihr Seraina erklärt hat, wo Leon ist und dass es ihm von allen vieren wohl am besten geht. Nur das Fehlen von Plonk verursacht ihr Bauchweh, denn ohne ihren Raben kommen sie hier nicht weg – auch wenn die Prüfung wohl als bestanden taxiert werden kann.

* * *

Der weisse Platzhirsch legt den Kopf zurück, so dass sein Geweih den Rücken berührt. Dann röhrt er aus voller Kehle, tief und gebieterisch. Da erscheint ein Herausforderer in der Arena, ein ebenfalls sehr eindrücklicher Kämpe, muskulös und selbstsicher. Der Nebenbuhler hat ein schwarzbraunes Fell und ein noch dickeres, aber etwas kürzeres Geweih. Doch dafür sind die letzten Enden, die Krone, sehr viel länger als die des Platzhirschs. «Der König ist älter als der Gegner», erkennt Leon an der tieferen Stimme des Weissen und am Geweih, weil eben die besagte Krone beim schwarzbraunen Herausforderer etwas länger geraten ist. Mit dem Alter werden die Geweihe zuerst von Jahr zu Jahr immer grösser, dann beginnt die Krone kleiner zu werden, auch wenn das Geweih an sich gross bleibt. Überalterte Hirsche, falls sie überhaupt so lange überleben, schieben im Frühling nach dem Abwurf der letztjährigen Stangen dann wieder ähnlich kleine Geweihe wie Leons dreijähriges Reittier.

Die Kontrahenten zeigen einander die Breitseite und röhren um die Wette – der Weisse tiefer, der Schwarze etwas ausdauernder. Sie kommen einander immer näher, doch keiner greift den anderen an. Das Röhrduell zieht sich in die Länge. Sie stolzieren parallel zueinander wie zwei Kriegsschiffe mit geladenen Kanonen – jederzeit bereit, den Kampf zu beginnen.

Das Röhren steigert sich, die Fellhaare der Gegner sind gesträubt, die Ohren liegen dicht im Nacken, die Augen sprühen vor Aggression. Und dann senkt der Schwarze sein Haupt und prescht vor. Der Weisse reagiert blitzartig, und als die Geweihe mit urchiger Wucht aufeinanderprallen, ertönt ein heller, harter Klang. Die Kontrahenten schieben und stossen, und ihre Hufe, die dauernd neuen Halt suchen, spritzen Wasser um die überhitzten, dampfenden Körper.

Das testosterongeladene Schauspiel zieht Leon komplett in seinen Bann. Noch nie war er bei einem solchen Kampf der Titanen anwesend. Die beiden Hirsche messen ihre Kräfte sehr diszipliniert. Selbst wenn sie für einen kurzen Moment die Geweihe voneinander lösen, um kleine Röhrduelle dazwischenzuschalten, greift keiner der beiden den anderen hinterhältig an. Dennoch fliesst Blut, denn die langen Vordersprossen, die zweitplatzierten Eissprossen sowie die Mittelsprosse ritzen immer wieder die Haut an Kopf und Hals des Gegners auf. Doch so kleine Wunden bemerken die Hormonbomben in Hirschgestalt nicht. Nur Leon sieht, besonders beim Weissen, wie Blut über das Fell sickert.

Ein neuer Ansturm. Und diesmal ist er heftiger als bisher. Die Gegner gehen in einen Drehkampf über: Mit eingehakten Geweihen vollführen sie eine Art Rundtanz. Doch es ist kein Spiel, sondern bitterer Ernst: Sie drehen sich, weil sie so die Energie des Ansturms in eine Drehbewegung hinein lenken können. Das verringert die Kraft, die es braucht, um dem Gegner standzuhalten.

Wird der weisse Alte seinen Thron behaupten? Oder wird der schwarze Prinz zum neuen König? Und plötzlich bohrt sich eine Eissprosse des Schwarzen in die Schulter des Weissen. Der König zuckt zurück und sackt zusammen. Der massige Körper erzeugt einen Mini-Tsunami, als er ins seichte Wasser der überfluteten Brunftarena klatscht. Der Schwarze röhrt aus voller Kehle seinen Sieg in die Welt hinaus. Und schnell stolziert er um seinen eben erkämpften Harem herum und treibt die Hirschkühe mit ihren Kälbern einige Dutzend Meter weiter weg.

Der weisse Hirsch scheint noch zu leben. Seine Flanke hebt und senkt sich. Weil er nun allein dort liegt, ohne einen Artgenossen um ihn herum, watet Leon vorsichtig zu ihm. Er kniet sich zum entthronten König und legt dem sterbenden Hirsch seine linke Hand auf den Hals. «Der Stich ging wohl in Lunge oder Herz. Ich wünschte, ich könnte dich heilen», murmelt Leon gedankenverloren und vergiesst eine dicke Träne, denn er hat sich bereits vor dem Kampf mit dem schönen Tier solidarisiert. Der Ausgang der Schlacht gefällt ihm gar nicht. Doch dann geschieht etwas Seltsames: Der weisse Hirsch scheint mit ihm zu sprechen, telepathisch natürlich: «Beweine mich nicht, Menschenkind. Ich hatte ein erfülltes Leben. Beinahe zehn Jahre war ich der König des Waldes. Meine liebste Tochter und meine beiden Enkel sind in Sicherheit. Dank deiner Liebsten, dem edlen Fräulein Rabenherz…» – Leons Augen weiten sich, als er das vernimmt. Mäg! Seine Mäg! Sie lebt und hat die Prüfung bestanden. Warm wird es ihm ums Herz. Der weisse Hirsch fährt fort: «Bevor ich den Kreis des Lebens abschliesse, schenke ich dir etwas…» Und das Geweih des Sterbenden wird hell wie eine Neonröhre, und zwischen den Stangen erscheint ein Kreuz. Oder ist es ein Schwert aus Licht?

* * *

Margarethe, Seraina und Rudy haben das Angebot der Gräfin, mit ihr in ihre Stadt zu reiten, dankend abgelehnt. «Wir warten hier auf meinen Liebsten», hatte Margarethe erklärt. Schliesslich blieben die drei Freunde zurück, allein. Die weissen Hirsche gingen mit der Gräfin, und die anderen Waldtiere setzten ihr normales Leben fort, ohne sich weiter um die Gestrandeten aus der Zukunft zu kümmern.

«Was jetzt?», stöhnt Seraina missmutig, «Und wenn Leo was zugestossen ist? Der sollte doch schon längst hier sein!» – Solche Gedanken will Margarethe nicht weiterspinnen, denn sie befeuern eine aufkeimende Panik. Doch das ist schwieriger umzusetzen als gedacht, denn wenn die Angst im Nacken sitzt, lässt sie sich nicht wie Fliegen verscheuchen.

«Gehen wir in die Höhle hinein, es fängt gleich an zu regnen», schlägt Rudy vor. Beide Mädchen folgen ihm niedergeschlagen. Jetzt sitzen sie am Höhleneingang und schauen dem Regen zu. Alle drei fühlen sich noch sehr schwach. Aber wenigstens können sie ihren Durst stillen. Sie fangen einfach Regenwasser mit den Händen auf. Es regnet so stark, dass sie schnell einen Schluck beisammenhaben, und dann den nächsten.

* * *

Es regnet immer stärker. Der weisse Hirsch haucht sein Leben aus, seine Augen verlieren den Glanz. Leon senkt sein Haupt und berührt einen Vorderspross des Riesen mit seiner Stirn. Das Geweih leuchtet nicht mehr, und auch das Kreuz oder Schwert dazwischen ist erloschen. Als er da so kniet, völlig durchnässt und deprimiert, sieht er im Wasser ein Funkeln – das Glitzern eines echten Schwertes!

* * *

Seraina schreckt auf: «Ein Reiter!» Alle drei schauen hinaus in den Regen. Und tatsächlich, da kommt ihnen ein Ritter entgegen – mit Schwert und Ross, oder doch nicht? Das Tier hat ein kleines Geweih!

«Leon!», brüllt Margarethe vor Erleichterung, doch als sie aufstehen will, stolpert sie nach vorne, sackt sofort in sich zusammen und landet in einer Pfütze. Der Angesprochene springt vom Reittier und eilt zu seiner Liebsten, um sie aus dem Dreck zu ziehen. Beide sind pitschnass. Schnell stolpern sie in die Höhle hinein zu den anderen beiden. Der Junghirsch verschwindet im Wald. Leon schickt ihm einen telepathischen Dank.

Seraina und Rudy schlucken einen Vorwurf bezüglich der Wartezeit hinunter, und alle umarmen sich erleichtert. Da platzt Rudy heraus: «Ein Schwert hast du! Aber wo holen wir uns den Raben für den Zeitsprung?» – Die anderen drei blicken ihn halb vorwurfsvoll, halb verzweifelt an. Denn es tut weh, wenn jemand in einem glücklichen Moment den einzigen Gedanken, der das Kartenhaus in sich zusammenfallen lassen kann, ausspricht. Aber wo er Recht hat, hat Rudy Recht – für Leons Geschmack hat er eben zu oft Recht: eigentlich immer.

* * *

Als der Regen endlich aufgehört hat, beeilen sich die Freunde nach draussen, um einen Raben zu finden. Leon versucht es mit Telepathie, doch da scheint kein Rabe weit und breit zu sein – oder zumindest keiner, der sich auf eine Zeitreise einlassen will.

«Scheisskarma!», grummelt Rudy und fasst sich an den Bauch, «Und passend zum Stichwort rumort es schon wieder im Gedärm…» Auch Seraina spürt ein Ziehen im Bauch. Margarethe kämpft dafür mit unerträglichen Kopfschmerzen. Der Taucher in die Pfütze war auch nicht gerade gesundheitsförderlich. Und Leons Weidenrinde nützt bei seiner Liebsten nichts. Der starke junge Mann nimmt seine Mäg huckepack. Er fühlt sich wieder fit, kräftig und gesund.

Seraina und Rudy aber stöhnen wie aus einem Mund: «Geht's noch lang? Ist es noch weit? Wohin gehen wir überhaupt?» – Margarethe ist auf Leons Rücken eingeschlafen, was das Tragen erschwert. Leon bläst die Backen auf und überlegt, was er wohl jetzt sagen soll, um keine kollektive Meuterei der R-Fraktion zu provozieren. Langsam und achtsam meint der Löwe: «Einen… Raben brauchen wir. Ich… rufe ständig in Gedanken nach einem. Wenn einer… ja, also, wenn einer mich ‹hört›, werden wir ziemlich schnell wieder zuhause sein.» – Wenn das Wörtchen ‹wenn› nicht wäre…

* * *

«Ein Rabe!», frohlockt Seraina. – «Leider nein, nur eine Krähe», seufzt Leon. – «Probieren wir's doch mit einer Krähe!», schlägt Rudy vor, «Dohlen haben uns in der Brech… äh, sorry, intestinaler Verhaspler, … Bechburg, in der Bechburg in die Zeit der Kelten versetzt. Na ja, da warst du noch nicht mit von der Partie, Leo.» – Leon blickt seinen Kumpel schief an und ruft dann mit krächzenden Lauten die kleine Krähe heran. Bereitwillig setzt sie sich auf einem niedrigen Ast von einem Baum, der neben den vier Freunden steht.

Die Krähe trägt etwas im Schnabel: eine Rose. Verblüfft quittiert es Margarethe, die wieder das Bewusstsein erlangt hat, nachdem sie kurz weggetreten war. Aber die anderen reagieren vor lauter Aufregung nicht darauf.

Leon streckt den rechten Arm mit dem Schwert in der Hand aus und bittet die Krähe, sich auf den Schwertgriff zu setzen. Seraina und Rudy klammern sich sofort an Leons linken Arm. Tatsächlich tut die Krähe, wie ihr befohlen wurden. Alles um die vier Freunde beginnt sich zu drehen, und sie werden alle ohnmächtig.

* * *

Die Zeitreisenden erwachen nur langsam. Besonders Margarethe hat es nicht sonderlich eilig, das Bewusstsein wieder zu erlangen. Denn sie fürchtet sich vor dem, was sie erwartet. Ist ihre Mutter tatsächlich gestorben? Und wie geht es ihrem Vater? Seraina und Rudy? Und… was ist mit Leon? – Margarethe macht ein Auge auf. Die Wände ihres Zimmers sind weiss. «Uff», gibt sie einen Stossseufzer von sich, «Immerhin schon mal eine normale Wand!» Dann öffnet sie das andere Auge und lässt den Blick im Zimmer schweifen. Bei ihrem Smartiefon hält sie inne und frohlockt: «Es ist das neue Modell!!! Jibiiii, wir sind zurück!» Schnell springt sie aus dem Bett und rennt im Pyjama in die Küche. Da sitzt ihre Mutter und schlürft ihren Morgenkaffee. «Mäggy, sei doch morgens ein wenig leiser! Du weisst doch, dass ich ein Morgenmuffel bin!», tadelt Marianne ihre Tochter, die aber die Zurechtweisung ignoriert und ihrer Mutter um den Hals fällt. Die Bankdirektorin ist komplett überrascht und fast schon ein bisschen verärgert. Andererseits freut sie sich, dass ihre Tochter, die seit Leons Auftauchen kaum mehr ihre Mutter umarmt hat, endlich wieder etwas mehr Familiensinn aufbringt.

Margarethe vermeidet es, ihrer Mama von ihren deprimierenden Erlebnissen in drei Parallelwelten zu erzählen. Genauer gesagt, wenn man den Freistaat Rapperswil dazuzählt, waren es gar vier Parallelwelten. Okay, aber ist jetzt alles wieder zurechtgebogen? Zumindest scheint die Pandemie der Vergangenheit anzugehören. Margarethe vergewissert sich noch bei ihrer Mutter, indem sie den Nobelpreis erwähnt und fragt, ob das Geld auf diesem Konto sich vermehrt habe. Marianne ist jetzt noch überraschter als zuvor, denn ihre Tochter hat sich bisher nie sonderlich um das Nobelpreisgeldkonto gekümmert. «Klar, das verzeichnet solide Zinsgewinne. Wieso? Willst du was kaufen?», reagiert die Mutter und mustert Margarethe mit prüfendem Blick. «Nein, nein, wollte nur mal fragen», wehrt das Mädchen ab und verschwindet wieder in ihrem Zimmer.

Sie schickt ihren Freunden Textnachrichten. Seraina und Rudy antworten gemeinsam: «Uns geht's wieder gut. Der Nobelpreis ist zurück, unser Heilmittel ist auf dem Markt. Keine Pandemie weit und breit. Jetzt müssen wir nur herausfinden, ob die Verschwundenen den Fluch der Münze auch überwunden haben und nun wieder zuhause sind.» – Bevor Margarethe sich dazu äussern kann, meldet sich Leon: «Hallo Liebste, mir wächst ein Geweih… sicher wegen der Impfung oder wegen dem weissen Hirsch! Nein, ich verarsche dich nur, alles normal bei mir. Und du? Kater weg?» – Margarethe grinst und schüttelt den Kopf: Typisch Leon! Sie schreibt: «Alles ok, schaue noch bei Plonk vorbei heute. Mir ist nicht wohl dabei, dass ich ihn schon so lange nicht gesehen habe…»

* * *

Plonk ist nirgends zu finden. Bei seinem Baum in seinem Revier am Horgenberg ist er auch nicht. Nur seine Frau Corvina sitzt im Nest. Sie scheint ihn auch zu vermissen. Sie lässt das Köpfchen hängen. Spontan pflückt Margarethe von einem Wildrosenstrauch unterhalb des Nestbaumes eine kleine Blüte und wirft sie hinauf. Sie ist überrascht, wie flink Corvina reagiert, die Rose fängt und sorgfältig ins Nest legt. Margarethe beeilt sich, ihr

zuzurufen: «Vertrau mir, ich hol dir deinen Plonk zurück!» Und
für sich denkt sie, dass sie hier hoffentlich nicht zu viel verspricht…

19

Ein Rabe ohne Federn

«Eine Münze? Die soll… ich mir a-a-anschauen… und na-na-nachforschen, woher sie… stammt?», stammelt Margarethe und schluckt leer, als sie von ihrem Chef in der Kantonsarchäologie, Armin Grabenweger, ihren ersten Auftrag bekommt. Um zu erfahren, ob irgendwelche sonderbaren Ereignisse rund um die Münze stattgefunden haben, fragt sie mit einer Unschuldsmiene: «Ich möchte den Finder befragen. Wer…?» – Herr Grabenweger schaut von seinem Laptop auf und rückt seine Brille zurecht, dann antwortet er: «Kein Finder, eine Finderin. Es ist eine Jägerin, Johanna von Känel. Sie fand die Münze im Pansen einer Hirschkuh.» – Margarethe erbleicht und fragt nach: «Eine weisse?» – Ihr Chef schaut sie entsetzt an und kontert: «Wäre es für Sie ein Problem, wenn es eine farbige Jägerin wäre?» – Jetzt wird Margarethe knallrot und stammelt: «Ich… mei-mei-meinte die Dings… Hirschkuh. Wegen der Dings… äh Gründungslegende.» – «Ach sooo», macht Grabenweger erleichtert, und die ganze Anspannung fällt von ihm ab. Das Missverständnis *ad acta* legend, erklärt er: «Eine weisse Hirschkuh hatten wir hier noch nie. Aber fragen Sie unseren Hausmeister, der auch für die Vitrinen zuständig ist. Der hat, glaube ich, ein Präparat eines weissen Rehkitzes im Keller rumstehen.»

Margarethe ist erleichtert: Die Jägerin ist noch da, und der Hausmeister ist wieder da. Weil die Erste und der Letzte der Verschwundenen trotz Münzenfund im Hier und Jetzt weilen, müssten wohl auch alle anderen wieder zurückgekehrt sein. Der Erfolg ihrer neuen Mission wird allerdings überschattet vom Verschwinden ihres Raben Plonk.

* * *

«Wo zum Geier ist Plonk?», schluchzt Margarethe in Leons Armen, während sie am See auf einer Bank jede Minute die Ankunft der R-Fraktion ihres Teams erwarten. Für Margarethe bedeutet die Situation roter Alarm: Ihr Ziehkind ist weg!

Als Seraina und Rudy endlich eintreffen, hat sich Margarethe etwas beruhigt. Sie steht auf und zieht Leon mit sich. Er wäre gerne noch etwas sitzen geblieben, doch die Geste ist eindeutig: Seine Mäg braucht Bewegung. So schlendern die vier Freunde dem See entlang, höchst erstaunt, Gerry nicht zu treffen.

«Diese Welt könnte auch eine Parallelwelt sein», grübelt Rudy, «denn ohne Gerry stimmt was Grundlegendes nicht. Aber zumindest habe ich meine Implantate wieder!» Margarethe freut sich für ihren besten Freund, doch sie sieht, wie Seraina die Augen verdreht. Sie muss schmunzeln.

Sie reden über Plonk und mutmassen, was passiert sein könnte. Rudy rechnet für jedes Szenario die Wahrscheinlichkeit aus, dass sie zutrifft. Mit der Zeit wird das für Margarethe zur Qual, denn ihr Plonk ist weg, zu 100%. Das ist ihr klar. Und daran kann man nicht rütteln, da hilft das ganze Durchspielen von Möglichkeiten nichts. «Kannst du nicht deine gefiederten Freunde anfragen, ob sie Plonk gesehen haben…», fragt Seraina an Leon gewandt. Dieser meint seufzend: «Hab ich doch schon, wollte nur nix sagen, um Mäggy nicht zu verunsichern. Keiner was gehört, keiner was gesehen…»

«Mit Vögeln komm…», beginnt Margarethe gedankenversunken eine Überlegung auszudrücken, da verhöhnt sie eine Stimme hinter ihr. Als sich die Freunde umdrehen, steht dort tatsächlich Gerry und blökt: «Na, ausser Vögeln habt ihr nix im Kopf!» – «SCHNAUZE!», herrscht ihn Margarethe an wie eine Furie. Der

Angebrüllte zieht den Kopf ein und macht mit seinen Body-guards rechtsumkehrt. «Respekt, Mäg», lacht Leon, «der hat sicher noch ein anderes Körperteil als nur den Kopf eingezogen...» Die anderen drei grinsen.

«Gerry ist aufgetaucht... ergo befinden wir uns in der richtigen Gegenwart. Nehmen wir also an», beginnt Rudy einen erneuten Versuch, Plonks Verschwinden zu analysieren, «Nehmen wir an, wir sind in der RICHTIGEN Gegenwart. Dann KANN Plonk nicht verschwunden sein, unmöglich. Es muss ihm was zugestossen sein. Wenn Leons Vögel ihn nicht finden können, kann das nur bedeuten, dass er NICHT in der Natur draussen ist. Folglich müssen wir uns auf Innenräume beschränken...» – «Na super, das ist ja die halbe Miete! Willst du alle Häuser dieser Welt durchsuchen?», stöhnt Margarethe und beginnt, hemmungslos zu schluchzen. Leon nimmt sie sanft in die Arme, dann schlägt er vor: «Ru, wenn ich mir erlauben darf, deine Gedanken fortzuführen: Es kann nur ein Haus geben, in dem er sein könnte – meine Studentenbude. Da war er nämlich das letzte Mal, als ich ihn vor unserem Zeitsprung gesehen habe...» – Alle drehen sich zu Leon, und Margarethe hört auf zu weinen. «Nicht schlecht, Herr Specht», flachst Seraina in Leon-Manier. Der Löwe indes wird ganz nachdenklich: «Aber wenn er da wäre... weshalb habe ich dann heute Morgen keinen Hilferuf-Krächzer von unserem guten Plonk gehört? Aber eben, rein logisch wäre doch diese Theorie die naheliegendste – oder, Ru?» – Der Angesprochene nickt und ist ziemlich überrascht, dass ausnahmsweise Leon schneller als er das wahrscheinlichste Szenario präsentiert. Die gebotene Eile verhindert, dass Rudy über diesen Umstand allzu sehr eingeschnappt ist.

Nun sind die vier Freunde auf dem Weg zu Leons Studentenbude, die glücklicherweise nicht weit vom See entfernt ist. Es ist ein altes Jugendstil-Gebäude vom Ende des 19. oder aus den Anfängen des 20. Jahrhunderts, aus Stein gebaut. Als sie es betreten, staunt die R-Fraktion, die noch nie dort gewesen ist, wie abgehalftert es innen aussieht. «Draussen top, innen flop», bringt es Seraina auf den Punkt. Rudy verkneift sich einen flapsigen Spruch, wird aber sofort professionell: «Okay! Schlüssel! Mach alles auf, wo du Zugang hast, Leo! Keller: Leo. Fremde Wohnungen und Zimmer abklappern, da teilen wir uns auf: Hochparterre Seraina, mittlerer Stock Mäggy, oberer Stock ich. Dachstock auch Leo, denn du kannst gut mit Spinnen, du machst die verseuchten Bereiche…» – Leon grinst und zeigt seinen aufgestellten Daumen der rechten Hand.

Während sich Leon im Keller abmüht, auch in die hintersten Winkel der abgeschlossenen Abteile zu spähen, klopft Seraina beim ersten Bewohner an, einem schlampig gekleideten Nerd, der erst seine riesigen Kopfhörer von den Ohren nehmen muss, um Seraina zu verstehen. Sie legt los: «Endlich, dachte schon, ich müsse die Tür einschlagen. Hast du einen Raben gesehen? Darf ich mal rein?» Und bevor der junge Mann etwas sagen kann, ist sie auch schon in seinem chaotischen Zimmer, das ziemlich übel riecht. «Aufräumen und lüften wäre mal eine Idee, was?», grunzt sie und rümpft die Nase. Der Messie-Mann verdreht die Augen und kontert in einem absichtlich piepsigen Tonfall: «Ja, Mami!»

Margarethe trifft auf eine Blondine, die noch im Morgenmantel steckt, einen mit einem ziemlich tiefen Ausschnitt. Sie ist froh, hat Rudy ihren Leon in den Keller geschickt. Die Spinnen sind etwas weniger aufreizend, denkt sie. Die junge Frau lässt Margarethe eintreten und fragt nach dem Grund für den Besuch. «Ich vermisse meinen Raben, er wurde das letzte Mal in diesem Gebäude gesehen. Hast du was krächzen gehört?», erklärt Margarethe schnell. Die Blondine streicht eine Strähne aus ihrem Gesicht und überlegt kurz: «Frag Sascha, macht den Tierarzt. Zwei Türen weiter.»

Rudy hat unterdessen das Zimmer eines etwas dicklichen Informatikstudenten inspiziert, und da platzt die Begeisterung aus ihm heraus: «Geil, eine Virtual-Reality-Brille, um in digitale Welten abzutauchen! Programmierst du diese selber?» – «Klar Mann! Will doch nicht in einer IT-Abteilung enden und den ganzen Tag nur die Server vor Häckerangriffen schützen. Will Kohle machen mit Games in virtueller Realität.» Rudy vergisst beinahe seinen Auftrag, so verzaubert ist er. Einen solchen Zustand hätte nicht mal die sexy Blondine einen Stock tiefer bei ihm auslösen können.

Margarethe klopft nun an Saschas Tür, da öffnet eine kleine Frau mit kurzen, roten Haaren und leicht verschmutzten Kleidern, vermutlich hat sie gerade ein Terrarium gereinigt. «Darf ich deinen Freund sprechen? Den Sascha.» – Die Angesprochene lacht: «Sascha bin ich! Den Kosenamen habe ich mir als Kind eingefangen, weil ich gerne mit den gleichnamigen Puppen gespielt habe, ich heisse nicht mal Alexandra, sondern Franziska. Fränzi würd mich aber dermassen nerven, da passt…» – Margarethe unterbricht sie, weil sie glaubt, ein Krächzen zu hören: «Päppelst du einen Raben auf?»– «Ja», erwidert Sascha sec. Margarethe bleibt der Mund offen, und sie stürmt an Sascha vorbei zu einem grossen Karton, der neben Saschas Bett steht. Als sie hineinschaut, erschrickt sie fürchterlich: Darin hockt Plonk drin, unverletzt, aber komplett nackt. «Grrrita! Pelich.» – Margarethe seufzt: «Klar. Wäre mir auch peinlich, wenn mich jemand so sehen würde, ein Hühnchen ohne Federn… Aber du lebst, Plonk, bin ich froh!» Und der Rabenmutter fällt ein ganzer Mount Everest vom Herzen.

«Er krächzte vor ein paar Tagen im Zimmer über mir, dort wo Leo wohnt. Seine Tür war offen und ich schaute nach. Leo war nicht da. Das arme Tier konnte ja nicht mehr fliegen, so hab ich ihn zu mir genommen, gewärmt und gefüttert. Eine Zeit lang versagte ihm die Stimme, vermutlich hat er sich erkältet. Jetzt geht es ihm wieder gut, und die Federn wachsen auch schon nach, siehst du die spriessenden Federkiele? Die Infrarotlampe da stelle ich immer ein, wenn seine Haut sich kalt anfühlt. Und die Leinentücher da kriegt er nachts rumgewickelt», erklärt Sascha die Situation und beugt sich ebenfalls über den Karton, dann fragt die angehende Tierärztin zu Margarethe gewandt: «Ist das dein Rabe? Der ist zahm. Hast du ihn von Hand aufgezogen und ihm das Sprechen beigebracht? Das wäre echt der Hammer!» Die Angesprochene bejaht und wickelt Plonk in die Leinentücher, damit ihre Freunde ihren Ziehraben nicht auch noch nackt sehen. Das wäre Plonk sicher noch viel peinlicher.

Per Smartiefon informiert Margarethe die anderen von der geglückten Wiedervereinigung. Schnell finden sich alle bei Sascha ein und beglückwünschen die Rothaarige, dass sie perfekt reagiert hat. «Du hast was gut bei mir», meint Leon, doch als er Margarethes zugekniffene Augen sieht, beeilt er sich, seine Aussage zu korrigieren: «...bei ihr.» Und er zeigt mit dem linken Daumen auf seine Mäg, die nun wieder lächelt.

* * *

Zuhause angekommen, bemuttert Margarethe ihren Raben wie damals, als er vor ihrem früheren Domizil als noch flugunfähiger Jungvogel hilflos vor ihre Füsse geplumpst war. Leon fährt die R-Fraktion noch schnell mit seinem Elektroflitzer nach Wädenswil. Seraina und Rudy wollen ausreiten. Leon grinst zum Abschied und meint augenzwinkernd: «Reiten! Ja, alles klar!» Er ist davongebraust, bevor sich jemand darüber enervieren kann.

* * *

Nach ein paar Wochen sieht man Plonk nichts mehr an. Seine Federn sind jetzt sogar noch schöner als vorher und glänzen, denn sie sind ganz neu. Und nach ein paar Flugstunden ist er auch wieder der alte Meister der Lüfte. Seine Frau Corvina hat ihn während seines Genesungsprozesses bei Margarethe besucht und ihm Leckereien aus dem Wald mitgebracht. Margarethe rümpft zwar die Nase ob der meisten Mitbringsel, doch für Plonk müssen die Krabbeltiere Genuss pur sein.

Als Leon wieder einmal bei seiner Mäg weilt, sinniert sie über den Grund des Federnlassens. Der angehende Biologe erklärt achselzuckend: «Also natürlich ist das nicht, aber unsere Zeitreisen sind es auch nicht. Vermutlich war das der Preis, den er zahlen musste, damit wir den Zeitsprung mit den Jagdmessern und weit voneinander entfernt schaffen. Wir mussten ja davor auch Haare lassen!» – «…die zum Glück wieder nachgewachsen sind!», fügt Margarethe von Dankbarkeit erfasst hinzu. Dann spricht sie stolz: «Aber Plonk ist der grösste Held von uns allen. Er riskiert sogar sein Leben für uns!» – «Tun wir das nicht alle auf die eine oder andere Art?», meint Leon und umarmt seine Freundin.

20

Ein Rabe zu viel

Endlich findet Margarethe Zeit, ihren Schreibtisch aufzuräumen, und sie stellt fest, dass sie noch einige Bücher über Rapperswil herumliegen hat. Sie kann es nicht lassen, darin zu schmökern. «Da steht genau das, was ich gesucht hatte... das könnten die fehlenden Puzzlesteine sein», sinniert sie. «In der Bronze- und Eisenzeit... das ist aufschlussreich! Die Verwendung von Metall erlaubte Verbesserungen in der Herstellung von Gegenständen... Handelswege... Zinnstrassen, weil das Metall so selten war... neue Metallwaffen, militärische Überlegenheit... Fibeln, Halsringe... kultureller Aufschwung durch Pflug und Bronzesichel... nützt mir alles nichts.» Sie blättert weiter: «Wissen über die Eisenzeit aus Gräbern... neue Begräbnissitten, oh nein, danke! Das Thema Grab mag ich jetzt nicht erörtern! Grabbeigaben: Gefässe, Waffen, Schmuck... keine Münzen!»

Entnervt will sie das Buch zuklappen und beiseitelegen, dann aber richtet sie ihr Augenmerk auf die nächste Kapitelüberschrift, bleibt bei den <Kelten> hängen und liest weiter – Erinnerungen an ihr Abenteuer auf Schloss Neu-Bechburg werden wach, als sie zusammen mit Seraina und Rudy tief in die Geschichte der Kelten eintauchte. Auf dem Gebiet der heutigen Schweiz lebten keltische Stämme, die nach ihrer Expansion von den Griechen und Römern zurückgedrängt wurden. «Über die Römer mag ich jetzt gar nicht lesen», beschliesst die Lesende und möchte das Buch zuklappen, als ihr Blick über die Worte <die Einführung des Geldes> wandert. Im 3. Jahrhundert setzte der Geldumlauf ein; *oppida* bekamen als Prägeorte zusätzliche Bedeutung. Die Verschmelzung der Kelten mit der mediteranen Kultur findet Margarethe zwar spannend, aber über Geld oder

Münzen erhält sie keine weiteren Informationen. Dafür wird ihr plötzlich mit Schrecken etwas klar…

* * *

Als sich die Freunde kurz nach ihrer Mission erneut treffen, rückt Margarethe mit einem Geständnis heraus: «Das ist so superpeinlich, das dürfte einer Hobby-Historikerin echt nicht passieren!», seufzt sie. – «Was denn?», möchte Rudy wissen. «Schiess los, du bist ja noch keine Studentin, du darfst dir alles erlauben!» – «Ausserdem dachte ich, du wollest sowieso Archäologie studieren!», wirft Seraina ein.

Margarethe räuspert sich verlegen: «Ich habe mich täuschen lassen – von dem Raben!» – «Von Plonk?», wundert sich Leon. «Unmöglich!» – «Lass mich doch ausreden, Leon! Das Buch… erinnerst du dich? Das rote.» Leon kratzt sich am Kopf und zerzaust dabei seine wieder unbändig langen Locken, als helfe ihm das beim Nachdenken. «Du meinst das mit dem Raben?» – «Ja. Schwarzer Rabe auf rotem Grund, ein dickes Buch, so richtig Rabenherz!» – Jetzt ist es an Rudy, sich zu räuspern: «Das Wappen… war da nicht ein Rabe drauf? Bei dieser Führung, im Freistaat?» – «Ja, genau. Und ich war so blöd, dass ich es nicht gemerkt habe!» – «Was denn gemerkt?», fragt Seraina ungeduldig. «Mach es doch nicht so spannend!» Die Geschichtsforscherin seufzt und errötet: «Das ist das falsche Rapperswil, und ich habe es erst jetzt gemerkt, wo ich in dem Buch nochmals etwas nachschauen wollte. Ich dachte mir, warum ist da eigentlich ein Rabe drauf, wenn doch das Rappen, äh ich meine, Wappen der Stadt Rapperswil eine Rose ziert?» – «Du meinst… d-d-das handelt g-g-gar nicht von UNSEREM Rapperswil?», stottert Leon, und Rudy stösst ihn in die Seite: «Sag mal, Leo, bist du am hellichten Tag besoffen? Du stotterst ja wie damals bei der Vodka-Orgie mit den Russen in Berlin 1966!» – «Ausserdem ist es nicht UNSER Rapperswil, wir sind schliesslich aus Zürich!», fügt Seraina hinzu. Unterdessen hüstelt Margarethe, was auf steigende Ungeduld hinweist. – «Unsere Jungfrau wird ungeduldig!», flachst Rudy. – «Quatsch, das war einmal – ich zitiere Rudy und weiss es ausserdem aus erster Hand», grinst Leon. – «Lasst den Sternzeichenkram; ich finde Mäggy sowieso untypisch als Jungfrau, irgendwie komisch», winkt Seraina ab.

«Untypisch oder nicht, jetzt hört doch einfach mal zu! Ich habe echt nicht geschnallt, dass ich über die Geschichte von Rapperswil IM KANTON BERN recherchiert habe!», gesteht Margarethe. Die anderen sehen sie fassungslos an. «Etwa die ganze Zeit?», fragt Rudy nach. – «Nein, nur dort, wo es um die Frühgeschichte geht. Eigentlich genau das, was uns diese Stadtführer dort erzählt haben, über Mesolithikum und so weiter…» – «Echt jetzt?» Leon kratzt sich verwundert am Kopf. «Aber die historischen Fakten, über die Tiere, die Nahrung…» – «Das ist ja wohl übertragbar, das war ja die gleiche Zeit, aber der ORT war falsch! Darum war auch plötzlich der See weg!» – «Was, der See war weg?», wundert sich Seraina. «Ist mir gar nicht aufgefallen.» – «Ihr wart ja auch die ganze Zeit damit beschäftigt, Sprüche zu klopfen… habt ihr denn das Flimmern nicht bemerkt?»

Einen Moment schweigen alle vier. Dann krächzt Plonk, der sich zu ihnen gesellt hat. «Genau, Plonk. Als du gekrächzt hast, fing es an zu flimmern, und wir landeten für einen Moment in einem anderen Rapperswil!», wendet sich Margarethe an ihn. «Danach aber waren wir wieder im richtigen Rapperswil… also wenn man den Freistaat als richtig bezeichnen kann.» – «Bist du sicher?», äussert Leon seine Zweifel. «Was, wenn der Freistaat auch im Kanton Bern war?»

«Wie auch immer, was hat das zu bedeuten? Besteht da eine Verbindung? Waren unsere Missionen im gleichen Rapperswil oder in zwei verschiedenen Städten? Der Bezug zu Einsiedeln ist klar, daher der Rabe, soviel habe ich herausgefunden. Aber warum dieser seltsame Zeit- oder Ortssprung?», rätselt Margarethe.

«Hat vielleicht auch mit einer Wahl zu tun», mutmasst Seraina. – «Du meinst, dass wir uns für eines der Rappis entscheiden mussten?», sinniert Leon. «Aber warum, und weshalb ausgerechnet im Kanton Bern?» – «Also ehrlich, wenn ich wählen dürfte, dann wähle ich die Stadt am See mit der Burg!», erklärt Margarethe, und Rudy grinst: «Also eine Burg hat das Berner Rapperswil auch, wenngleich davon nur noch ein grasbewachsener Hügel übrig ist.» Er betrachtet ein Bild in dem Buch, welches Margarethe mit schuldbewusstem Blick präsentiert. – «Hochmittelalterliche Holzburg mit Palisaden, nicht schlecht!», flachst Leon. – «Aber wieso hiess der Ort auch Rapperswil?», wundert sich Seraina. – «Also im Fall von Rapperswil am Zürichsee hiessen die Grafen einfach so, also ich meine, das Geschlecht der Rapperswiler, welche früher noch ihre Stammburg bei Altendorf hatten», erinnert sich Margarethe. Rudy sieht auf seinem Smartiefon nach: «Das war eben das mit der Urkunde, die du doch früher mal erwähnt hast… von König Otto II. vom 14. August 972. Die erwähnt eine Ortschaft namens Rahpretesviare, und der Name lässt sich auf eine Hofgründung eines Alemannen namens Raprecht zurückführen, im 7.oder 8. Jahrhundert.» – «Also von welchem Rapperswil reden wir jetzt?», fragt Seraina irritiert. – «Von dem uns wohlbekannten, keine Sorge Rai», beruhigt sie Leon grinsend. «Meine Mäg macht ein Durcheinander, und dein Ru bringt alles wieder in Ordnung!» Wegen dieser Bemerkung erntet er Giftpfeilblicke aus den Augen seiner Freundin.

«Anno 1143 begab sich ein Rodulfus de Rapreteswilre in seiner Eigenschaft als Einsiedler Klostervogt... blablabla *zu König Konrad III nach Strassburg… wozu auch immer»,* liest Leon vor. Seraina reisst ihre Augen weit auf, so dass ihr beinahe die Brille von der Nase purzelt: «Einsiedeln! Schon wieder Einsiedeln!» Leon wendet ihr einen fragenden Blick zu: «Na und?» –

«Das hat doch etwas zu bedeuten! Das mit dem Wappen... Einsiedeln trägt doch auch einen Raben im Wappen!» – «Sogar deren zwei!», korrigiert Rudy und zeigt ihr ein Foto des Einsiedler Wappens auf seinem Bildschirm.

Leon räuspert sich: «Vielleicht liegt es auch einfach daran, dass der Rabe im Wort ‹Rapperswil› drinsteckt... Raberswil... wäre doch naheliegend, oder?» Die anderen drei schweigen verblüfft. Rudy fasst sich als Erster wieder: «Allzu offensichtlich, aber in der Tat naheliegend. Das ist doch sprachwissenschaftlich sicher untersucht, wo die Namen herkommen; ich sehe doch einfach nach...» – «Lass mal», wendet Seraina ein und fasst sein Handgelenk, bevor er auf seinem Smartiefon herumtippen kann. «Wir sollten uns besser vom Gefühl leiten lassen. – «Und wir haben schliesslich die Aufträge erfüllt und die Pandemie gebodigt und unsere richtige Zeit wieder erreicht, oder?», gibt Leon zu bedenken. «Insofern können wir nur richtig liegen, ganz egal, ob ein Rapperswil involviert war oder zwei – oder zwei Raben!»

21
Gerry und die drei Fragezeichen

Weihnachten 2022 ist vorbei, Silvester steht vor der Tür. Rudy ist seit zwei Wochen als Letzter der vier Freunde volljährig geworden. Er hat sich mit seinem fetten Lohn aus seinem Startup ein Schiff bauen lassen – eigentlich ist es ein schwimmender Wintergarten, ein grosses Floss mit verglastem Aufbau. An Bord ist eine kleine Küche sowie eine Toilette. Von aussen sieht das Gefährt ziemlich klobig und unharmonisch aus, aber wenn man sich darauf befindet, hat man beinahe eine Rundumsicht auf alle Ufer des Zürichsees. Nur die WC-Kabine schmälert das Erlebnis, denn sie ist logischerweise undurchsichtig. Platz bietet das Boot für rund ein Dutzend Leute. Ein grosser Tisch in der Mitte macht Parties möglich, man kann aber auch Matratzen auslegen, die Jalousien runterlassen und übernachten, natürlich nur vor Anker am Bootssteg in Wädenswil. Dank seiner Beziehungen aus seiner erfolgreichen Geschäftstätigkeit hat Rudy sogar einen der heiss umkämpften Anlegeplätze am See ergattert. Das wollen Rudy und Seraina in Zukunft oft nutzen, um sturmfrei zu haben. Zudem will Rudy auf dem Hightech-Floss arbeiten – weit weg vom nervenden Lärm der Nachbarn, die im Frühling, Sommer und Herbst nichts Besseres zu tun haben, als dauernd den Rasen zu mähen.

Auf dem Dach des Bootes sind Solarzellen, die eine Batterie speisen. Die liefert die Energie für die Schiffsschraube und die Heizung. Eine volle Akku-Ladung reicht locker für eine kalte Winternacht. So laden die vier Freunde je zwei weitere Personen aufs das Hightech-Floss ein, um Silvester auf dem Wasser zu feiern – inklusive einer *Pole Position* für das offizielle Neujahrs-Feuerwerk von Rapperswil-Jona. Sie hätten auch ins Zürcher

Seebecken fahren und jenem von Zürich beiwohnen können, doch nach ihren neusten Abenteuern fanden sie es angemessener, Richtung Rapperswil zu tuckern. Margarethe freut sich sehr darauf, nur Leon ist etwas verstimmt, denn Rudys Erfolg nervt ihn ein wenig. Also eigentlich ist es weniger die Missgunst, die ihn plagt, als vielmehr das Gefühl, selber deutlich weniger Einkommen zu haben. Er fühlt sich Rudy gegenüber wieder einmal minderwertig. Sein Gehirn sagt ihm zwar dauernd, dass es nicht nötig sei, sich unterlegen zu fühlen, denn er selber habe ja Fähigkeiten, von denen Rudy nur träumen kann. Aber wenn das Gefühl sich an etwas festbeisst, ist es sehr schwer, sich von den eigenen Gedanken zu lösen.

Margarethe hat kurzerhand entschieden, zwei Arbeitskolleginnen aus der Kantonsarchäologie einzuladen. Leon indes, der sehr kontaktfreudig ist und schnell neue Freunde findet, musste sich stark einschränken. Seine Wahl fiel nach langer <Qual> auf seine Mitbewohnerin Sascha, zum Dank, dass sie Plonk gerettet hat. Zudem hat er einen Assistenz-Kollegen dabei. Doch keiner der beiden ist ein richtiger Freund oder eine richtige Freundin – Leon kennt zwar viele Leute, doch kaum jemanden lässt er wirklich nah an sich heran.

Bei Seraina ist es einfach, sie hat ausser ihren drei engsten Freunden nur noch zwei weitere Personen, die öfters mit ihr zu tun haben – zwei Männer, denn Margarethe ist Serainas einzige Freundin. Serainas Gästeschaft besteht aus einem gleichgeschlechtlichen Männer-Paar in ihrem Alter, das sie an einer Party ihrer Tante kennengelernt hatte, wo die beiden als Kellner jobbten. Die beiden wollen ebenfalls Medizin studieren und haben Seraina zu einem Schnuppertag im Spital verholfen.

Rudy litt wie Leon unter der Qual der Wahl, aber mit umgekehrtem Vorzeichen: Er kennt ausser seinen drei Freunden und seinen Startup-Mitarbeitern kaum jemanden, und so musste er, um nicht ohne Gäste auf seinem eigenen Schiff aufzukreuzen, zwei

Arbeitskollegen einladen. Seine Wahl ist auf jene gefallen, die ihm die besten Inputs für seinen Erfolg gegeben haben – obwohl es meistens umgekehrt läuft, doch auch ein Superhirn kommt ab und zu nicht umhin, Ideen von anderen aufzugreifen. Der Mann und die Frau auf Rudys Gästeliste sind allerdings klar vom Asperger-Typ, der Mann sogar ziemlich stark. Im Vergleich zu den beiden ist Rudy geradezu eine Rampensau.

So geschieht es, dass am Abend des 31. Dezember 2022 das verglaste Floss zu seiner Jungfernfahrt <in See> stechen sollte. Die obligate Schiffstaufe wird natürlich vorher feierlich vollzogen. «Ich taufe dich auf den Namen Nautilus», ruft Margarethe und knallt eine billige Champagnerflasche gegen den hölzernen Unterbau. Rudy hat diese Ehre seiner ältesten Freundin überlassen, da er selber nicht gerne im Rampenlicht steht. Und Leon hat durchgesetzt, die Flasche in ein engmaschiges Netz zu stecken, damit die Scherben nicht in die Umwelt gelangen. Dass der Champagner ins Wasser fliesst, schluckt er murrend hinunter. Alle klatschen, Rudys Asperger-Gäste erst mit Verzögerung, denn sie müssen zuerst überlegen, ob das Sinn ergibt. Als sie es für unumgänglich taxieren, klatschen auch die beiden letzten.

Nun gehen alle an Bord, und Rudy schaltet zuerst sowohl das Licht im Innern des Gefährts als auch die äusseren Positionslichter an, denn er muss das Boot aus dem Hafen bringen. Im Dunkeln geht das nicht so gut. Zudem leuchtet auf dem Dach ein Positionslicht, das permanent leuchtet, wenn das Boot draussen auf dem See ist, damit andere Schiffe das Gefährt nicht übersehen, wenn sie auf dem See draussen die anderen Lichtquellen ausschalten, um das Panorama besser geniessen zu können. Rudy hat keine Mühe, die Technik zu beherrschen. Seine Bootsprüfung hat er noch kurz vor Weihnachten innert einer Woche absolviert, noch bevor er damit angefangen hat, Autofahren zu lernen. Und deshalb weiss er, dass das Wasser tückisch sein kann, denn es folgt eher der Chaostheorie als der Quantenphysik. So geschieht es mehrmals, dass das Floss einen Steg rammt, einmal sogar ein anderes Boot. Rudy ist das äusserst peinlich, doch sein Floss ist rundherum mit breiten Gummipuffern ausgerüstet, wie ein Autoscooter – da passiert nicht viel, ausser, dass die Gäste etwas durchgeschüttelt werden und sich darüber amüsieren, dass der Gastgeber zwar ein Superhirn ist, aber talentfrei beim Navigieren.

Schliesslich sind sie weit draussen, und Rudy schaltete den Motor und bis auf das obere Positionslicht auch alle Lichtquellen aus. Dann setzt er den Anker.

Den <Znacht> haben sie sich kurz vor der Schiffstaufe von einem Sushi-Kurier bringen lassen. Zur Vorspeise gibt es Edamame, die gekochten Sojabohnen aus der japanischen Küche. Und dann folgen diverse Sushi-Platten, eine umwerfender dekoriert und appetitanregender als die andere. Die Gäste überessen sich komplett, das feine Dessert soll deshalb bis Mitternacht im Kühlschrank bleiben.

Doch eine ungebetene Nachspeise trifft ein, eine – wie Margarethe es Seraina zuflüstert – unverdauliche. Gerry taucht am Steuer der Motor-Yacht seiner Eltern auf. Das Gefährt ist etwas länger als Rudys Floss, dafür aber schmaler. Niemand sonst hat begriffen, wer dort auf der Yacht steht. Margarethe hat Gerry an seiner übertrieben machohaften Stimme erkannt.

Mit seinem Schiff scheint Gerry das Party-Floss regelrecht zu kapern, denn seine beiden Bodyguards werfen Seile über die Schiffsanlegepoller von Rudys Boot und ziehen es zur Yacht heran. Gerry schreitet nach Backbord, lehnt sich über die Reling und glotzt überheblich grinsend auf die Partygäste hinunter. Er ist in eine weisse Kapitänsuniform gekleidet und trägt eine passende Marinemütze. Diverse Nachbildungen von Navy-Orden prangen auf seiner Brust. «So ein Lackaff und Angeber!», grunzt Leon und schickt Margarethe einen funkensprühenden Blick. Sie verdreht nur die Augen. Rudy wird bleich, fasst sich aber rasch und begibt sich hinaus. Ein schmaler Streifen rund um das Glashaus macht es möglich, sich draussen aufzuhalten. Das ist beim Anlegen am Steg nötig. Um seinem Kumpel beizustehen, folgt Leon Rudy sofort. Als der Cyborg das bemerkt, lächelt er nur angedeutet, aber Leon weiss, dass dies ein Zeichen grosser Dankbarkeit ist – Rudy ist froh um Leons Schützenhilfe.

Bevor Rudy sich über die unfreundliche Kaperung beschweren kann, tritt eine Frau an Gerrys Seite. Leon klassifiziert sie auf Anhieb als billiges Flittchen, Rudy hingegen registriert einfach eine weitere Person an Deck. «Sprachlos die Herren, was? Ich sehe drei Fragezeichen auf euren Gesichtern», plustert sich Gerry auf, «Wieso kapere ich euer Schiff? Wer ist die Schönheit an meiner Seite? Und: Was habe ich mit euch vor?» – Rudy kontert messerscharf: «Alle drei Fragen sind irrelevant. Raina ruft grad die Seepolizei an. In wenigen Minuten ist der Spuk vorbei. Ich sehe auch drei Fragezeichen auf deiner Stirn, Gerry: Warum habe ich diesen Scheiss gemacht? Wie komme ich aus der Nummer wieder raus? Wie hoch wird die Busse sein?» – Da lacht Leon laut heraus und muss sich an der Yacht festhalten, um nicht im Spalt zwischen die zwei Schiffe zu geraten, der sich öffnet und schliesst, weil die Wellen die Boote leicht tanzen lassen.

Gerry hebt den Kopf, um nach einem sich nähernden Polizeiboot Ausschau zu halten, doch er kann nichts entdecken. Deshalb wendet er sich wieder Rudy zu und lacht hämisch: «Die schaffen es niemals so schnell bis hierher, Mr. Superschlau. So, und jetzt kommt die Vergeltung!» – Rudy und Leon blicken einander verwundert und leicht irritiert an. Die Partygäste im Glashaus verfolgen den Schlagabtausch unterdessen gebannt wie das Finalspiel einer Fussball-Weltmeisterschaft. Das Floss bekommt sogar etwas Schlagseite deswegen.

Gerry hebt die Stimme, damit es auch alle hören können: «Ich versenke euer Floss. Die einzige Möglichkeit, dies zu verhindern, ist die folgende: Rudy und Leon ziehen sich nackt aus und springen in den eiskalten See.» – Rudy erbleicht, Leon flucht darauf los: «Wenn einer die Hosen runterlassen wird, dann wirst du das sein, Gerry! Verpiss dich, oder es wird gleich ziemlich ungemütlich für dich wer…» – Gerrys Bodyguards wuchten eine Art Kanone über die Reling, so dass deren Lauf direkt auf den Bug des Flosses zielt. Kurz ist Leon sprachlos. «Der blufft», flüstert er schliesslich in Rudys Ohr, als er sich wieder gefasst hat, «Wenn er schiesst, droht ihm Gefängnis, und das nicht zu knapp. Das Ding ist sicher nicht echt. Das kann man im Dunkeln nur nicht so gut erkennen.» Rudys verzweifelter Blick verrät Leon, dass es nun am Löwen alleine liegt, das Problem zu lösen. Und nun lächelt Leon dankbar, denn jetzt fühlt er sich nicht mehr minderwertig – er weiss jetzt, manchmal braucht auch ein Rudy wortwörtlich die Schützenhilfe eines Löwen. Dazu ist Leon prädestiniert wie kein anderer.

Leon zwängt sich an Rudy vorbei zum Bug und stellt sich mit verschränkten Armen vor die Kanone. Margarethe erschrickt fürchterlich und stolpert panisch nach draussen, doch Rudy hält sie auf und flüstert ihr zu: «Vertrau ihm, in solchen Situationen weiss er besser als wir alle, was zu tun ist.» – Leon wirkt total gefasst. Mit einem Pokerface wendet er sich an Gerry: «Es gibt elf Zeugen. Wenn ich tot bin, bringt dich das lebenslänglich ins Gefängnis. Bedenke, dort gibt es keine Ski- äh Schiffs-Hasen zum Rammeln, die Kleidung ist etwas dezenter als dein jetziger Fummel, und das Essen ist bestimmt kein Sterne-Menü. Also, was willst du?» Bevor der sprachlose Gerry seine Stimme wiederfindet, fährt Leon fort: «Lass uns auf beiden Schiffen Party feiern. Wir haben noch Sushi übrig und feine japanische Desserts anzubieten. Du hast sicher exklusiven Champagner zum Anstossen an Bord, Gerry. Lädst du uns zu einem Gläschen ein?»

Aus dem schwimmenden Glashaus ertönt riesiger Jubel, und Gerry wird frenetisch gefeiert. Doch wieso nicht Leon? Seraina hat, unbeachtet von den beiden Kontrahenten, die Partygäste zu einer List bewegen können. Sie hat die Leute darauf eingeschworen, Gerry hochleben zu lassen, um ihn gänzlich aus dem Konzept zu bringen. Der psychologische Trick wirkt Wunder, denn auf der Yacht steht ein peinlich berührter <Kapitän>, der hin und her gerissen ist zwischen Ratlosigkeit und Verblüffung. Es bleibt ihm nichts anderes übrig, als mitanzusehen, wie acht Partygäste mit Sushi und Dessert bewaffnet seine Yacht entern. Um sicher auf die Yacht zu kommen, überreichen sie das Essen Gerrys Bodyguards, die neben der <Tussi> wohl die einzigen Gäste auf Gerrys Schiff sind. Erst dann klettern sie hinüber. Seraina hat als Letzte das Glashaus verlassen, küsst ihren Freund und bittet ihn: «Wimmle bitte die Polizei ab, die legt grad auf der anderen Flossseite an.» Dann fordert sie Margarethe auf, ihr zu folgen, und klettert den anderen hinterher auf Gerrys Schiff.

Nachdem Rudy die Seepolizei davon überzeugen konnte, dass sich die Situation als harmloser Scherz herausgestellt hatte, begibt er sich zurück ins Glashaus. Von der Yacht her dröhnt laute Musik und Geschrei der Partygäste. Rudy erschrickt, als er Leon in einer Ecke kauernd erblickt. «Du bist nicht drüben?», fragt Rudy überrascht, und Leon erwidert mit einem breiten Grinsen: «Wozu? Ich bin DEIN Gast, Ru, und das ist mir mehr wert als der beste Alk der Welt.» – Rudy ist total perplex. Hat ihm der Löwe gerade ein Riesenkompliment gemacht? Analytisch betrachtet vergleicht Leon teuren Champagner mit Rudys Gastfreundschaft. Logisch betrachtet hinkt der Vergleich in Rudys Augen, doch wenn er als weiteren Faktor die Seltenheit von Leons Komplimenten an ihn berücksichtigt, dann kommt das Superhirn zum Schluss, dass er so etwas bestenfalls nur alle dreitausend Jahre aus Leons Mund vernehmen wird.

Nachdem er sich davon erholt hat, dermassen <gnadenlos> gebauchpinselt zu werden, holt Rudy zwei Bierflaschen aus dem Kühlschrank, öffnet beide und bietet die eine Flasche Leon an.

Dieser packt sie mit einem breiten Grinsen, und Rudy setzt sich neben ihn. Sie prosten einander zu und trinken schweigend.

Leon ist unschlüssig, ob er die einträchtige Stimmung mit Gequatsche zerstören würde oder ob Rudy schon lange auf so einen Moment gewartet hat und reden möchte. Er schielt ab und an zu Rudy hinüber, der aus dem Backbord-Fenster blickt, während hinter seinem Rücken die Yacht die Sicht verdeckt. Er spürt, dass das Superhirn mit sich kämpft, darum wartet Leon ab, was kommt. Doch dann spricht der Cyborg unerwartet: «Danke, Leo, ich hatte früher nie einen echten Freund.» Und er schaut Leon direkt in die Augen. Obwohl er sich sowas erhofft hat, wird die Situation für Leons Geschmack etwas gar klebrig. Dennoch schafft er es, sich einen flapsigen Leon-Spruch zu verkneifen. Doch etwas Gefühlvolles will ihm auch nicht über die Lippen, das wäre ihm dann doch zu peinlich. Stattdessen erwidert er einfach: «Mann, mir geht's doch genauso, Ru. Und ob du's glaubst oder nicht, die Stille hier habe ich lieber als das Getöse drüben.» Und in genau dem Moment ist es Punkt Mitternacht. Rudy und Leon prosten sich noch einmal zu, Rudy mit einer halb vollen Flasche, Leon mit nur noch einem Schluck in seiner.

Einige Sekunden nach Mitternacht sind auch Margarethe und Seraina wieder auf dem Floss. Sie wirken etwas verlegen. Beide Paare küssen sich innig und wünschen einander ein frohes Neues Jahr. «Wir dachten, ihr seid auch auf Gerrys Schiff…», entschuldigt Margarethe ihr spätes Auftauchen. – «Ach nee, Ru und ich bevorzugen eine arschlochfreie Zone – bloss nicht zu nah bei Gerry und seinen Hohlbirnen!», frotzelt Leon und macht eine abschätzige Handbewegung in Richtung von Gerrys Boot. Die vier müssen grinsen.

Jetzt erscheinen Rudys Arbeitskollegen wieder an Bord des Flosses, beide sehr bleich – wie Rudy hassen sie grosse Menschenmengen und laute Musik. Das Superhirn ist den beiden aber sehr dankbar, dass sie es doch zwanzig Minuten auf der Yacht ausgehalten haben, denn das Männergespräch mit Leon war Rudy sehr wichtig, auch wenn nicht viele Worte gefallen sind. Und die Neujahrsküsse der Paare waren dadurch auch im intimen Rahmen geblieben.

Als das Feuerwerk beginnt, wird es ruhig auf den beiden Schiffen. Ansonsten sind nur ganz wenige Boote draussen auf dem See, denn in der frostigen Jahreszeit lassen die meisten Besitzer ihre Schiffe in Hallen überwintern, um sie vor Schäden zu bewahren und kleine Reparaturen auszuführen. Nur sehr grosse Exemplare bleiben im Wasser.

Es ist ein gigantisches Spektakel, doch bald sind die Boote in Rauch eingehüllt. Rudys Gäste suchen wieder das Floss auf, denn im Glashaus ist die Luft rein. Seraina und Margarethe lösen die Taue, die beide Schiffe verbinden. Dann lichtet Rudy den Anker und fährt ein Stück weg von der Yacht. Sie bewundern das Feuerwerk bis zum Schluss, dann tuckern sie zurück nach Wädenswil, um das Floss in den Hafen zu fahren und dort festzubinden.

Nach und nach machen sich die Gäste auf den Heimweg. Auch Margarethe und Leon wollen losziehen. Margarethe umarmt ihre beiden ältesten Freunde, Leon legt zwei Finger an die Schläfe und verabschiedet sich mit einer wippenden Geste der Hand – sozusagen mit einem Abschieds-Salutieren.

Seraina und Rudy räumen noch rasch auf, lassen dann die Jalousien herunter, holen die Matratzen hervor, ziehen sich aus und legen sich erschöpft hin. Seraina küsst Rudy und wünscht ihm erneut ein gutes Neues Jahr. Er lächelt erschöpft, streichelt ihre Wange, sagt aber nichts mehr. Er streicht ihr sanft eine Haarsträhne aus dem Gesicht, da umarmt ihn Seraina stürmisch. «Umpf…», macht Rudy und gerät in Rückenlage, Seraina schmiegt sich an ihn. Da wird ihm klar, dass das neue Jahr sehr befriedigend beginnen wird…

22

Wilde Jagd und Eskapaden

«Also, die Hirschkuh», fängt Margarethe an mit einem süffisanten Grinsen. – «Wenn Mäg so grinst, dann bin ich mal gespannt», unterbricht Leon, der es sich auf dem Bettsofa in seinem WG-Zimmer gemütlich gemach hat. Sie schüttelt den Kopf: «Ich möchte warten, bis Raina und Rudy kommen, das sollen sie auch hören!» – «Spann mich nicht auf die Folter!», fleht er, und seine Freundin lacht provozierend: «Ich dachte, die Folterszene wolltet ihr mit MIR nachstellen!» – «Geht nicht», winkt er bedauernd ab. «Der Geissbock sitzt in Rapperswil im Jahr 1656!»

Ein Knarren auf der alten Holztreppe kündigt Besuch an, und kurz darauf treten die Erwarteten ein. – «Hee, anklopfen wäre anständig», flachst Leon mit gespieltem Vorwurf. «Wer weiss, was wir gerade treiben!» – «Dass ihr's gern wild treibt, wissen wir ja!», winkt Rudy scherzhaft ab. – «Und dass ihr's zu wenig treibt, ebenso!», provoziert Leon, aber das Augenzwinkern verrät, dass die neu entdeckte tiefe Freundschaft der beiden jungen Männer solche Neckereien verträgt. Seraina seufzt theatralisch: «Tja, wir sind eben anfällig auf Stress, während andere das offenbar antörnt!» Mit Seitenblick zu Leon lächelt sie verschmitzt. Margarethe protestiert: «Also, wenn Leon Stress hat, ist das also auch nicht inspirierend!» – «Oder wenn meine Mäg ihre Bücher im Kopf hat!», kommt flugs die Retourkutsche. «Erzähl jetzt, was du über die Hirschkuh erfahren hast! Raclette gibt's dann später!» – «Wieso, wir wollten doch zuerst Karten spielen», meint Seraina. «Um das neue Jahr einzuläuten. Aber ja, was ist mit der Hirschkuh?»

Die beiden Neuankömmlinge lassen sich auf den einzigen Stühlen nieder, die nicht wackeln, und Margarethe zückt ihr Buch. –

«Du Rampensau!», zischt Seraina. «Machst es wieder spannend!» – «Was, quatsch, ich trete doch gar nicht gern vor Publikum auf!», verteidigt sich ihre Freundin. – Leon grinst: «Du bist insgeheim ein Showgirl, gib's zu, du gibst dich nur immer so bescheiden!» – «Nein, Raina ist die Drama Queen!», protestiert Margarethe. Rudy macht einen Vorschlag zur Güte: «Egal, wie, ihr seid doch einfach ein Dream Team!» – «Und unsre Traumfrauen!», fügt Leon schwärmerisch hinzu.

«Also…», räuspert sich Margarethe. «Mit der Hirschkuh war das so: Die war auch ein Symbol, und wisst ihr, wofür?» – «Hm, zeigen sollte sie, welches der richtige Ort ist für eine Stadtgründung», antwortet Rudy wie ein artiger Schüler. Margarethe nickt: «Stimmt, aber mehr als das: Sie verrät auch, dass die Gräfin fremdgegangen ist!» Ihre drei Zuhörer starren die Erzählerin überrascht an. «Echt jetzt?», reagiert Leon lachend. – «Offenbar… zumindest mutmassen Historiker, dass die Legende dahingehend interpretiert werden kann», entgegnet Margarethe. «Ein Ablenkungsmanöver.» – Seraina muckt auf: «Also was jetzt, die Legende oder die Begegnung? Ich meine, hat die Gräfin das mit der Hirschkuh nur behauptet, um von ihrem Techtelmechtel abzulenken?» – Leon grinst: «Die Dame hatte es ja faustdick hinter den Ohren!» – «Hm, sie scheint sich gemäss der Klingenberger Chronik nicht ganz so tugendhaft aufgeführt zu haben, wenn man zwischen den Zeilen liest», bestätigt Rudy, der die nötigen Informationen dank seiner eingepflanzten Chips auch ohne Blick auf Computer oder Smartiefon sofort abrufen kann: «Offenbar hat der Vogt sie beim Fremdgehen beobachtet und beim Grafen gepetzt. Aber die andere Chronik, die Rickenmann-Chronik, verrät mehr.» – «Ja, die hab ich hier auch», bestätigt Margarethe. «Da steht, dass der Landesherr der Gräfin nachgestellt hat, und der Hofmeister, der auf sie aufpassen sollte, wollte es dem Grafen erzählen. Der wehrte aber ab, er wolle nichts Schlechtes über seine Frau erfahren. Damit impliziert er doch, sie zu verdächtigen.» Die anderen drei nicken. «Verdattert schlägt der Hofmeister dem Grafen dann vor, eine Burg an dem Ort zu bauen, an dem sie gerade stehen, so quasi als Ablenkungsmanöver und damit der Graf sein Gesicht wahren kann», erklärt die selbsternannte Historikerin. Seraina aber schüttelt ihren Kopf: «Das ist mir zu wenig explizit, und was ist mit den Hirschen?» – «Warte, das kommt erst noch», sprechen Rudy und Margarethe wie aus einem Munde. Er überlässt dem Mädchen den Vortritt beim Erzählen: «Der Graf geht mit seiner Frau und seinem Gefolge auf die Jagd, und dann passiert genau das, was ihr erlebt habt, oder wie ihr es mir erzählt habt. Dann legt die Hirschkuh der Gräfin ihren Kopf in den Schoss und so weiter.» – «Und die Symbolik dahinter, wolltest du dazu auch noch was sagen, Mäggy, oder soll ich?», fragt Rudy galant, und ihre Handbewegung fordert ihn auf, fortzufahren. «Wir haben drei Motive: Die verfolgte Hirschkuh ist ein Symbol des rechten Weges und Ortes und damit ein sogenannt weisendes Tier. Sie ist ausserdem weiss, ein Symbol für Reinheit.» – «Und der grosse Wald ist sicher auch ein Motiv mit Tradition in der Literatur. Der wilde Wald», vermutet Leon. – «Genau», bestätigt Margarethe. «Und der Vorschlag zum Burgenbau ist ein Ablenkungsmanöver, um die Skandalgeschichte zu vertuschen.» – «Möglicherweise ging es um familiäre Zwiste zwischen den verschiedenen Burgen, Alt- und Neu-Rapperswil», fügt Rudy hinzu. «Und die Frau war einsam, denn der Hausherr war dauernd weg, auf Pilgerfahrt nach Rom…» – «Rooom! Oho!», ruft Leon und pfeift. Das Lächeln auf seinem Gesicht verrät durchwegs angenehme Erinnerungen an die Ewige Stadt. – «Ja, unser Rom, unvergesslich… und alles hat stattgefunden!», schwärmt Seraina versonnen. «Weil wir die Gegenwart wieder in Ordnung gebracht haben, sind auch unsre liebsten Erinnerungen alle wieder wahr.» – Leon grinst: «Mir ist es eh wurscht, was die Gräfin da gewurschtelt hat, ich fand das Erlebnis mit den weissen Hirschen einfach umwerfend!» Voller Ehrfurcht nicken seine Freunde.

Epilog

Das neue Jahr entpuppt sich als tückisch, denn Rudys Startup erleidet unvorhergesehen Schiffbruch. Ein Mitbegründer hat die Konten geplündert und ist abgetaucht – fast drei Millionen Franken sind weg. Zudem flattert dem Startup ein eingeschriebener Brief einer amerikanischen Anwaltskanzlei ins Haus. Dort drin steht unter Auflistung drakonischer Strafen, die bei einer Verurteilung drohen, dass der Betrieb der Finanzdienstleistungs-App mit sofortiger Wirkung einzustellen ist, da sie die Urheberrechte einer grossen US-Bank verletzt. Gemäss Schreiben soll Rudys App ähnliche Algorithmen benutzen.

Als sich die vier Freunde treffen und das Desaster zur Sprache kommt – es stand ja in allen Zeitungen –, wiegelt Rudy ab: «Irrelevant. Die App hat mich mittlerweile eh zu Tode gelangweilt – alles viel zu durchschaubar. Hauptsache ich kann mein Floss behalten. Ich kann die Bootsplatzmiete aus dem Ersparten und dem restlichen Nobelpreis-Geld berappen, das reicht für ein paar Jahre. Bis dann habe ich neues Geld erarbeitet. Und meine Raina ist auch nicht unglücklich, wenn wir etwas mehr Zeit füreinander haben.» Die Angesprochene nickt energisch und strahlt wie ein Maikäfer. Margarethe umarmt ihre Freundin und seufzt erleichtert, wirkt aber etwas bedrückt: «Ich bin… froh seht ihr es beide… positiv. Und ich bin mir sicher, unserem Superhirn wird es nie an äh… Geschäftsideen mangeln!» – Leon hebt beide Augenbrauen und findet anerkennende Worte: «Echt stark, Ru, es so locker zu nehmen! Ich würde den Dieb bis ans Ende der Welt verfolgen, und die Anwaltskanzlei mit einer Gegenklage eindecken!» – «Ach was», entgegnet Rudy locker, «Wozu sich die Mühe machen. Deren mieses Karma wird sie früher oder später einholen. Der Dieb wird das Geld verprassen und sich dann reumütig der Polizei stellen, wenn er nicht schon vorher von einer

Mafia-Bande beraubt und umgebracht wurde. Und die US-Bank, die steuert garantiert auf eine Insolvenz zu, denn wie ich deren Geschäftsgebaren so einschätze, wird das nicht lange gut gehen...» – Die drei anderen schauen sich verblüfft an, sagen aber nichts dazu.

Seraina hat schon früh am Abend bemerkt, dass auf Margarethe eine etwas düstere Stimmung lastet. Irgendwann platzt sie damit heraus: «Mäggy, willst du uns nicht mal sagen, was dich bedrückt! Eine Heulboje ist fröhlicher drauf als du!» – Margarethe verzieht das Gesicht, und als Leon ihr mit einem Kopfnicken zu verstehen gibt, dass es wohl das Beste ist, die anderen beiden einzuweihen, kramt sie einen Brief aus ihrem Rucksack. Sie faltet das Papier auf und liest ihren Freunden vor: «Verzeihen Sie, Frau Gygax, dass ich Ihnen anonym schreibe. Aber es ist für mich sehr gefährlich, Ihnen mitzuteilen, was ich weiss. Glauben Sie mir: Sie sind nicht diejenige, die Sie zu sein scheinen. Nur schon Ihr Geburtsdatum ist eine riesengrosse Lüge...» Plonk gurrt leise dazwischen, weil er Margarethes Gedanken lesen kann und weiss, was sie jetzt sagen wird, als sie weiterliest: «...und das Wappen mit den zwei Raben ist der Schlüssel, um die Wahrheit über Ihre Herkunft und das ungesühnte Verbrechen, das zeitgleich stattgefunden hat, herauszufinden...»

* * *

Historische Fakten

Die Geschichte von Alt-Rapperswil (Altendorf)

Das Geschlecht der Rapperswiler stammt vermutlich von den Welfen ab, in der weiblichen Linie von den Herren von Uster. Ihre Güter lagen in der heutigen March, um den Greifensee, Uster, Wetzikon und Hinwil.

697 erwähnt eine Urkunde einen Ritter Raprecht als Stammvater der Burg St. Johann.

972 bestätigt eine Schenkungsurkunde von Kaiser Otto II. an das Kloster Einsiedeln *Rahprehteswilare* eine Hofgründung eines Alemannen namens Raprecht im 7./8. Jahrhundert.

1040 wurde die Burg Alt-Rapperswil *«Rahprehteswilare», «vestize der alten Rapreswile»* in Altendorf erbaut (1350 zerstört durch Stadtzürcher Truppen).

1097 war das Herzogtum Alemannien zerrissen: Das Land war in Gauen aufgeteilt; Rapperswil war im sogenannten Zürichgau gelegen. Der Zürichgau ging gemäss Vertrag zu Mainz 1096 an den Herzog von Zähringen.

1100 waren die Rapperswiler Schirmvögte des Klosters Einsiedeln; sie bauten die Burg Uster aus und errichteten die Burg Greifensee.

1189/91 Kreuzzug, an welchem Rudolph von *Raprechtswile* ob Altendorf, Kanton Schwyz, teilnimmt. Nach seiner Rückkehr lässt er die Burg samt Stadtmauer und die ersten Stadtteile erbauen. Dort, wo der Hafen von Rapperswil heute ist, war früher ein altes Fischerdorf. Mit dem ursprünglichen Sitz am linken Zürichseeufer profitierten die Rapperswiler von der Handelsstrasse, welche Zürich über die Bündner Pässe mit der Lombardei und Venedig verband. Denn: 1200 eröffnete die Erschliessung der Schöllenenschlucht die direkte Nord-Süd-Handelsroute und beeinflusste zusammen mit der Pilgerroute von Konstanz nach Einsiedeln (Schwabenweg) vermutlich die Errichtung von Neu-Rapperswil.

1190 Heirat von Elisabeth, der Tochter von Rudolf II. von Alt-Rapperswil, mit Diethelm von Toggenburg. Im gleichen Jahr starb Kaiser Barbarossa. Sein Nachfolger wurde 1197 Heinrich IV..

1192 (ca.) Tod des ersten Vogtes Rudolf II. von Rapperswil, danach fehlte vermutlich ein direkter Erbe (keine Urkundenbelege von Rapperswilern). Die Dynastie von «Alt-Rapperswil» stirbt aus.

Neu-Rapperswil (Rapperswil)

1200 tobte vermutlich ein Erbschaftsstreit wegen der Heirat Elisabeths mit dem Toggenburger.

1206 verlor Ulrich von Rapperswil sein Amt als Abt von Einsiedeln, Konflikt um die Kirche von Rapperswil.

1210 konnten sich die Herren von Neu-Rapperswil in der Gegend durchsetzen und führten die Rapperswiler Rose dreifach im Wappen.

1214 eskalierte der Grenzkrieg der Rapperswiler gegen Schwyz.

1217 beruhigte sich die Situation, als Rudolf II. von Habsburg, der Vogt von Schwyz, unter anderem das hintere Sihltal und Alptal zugesprochen erhielt.

1220 war die Halbinsel von Rapperswil Lehen der Klöster Einsiedeln, St. Gallen und Pfäfers. Pilger nach Einsiedeln reisten via Rapperswil.

1229 erfolgte die erste urkundliche Erwähnung von Burg und Stadt Rapperswil; die Gründungslegende spielt im Jahr 1200, als eine Hirschkuh der Frau von Rudolf II. von Rapperswil – der damals offiziell noch nicht Graf war – ihren Kopf in den Schoss gelegt haben soll, um verschont zu werden. Der Hirschpark existiert seither zu Füssen des Schlosses.

1233 wird Rudolfs Sohn Rudolf III. vom Kaiser in den Grafenstand erhoben und damit Graf Rudolf I. seiner eigenen Grafschaft Rapperswil. Graf Rudolf I. war Lehensvasall des Abtes Berchthold von St. Gallen.

Die Zähringer begrüssten das Emporkommen der Städte, und die Grafen von Rapperswil wollten eine Bürgerschaft heranziehen und strebten nach einer freien städtischen Verfassung.

1251 heiratete Anna, die einzige Tochter von Rudolf III., Graf Hartmann von Kyburg, starb aber kurz nach der Geburt ihres Sohnes, weshalb das Erbe 1255 an Rudolf III. von Vaz überging, der sich als Graf Rudolf IV. von Rapperwil bezeichnete und 1259 das Kloster Wurmsbach gründete.

1283 endet in der männlichen Linie das Geschlecht der Rapperswiler mit dem Tod des Grafen Rudolf V.. Regiert hatte für den Minderjährigen seine Schwester Elisabeth (beide waren Enkel von Rudolf III.). Rudolf I. von Habsburg zog die Reichslehen der Rapperswiler an sich: das Urserental – und damit die Kontrolle über den Gotthardpass – und die Vogtei über Einsiedeln. Das Kräftegleichgewicht des Zürichgaus wandelte sich.

1288 heiratete Elisabeth von Rapperswil Ludwig von Homburg (oder Honberg), der damit Graf von Rapperswil wurde. Im Krieg zwischen Bern und Rudolf von Habsburg (der das alte burgundische Königreich wieder herstellen wollte für seinen Sohn Hartmann) wurde Ludwig erschlagen. Seiner Witwe hinterliess er Schulden. Elisabeth musste Güter und Rechte verkaufen und geriet in Bedrängnis.

1291 schloss Elisabeth ein Bündnis mit der Stadt Zürich gegen die Herzöge von Österreich. Das führte zum Krieg. Die verwitwete Gräfin heiratete mit 36 – sieben Jahre nach dem Tod Ludwigs – den 26-jährigen Grafen Rudolf von Habsburg-Laufenburg.

1309 starb die letzte Rapperswilerin, die nach dem Tod ihres minderjährigen Bruders (Rudolf V.) die Geschicke ihres Hauses lenkte.

1313 wurde Graf Rudolf die Reichsvogtei weggenommen, die er von Kaiser Heinrich VII. erhalten hatte. Später wurden die Ländereien der früheren Grafen von Rapperswil unter die Söhne Elisabeths verteilt.

1315 wurde der Herr von Neu-Rapperswil, Elisabeths Sohn Rudolf, erschlagen in der Schlacht von Morgarten gegen Uri, Schwyz und Unterwalden. Das war der erste Krieg der Eidgenossen mit den Habsburgern. Die Besitzungen Rudolfs gingen an seinen Bruder Johann über.

1334 Verburgrechtung mit Zürich: Dieser bündnisrechtliche Vertrag verlieh Privilegien, vor allem militärischen Schutz sowie Marktzugang, und war ein spezifisch schweizerisches Mittel zum Aufbau von Territorialherrschaften. Mittels Burgrechtspolitik banden Städte Adlige, Köster und Landstädte an sich.

1336 verfügte Bürgermeister Rudolf Brun eine Verfassungsänderung für Zürich. Johann II. von Habsburg-Laufenburg nahm die verbannte Obrigkeit von Zürich in Rapperswil auf. Zürich suchte Unterstützung bei Graf Kraft III. von Toggenburg. Albrecht II. von Österreich griff ein und zwang Zürich, auf alle Eroberungen zu verzichten. Die Gegenregierung von Exilzürchern in Rapperswil plante den Umsturz des Brunschen Regimes unter Graf Johann II..

1350 kam es zum Handstreich auf die Stadt Zürich («Zürcher Mordnacht»), man wollte Brun und seine Anhänger im Schlaf überfallen. Brun zog nach Rapperswil, um sich zu rächen; die Zürcher brannten unter Rudolf Brun die Stadt Rapperswil nieder als Vergeltung. In Folge der Mordnacht von Zürich wurde Johann II. zwei Jahre im Zürcher Wellenberg eingekerkert. Die Zürcher besetzten die Untere March und erlangten die Kontrolle über die Bündner Pässe.

1354 ging die Grafenstadt Rapperswil an Habsburg-Laufenburg in Erbschaft und wurde dann aus Geldnot an Habsburg-Österreich verkauft. 1358 wurde die erste Holzbrücke über den See gebaut; In den 1360er Jahren wurden die Burg neu aufgebaut; sie hatte keinerlei militärische Bedeutung. Rapperswil stand unter dem Schutz des Klosters Einsiedeln und verfügte über einen grossen Herrschaftsbereich: die March, das Wäggital, den ganzen Oberseeraum. Seine Blüte erlebte es unter den Habsburgern, als Bollwerk gegen die Eidgenossen.

1385 versuchten die Zürcher zusammen mit den Glarnern die Stadt einzunehmen; 1386 erobert Rapperswil die Stadt Weesen (am Walensee) für Österreich.

1388 kämpfen die Rapperswiler auf der Seite der Österreicher in der Schlacht bei Näfels. Die Belagerung durch die Eidgenossen und Zürcher bleibt erfolglos.

1406 erhält die Rapperswiler Bürgerschaft von Österreich das Recht, ihren Schultheiss selbst zu wählen und hat einen Kleinen und einen Grossen Rat.

1416 wird Rapperswil unmittelbare Reichsstadt, unterstand damit direkt dem Kaiser (reichsunmittelbar).

1436-1450 tobte der Alte Zürichkrieg oder Toggenburger Erbschaftskrieg zwischen den Eidgenössischen Orten Zürich und Schwyz sowie der Herrschaft Österreich mit wechselnden Koalitionen. Der Konflikt tangierte auch Rapperswil, weil es um die Vorherrschaft rund um den Zürichsee und im Linthgebiet ging und die Stadt Zürich ein Bündnis einging mit den Habsburgern. In den Kriegswirren wurde die See-Brücke zerstört.

1450 wird Zürich Teil der Eidgenossenschaft; 1458 geht Rapperswil ein Schirmbündnis mit Uri, Schwyz, Unterwalden und Glarus ein, wie der Brief von 1464 bezeugt: Rapperswil wird eidgenössisch.

1531 Glaubenspaltung, Rapperswil wird erst reformiert, bleibt dann aber katholisch unter Druck seiner Schirmorte (Uri, Schwyz und Unterwalden).

1611 wütet die Pest in Rapperswil.

1656 kommt es im Ersten Villmerger Krieg zur wochenlangen ergebnislosen Belagerung durch die Zürcher unter General Johann Rudolf Werdmüller mit 18'000 Mann, 48 Geschützen und 80 Munitionswagen: die militärische Auseinandersetzung zwischen der reformierten Stadt Zürich und den katholischen Orten der Eidgenossenschaft, Rapperswil, Kanton St. Gallen, Schwyz und Unterwalden. Der Stadtschreiber von Rapperswil Johann Peter Dietrich hielt die Ereignisse des Jahres 1656 in seinem Tagebuch akribisch fest.

1712 Schirmbündnis mit Bern, Zürich und Glarus als Folge der Villmerger Kriege.

1798 Staatsumwälzung durch die Französische Revolution. Die Franzosen marschieren in Rapperswil ein. Danach galt die Helvetische Einheitsverfassung.

1799 wurde die Holzbrücke zerstört beim Durchzug von russischem und österreichischem Militär, welches die Franzosen vertreiben wollte im Zweiten Koalitionskrieg: Allianz von Russland, Österreich und Grossbritannien gegen Frankreich, welches den Ersten Koalitionskrieg 1792-97 gewonnen hatte.

1803 kommt Rapperswil zum Kanton St. Gallen.

1817 Hungersnot, Neubau der Holzbrücke.

1830 werden Stadttore und Mauern abgebrochen.

1835 fährt das erste Dampfschiff auf dem Zürichsee.

1859 ist Rapperswil mit der Bahnlinie mit Rüti und Weesen verbunden.

1878 wird der Seedamm errichtet an Stelle der Holzbrücke (1951 saniert).

Dank

Christine Frank und Petra Vogt, unseren treuen Testleserinnen, danken wir herzlich für gute Inputs und witzige Kommentare. Dem Historiker Basil Vollenweider sind wir sehr dankbar für die wertvollen Hintergrundinformationen.

Literaturnachweis

Nach Titel:

- Geschichte des Schlosses Rapperswil. HG. Alois Stadler, Rapperswil 1992
- Rapperswil – Zehn Dörfer, eine Gemeinde, diverse Hg., Rapperswil 2009
- Rapperswil: diverse Wikipedia-Einträge
- Rapperswiler Legende der weissen Hirschkuh: https://www.maerchenstiftung.ch/de/maerchen/schweizer_maerchen_zum_lesen_und_vorlesen/3300/gruendung-der-stadt-rapperswil

Nach AutorInnen:

- Bächinger, Konrad: Rapperswiler Heimatkunde, Rapperswil 1974
- Bluntschli, J. C.: Staats- und Rechtsgeschichte der Stadt und Landschaft Zürich, Zürich 1856
- Heeb, Paul: Das Tagebuch von Stadtschreiber Johann Peter Dietrich über die Belagerung der Stadt Rapperswil anno 1656, Rapperswil 2006
- Helbling, Paul: Beiträge zur Rapperswiler Ortsgeschichte, Rapperswil 1964
- Naubert, Christiane Benedikte: Elisabeth, Erbin von Toggenburg, oder Geschichte der Frauen von Sargans in der Schweiz, in einer Transkription von Sylvia Kolbe, Leipzig 1789/2015
- Rickenmann, Xaver: Geschichte der Stadt Rapperswil. Von ihrer Gründung bis zu ihrer Einverleibung in den Kanton St. Gallen, Rapperswil, 2. Auflage 1878

Über die Autorinnen

Michèle Combaz Thyssen

Die Historikerin, die auch Russisch studierte, wurde am 28. September 1972 in Zürich geboren. Wenn Michèle Combaz Thyssen Ruinen und Burgen sieht, gerät sie in Begeisterung und recherchiert am Liebsten immersiv. Sie hat nebst Rabenherz die Scarabäus-Trilogie verfasst und drei Bilderbücher gezeichnet, auch gemeinsam mit ihren Töchtern. Darin verfolgt sie die Sehnsuchtsthemen Reisen und Suche (Quest), basierend auf eigenen Erlebnissen. Die Autorin arbeitete etliche Jahre als Journalistin und Geschichtslehrerin. Heute ist sie Fachlehrerin für Deutsch und Tanz.

Carole Enz

Die Biologin wurde am 3. August 1972 in Zürich geboren und interessierte sich schon früh für die Natur und fürs Schreiben. Als Vierzehnjährige brachte sie die Abenteuer des Rehbocks «Fao» zu Papier. Dieser Roman erschien allerdings erst 1997 und ist heute bei Sistabooks erhältlich. Mehrere Manuskripte folgten auf den ersten Streich, und meist spielt die Natur eine wichtige Rolle in ihren Büchern. Die Autorin arbeitete etliche Jahre als Biologin und erhielt dafür einen Doktortitel. Dann wechselte sie in den Wissenschaftsjournalismus. Heute ist sie in der Wissenschaftskommunikation tätig.

* * *

Die beiden Autorinnen haben sich vor über dreissig Jahren kennengelernt. Damals hätten sie wohl nicht gedacht, dass ihr gemeinsames Buchprojekt Rabenherz nun schon den achten Band umfasst, wobei Band 9 bereits in Arbeit ist.

Weitere Bücher der Rabenherz-Autorinnen

Carole Enz, Michèle Combaz Thyssen
Rabenherz – Teil 1 – ISBN 978-3-907860-00-7
Rabenherz auf Schloss Neu-Bechburg – Teil 2
– ISBN 978-3-907860-14-4
Rabenherz und das Schwert von Glanzenberg – Teil 3
– ISBN 978-3-907860-22-9
Rabenherz im Banne der Pandemie – Teil 4
– ISBN 978-3-907860-23-6
Rabenherz – von der Engelsburg zum Teufelsberg – Teil 5
– ISBN 978-3-907860-24-3
Rabenherz – vom Ritter zum Cyborg – Teil 6
– ISBN 978-3-907860-25-0
Rabenherz auf der Route 66 – Teil 7
– ISBN 978-3-907860-26-7

Lisa Thyssen
Magic Kids – Das Erwachen des Grauens – Teil 1
– ISBN 978-3-907860-27-4

Michèle Combaz Thyssen
Der Schlüssel des Scarabäus – Fantasy – ISBN 978-3-907860-01-4
Die Rache des Scarabäus – Fantasy – ISBN 978-3-907860-06-9
Die Tochter des Scarabäus – Fantasy – ISBN 978-3-907860-15-1
Die kleine Schildkröte, die gern fliegen wollte – Bilderbuch
– ISBN 978-3-907860-16-8

Lisa Thyssen, Michèle Combaz Thyssen
Kleiner Specht auf grosser Reise – Bilderbuch
– ISBN 978-3-907860-18-2
Little Bird on a Big Journey – Bilderbuch
– ISBN 978-3-907860-19-9

Lisa Thyssen, Désirée Thyssen, Michèle Combaz Thyssen
Das Abenteuer der Baum-Seele – Bilderbuch
– ISBN 978-3-907860-20-5

Carole Enz
Fao oder Der Aufschrei der Wildnis – Aus dem Leben eines
Rehbocks – ISBN 978-3-907860-07-6
Waldkauz Hannu –
Tier-Fabeln – ISBN 978-3-907860-12-0
Psi oder Die letzte Hoffnung für Jado 2 – Science Fiction –
ISBN 978-3-907860-03-8
Psi und das Geheimnis der Jado-Schattenblattpalme –
Science Fiction – ISBN 978-3-907860-04-5
Psi und die Abgründe des Jenseits – Science Fiction –
ISBN 978-3-907860-05-2
Sieben Leben, sechs Entscheide und ein Piraten-Kapitän
– Fantasy – ISBN 978-3-907860-13-7

Carole Enz, Jeannette Lagler
Rehkitz Rafael hat Angst vor dem Gewitter – Bilderbuch
– ISBN: 978-3-907860-17-5

Ebenfalls bei Sistabooks erschienen

Viktoria Abdai
Alle Wege führen in die Schweiz – Odyssee einer Exil-Ungarin
– ISBN 978-3-907860-02-1

Steffi Gmür
«Ich bin d'Steffi» – «Ich bin krank, und trotzdem ist mein Leben lebenswert!» – ISBN 978-3-907860-11-3

Harry Schneider
Bosco Quarino – Die Walser in Bosco Gurin
– ISBN 978-3-907860-08-3
Picchio Rosso – Schweizer Agententhriller im Zweiten Weltkrieg –
Teil 1: ISBN 978-3-907860-09-0 / Teil 2: ISBN 978-3-907860-10-6

Thomi Eichhorn
Fördern – Wie Fördern gelingen kann (Fachbuch für Lehrkräfte)
– ISBN 978-3-907860-21-2

eBooks von Sistabooks

Etliche Sistabooks-Bücher sind auch in digitaler Form erhältlich, allerdings nicht über den Verlag, sondern in diversen Online-Shops.

www.sistabooks.ch